मैं हिन्दू हूँ

[कहानी-संग्रह]

मैं हिन्दू हूँ

असग़र वजाहत

राजकमल प्रकाशन

ISBN : 978-81-267-1204-5

मूल्य : ₹495

पहला संस्करण : 2006
चौथा संस्करण : 2025

प्रकाशक : राजकमल प्रकाशन प्रा.लि.
1-बी, नेताजी सुभाष मार्ग, दरियागंज
नई दिल्ली-110 002
शाखाएँ : अशोक राजपथ, साइंस कॉलेज के सामने, पटना-800 006
पहली मंजिल, दरबारी बिल्डिंग, महात्मा गांधी मार्ग, प्रयागराज-211 001
1, अनमोल सोराबजी सन्तुक लेन, धोबी तलाव, मरीन लाइंस, मुम्बई-400 002
वेबसाइट : www.rajkamalprakashan.com
ई-मेल : info@rajkamalprakashan.com

मुद्रक : बी.के. ऑफसेट
नवीन शाहदरा, दिल्ली-110 032

MAIN HINDU HOON
by Asghar Vajahat

अनुक्रम

ज़ख़्म

बदलते हुए मौसमों की तरह राजधानी में साम्प्रदायिक दंगों का भी मौसम आता है। फर्क इतना है कि दूसरे मौसमों के आने-जाने के बारे में जैसे स्पष्ट अनुमान लगाए जा सकते हैं वैसे अनुमान साम्प्रदायिक दंगों के मामले में नहीं लगते। फिर भी पूरा शहर यह मानने लगा है कि साम्प्रदायिक दंगा भी मौसमों की तरह निश्चित रूप से आता है। बात इतनी सहज-साधारण बना दी गई है कि साम्प्रदायिक दंगों की खबरें लोग इसी तरह सुनते हैं जैसे 'गर्मी बहुत बढ़ गई है' या 'अबकी पानी बहुत बरसा' जैसी खबरें सुनी जाती हैं। दंगों की खबर सुनकर बस इतना ही होता है कि शहर का एक हिस्सा 'कर्फ़्यूग्रस्त' हो जाता है। लोग रास्ते बदल लेते हैं। इस थोड़ी-सी असुविधा पर मन-ही-मन कभी-कभी खीज जाते हैं, उसी तरह जैसे बेतरह गर्मी पर या लगातार पानी बरसने पर कोफ्त होती है। शहर के सारे काम यानी उद्योग, व्यापार, शिक्षण, सरकारी काम-काज सब सामान्य ढंग से चलता रहता है। मंत्रिमंडल की बैठकें होती हैं। संसद के अधिवेशन होते हैं। विरोधी दलों के धरने होते हैं। प्रधानमंत्री विदेश यात्राओं पर जाते हैं, मंत्री उद्घाटन करते हैं, प्रेमी प्रेम करते हैं, चोर चोरी करते हैं। अखबार वाले भी दंगे की खबरों में कोई नया या चटपटापन नहीं पाते और प्राय: हाशिए पर ही छाप देते हैं। हाँ, मरने वालों की संख्या अगर बढ़ जाती है तो मोटे टाइप में खबर छपती है, नहीं तो सामान्य।

यह भी एक स्वस्थ परम्परा-सी बन गई है कि साम्प्रदायिक दंगा हो जाने पर शहर में 'साम्प्रदायिकता विरोधी सम्मेलन' होता है। सम्मेलन के आयोजकों तथा समर्थकों के बीच अक्सर इस बात पर बहस हो जाती है कि दंगा होने के तुरन्त बाद न करके सम्मेलन इतनी देर में क्यों किया गया। इस इलज़ाम का जवाब आयोजकों के पास होता है। वे कहते हैं कि प्रजातान्त्रिक तरीके से काम करने में समय लग जाता है। जबकि गैर प्रजातान्त्रिक तरीके से किए जाने वाले काम फट से हो जाते हैं—जैसे दंगा। लेकिन दंगों के विरोध में सम्मेलन करने में समय लगता है। क्योंकि किसी वामपंथी पार्टी की प्रान्तीय कमेटी सम्मेलन करने का सुझाव राष्ट्रीय कमेटी को देती है। राष्ट्रीय कमेटी एक तदर्थ समिति बना देती है ताकि सम्मेलन की

रूपरेखा तैयार की जा सके। तदर्थ समिति अपने सुझाव देने में कुछ समय लगाती है। उसके बाद उसकी सिफारिशें राष्ट्रीय कमेटी में जाती हैं। राष्ट्रीय कमेटी में उन पर चर्चा होती है और एक नयी कमेटी बनायी जाती है जिसका काम सम्मेलन के स्वरूप के अनुसार कार्य करना होता है। अगर राय यह बनती है कि साम्प्रदायिकता जैसे गम्भीर मसले पर होने वाले सम्मेलन में सभी वामपंथी लोकतान्त्रिक शक्तियों को एक मंच पर लाया जाए, तो दूसरे दलों से बातचीत होती है। दूसरे दल भी जनतान्त्रिक तरीके से अपने शामिल होने के बारे में निर्णय लेते हैं। उसके बाद यह कोशिश की जाती है कि 'साम्प्रदायिकता विरोधी सम्मेलन' में साम्प्रदायिक सद्‌भाव बनाने के लिए नामी हिन्दू, मुसलमान, सिख नागरिकों का होना भी जरूरी है। उनके नाम सभी दल जनतान्त्रिक तरीके से तय करते हैं। अच्छी बात है कि शहर में ऐसे नामी हिन्दू, मुस्लिम, सिख नागरिक हैं जो इस काम के लिए तैयार हो जाते हैं। उन नागरिकों की एक सूची है, उदाहरण के लिए भारतीय वायुसेना से अवकाश-प्राप्त एक लेफ्टीनेंट जनरल हैं, जो सिख हैं, राजधानी के एक अल्पसंख्यकनुमा विश्वविद्यालय के उप-कुलपति मुसलमान हैं तथा विदेश सेवा से अवकाश-प्राप्त एक राजदूत हिन्दू हैं, इसी तरह के कुछ और नाम भी हैं। ये सब भले लोग हैं, समाज और प्रेस में उनका बड़ा सम्मान है। पढ़े-लिखे तथा बड़े-बड़े पदों पर आसीन या अवकाश-प्राप्त। उनके सेकुलर होने में किसी को कोई शक नहीं हो सकता। और वे हमेशा इस तरह के साम्प्रदायिकता विरोधी सम्मेलनों में आने पर तैयार हो जाते हैं।

एक दिन सोकर उठा और हस्बे-दस्तूर आँखें मलता हुआ अखबार उठाने बालकनी पर आया तो हैडिंग थी—'पुरानी दिल्ली में दंगा हो गया। तीन मारे गए। बीस घायल। दस की हालत गम्भीर। पचास लाख की सम्पत्ति नष्ट हो गई।' पूरी खबर पढ़ी तो पता चला कि दंगा कस्साबपुरे में भी हुआ है। कस्साबपुरे का ख्याल आते ही मुख्तार का ख्याल आ गया। वह वहीं रहता था। अपने ही शहर का था। सिलाई का काम करता था कनाट प्लेस की एक दुकान में। अब सवाल ये था कि मुख्तार से कैसे 'कान्टैक्ट' हो। कोई रास्ता नहीं था; न फोन, न कर्फ्यू-पास और न कुछ और।

मुख्तार और मैं, जैसा कि मैं लिख चुका हूँ, एक ही शहर के हैं। मुख्तार दर्जा आठ तक इस्लामिया स्कूल में पढ़ा था और फिर अपने पुश्तैनी सिलाई के धन्धे में लग गया था। मैं उससे बहुत बाद में मिला था, उस वक्त जब मैं हिन्दी में एम. ए. करने के बाद बेकारी और नौकरी की तलाश से तंग आकर अपने शहर में रहने लगा था। वहाँ मेरे एक रिश्तेदार, जिन्हें हम सब हैदर हथियार कहा करते थे, आवारगी

करते थे। आवारगी का मतलब कोई गलत न लीजिएगा, मतलब ये कि बेकार थे। इंटर में कई बार फेल हो चुके थे और उनका शहर में जनसम्पर्क अच्छा था। तो उन्होंने मेरी मुलाकात मुख्तार से कराई थी। पहली, दूसरी और तीसरी मुलाकात में वह कुछ नहीं बोला था। शहर की मुख्य सड़क पर सिलाई की एक दुकान में वह काम करता था और शाम को हम लोग उसकी दुकान पर बैठा करते थे। दुकान का मालिक बफाती भाई मालदार और बाल-बच्चेदार आदमी था। वह शाम के सात बजते ही दुकान की चाबी मुख्तार को सौंपकर और भैंसे का गोश्त लेकर घर चला जाता था। उसके बाद वह दुकान मुख्तार की होती थी। एक दिन अचानक हैदर हथियार ने यह राज़ खोला कि मुख्तार भी 'बिरादर' है। 'बिरादर' का मतलब भाई होता है, लेकिन हमारी जुबान में 'बिरादर' का मतलब था जो आदमी शराब पीता हो।

शुरू-शुरू में मुख्तार का मुझसे जो डर था वह दो-चार बार साथ पीने से खत्म हो गया था। और मुझे ये जानकर बड़ी हैरत हुई थी कि वह अपने समाज और उसकी समस्याओं में रुचि रखता है। वह उर्दू का अखबार बराबर पढ़ता था। खबरें ही नहीं, खबरों का विश्लेषण भी करता था और उसका मुख्य विषय हिन्दू-मुस्लिम साम्प्रदायिकता थी। जब मैं उससे मिला तब, अगर बहुत सीधी जुबान से कहें तो वह पक्का मुस्लिम साम्प्रदायिक था। शराब पीकर जब वह खुलता था तो शेर की तरह दहाड़ने लगता था। उसका चेहरा लाल हो जाता था। वह हाथ हिला-हिलाकर इतनी कड़वी बातें करता था कि मेरा जैसा धैर्यवान न होता तो कब की लड़ाई हो गई होती। लेकिन मैं अलीगढ़ मुस्लिम विश्वविद्यालय में रहने और वहाँ 'स्टूडेंट्स फेडरेशन' की राजनीति करने के कारण थोड़ा पक चुका था। मुझे मालूम था कि भावुकता और आक्रोश का जवाब केवल प्रेम और तर्क से दिया जा सकता है। वह मुहम्मद अली जिन्ना का भक्त था। श्रद्धावश उनका नाम नहीं लेता था। बल्कि उन्हें 'कायदे आजम' कहता था। उसे मुस्लिम लीग से बेपनाह हमदर्दी थी और वह पाकिस्तान के बनने और द्वि-राष्ट्र सिद्धान्त को बिलकुल सही मानता था। पाकिस्तान के इस्लामी मुल्क होने पर वह गर्व करता था और पाकिस्तान को श्रेष्ठ मानता था।

मुझे याद है कि एक दिन उसकी दुकान में मैं, हैदर हथियार और उमाशंकर बैठे थे। शाम हो चुकी थी। दुकान के मालिक बफाती भाई जा चुके थे। कड़कड़ाते जाड़ों के दिन थे। बिजली चली गई थी। दुकान में एक लैंप जल रहा था, उसकी रोशनी में मुख्तार मशीन की तेजी से एक पैंट सी रहा था। अर्जेन्ट काम था। लैम्प की रोशनी की वजह से सामने वाली दीवार पर उसके सिर की परछाईं एक बड़े आकार में हिल रही थी। मशीन चलने की आवाज से पूरी दुकान थर्रा रही थी। हम

तीनों मुख्तार के काम खत्म होने का इंतजार कर रहे थे। प्रोग्राम यह था कि उसके बाद 'चुस्की' लगाई जाएगी। आधे घंटे बाद काम खत्म हो गया और चार 'चाय की प्यालियाँ' लेकर हम बैठ गए। बातचीत घूम-फिरकर पाकिस्तान पर आ गई। हस्बे-दस्तूर मुख्तार पाकिस्तान की तारीफ करने लगा। 'कायदे आजम' की बुद्धिमानी के गीत गाने लगा। उमाशंकर से उसका कोई पर्दा न था, क्योंकि दोनों एक-दूसरे को अच्छी तरह जानते थे। कुछ देर बाद मौका देखकर मैंने कहा, "ये बताओ मुख्तार, जिन्ना ने पाकिस्तान क्यों बनवाया?"

"इसलिए कि मुसलमान वहाँ रहेंगे", वह बोला।

"मुसलमान तो यहाँ भी रहते हैं।"

"लेकिन वो इस्लामी मुल्क है।"

"तुम पाकिस्तान तो गए हो?"

"हाँ, गया हूँ।"

"वहाँ और यहाँ क्या फर्क है?"

"बहुत बड़ा फर्क है।"

"क्या फर्क है?"

"वो इस्लामी मुल्क है।"

"ठीक है, लेकिन ये बताओ कि वहाँ गरीबों-अमीरों में वैसा ही फर्क नहीं है जैसा यहाँ है; क्या वहाँ रिश्वत नहीं चलती; क्या वहाँ भाई-भतीजावाद नहीं है; क्या वहाँ पंजाबी-सिन्धी और मोहाजिर 'फीलिंग' नहीं है? क्या पुलिस लोगों को फँसाकर पैसा नहीं वसूलती?" मुख्तार चुप हो गया। उमाशंकर बोले, "हाँ, बताओ...अब चुप काहे हो गए?" मुख्तार ने कहा, "हाँ, ये सब तो वहाँ भी है लेकिन है तो इस्लामी मुल्क।"

"यार, वहाँ डिक्टेटरशिप है, इस्लाम तो बादशाहत तक के खिलाफ है, तो वो कैसा इस्लामी मुल्म हुआ?"

"अमाँ छोड़ो...क्या औरतें वहाँ पर्दा करती हैं? बैंक तो वहाँ भी ब्याज लेते-देते होंगे...फिर काहे का इस्लामी मुल्क।" उमाशंकर ने कहा।

"भइया, इस्लाम 'मसावात' सिखाता है...मतलब बराबरी, तुमने पाकिस्तान में बराबरी देखी?"

मुख्तार थोड़ी देर के लिए चुप हो गया। फिर अचानक फट पड़ा, "और यहाँ क्या है मुसलमानों के लिए? इलाहाबाद, अलीगढ़, मेरठ, मुरादाबाद, दिल्ली, भिवंडी—कितने नाम गिनाऊँ...मुसलमानों की जान इस तरह ली जाती है जैसे कीड़े-मकोड़े हों।"

"हाँ, तुम ठीक कहते हो।"

"मैं कहता हूँ ये फसाद क्यों होते हैं?"

"भाई मेरे, फसाद होते नहीं, कराए जाते हैं।"

"कराए जाते हैं?"

"हाँ भाई, अब तो बात जगजाहिर है।"

"कौन कराते हैं?"

"जिन्हें उससे फायदा होता है।"

"किन्हें उससे फायदा होता है?"

"वो लोग जो मजहब के नाम पर वोट माँगते हैं। वो लोग जो मजहब के नाम पर नेतागिरी करते हैं।"

"कैसे?"

"देखो, जरा सिर्फ तसव्वुर करो कि हिन्दुस्तान में हिन्दुओं, मुसलमानों के बीच कोई झगड़ा नहीं है। कोई बाबरी मस्जिद नहीं है। कोई राम-जन्मभूमि नहीं है। सब प्यार से रहते हैं, तो भाई, ऐसी हालत में मुस्लिम लीग या आर.एस.एस. के नेताओं के पास कौन जाएगा? उनका तो वजूद ही खत्म हो जाएगा। इस तरह समझ लो कि किसी शहर में कोई डॉक्टर है जो सिर्फ कान का इलाज करता है और पूरे शहर में सब लोगों के कान ठीक हो जाते हैं। किसी को कान की कोई तकलीफ नहीं है, तो डॉक्टर को अपना पेशा छोड़ना पड़ेगा या शहर छोड़ना पड़ेगा।"

वह चुप हो गया। शायद वह अपना जवाब सोच रहा था। मैंने फिर कहा, "और फिरकापरस्ती से उन लोगों को भी फायदा होता है जो इस देश की सरकार चला रहे हैं।"

"कैसे?"

"अगर तुम्हारे दो पड़ोसी आपस में लड़ रहे हैं, एक-दूसरे के पक्के दुश्मन हैं, तो तुम्हें उन दोनों से कोई खतरा नहीं हो सकता...उसी तरह हिन्दू और मुसलमान आपस में ही लड़ते रहे तो सरकार से क्या लड़ेंगे? क्या कहेंगे कि हमारा ये हक है, हमारा वो हक है और तीसरा फायदा उन लोगों को पहुँचता है जिनका कारोबार उसकी वजह से तरक्की करता है। अलीगढ़ में फसाद, भिवण्डी के फसाद इसकी मिसालें हैं।"

ये तो शुरुआत थी। धीरे-धीरे ऐसा होने लगा कि हम लोग जब भी मिलते थे, बातचीत इन्हीं बातों पर होती। चाय का होटल हो या शहर के बाहर सड़क के किनारे कोई वीरान-सी पुलिया—बहस शुरू हो जाया करती थी। बहस भी अजब चीज है। अगर सामने वाले को बीच बहस में लग गया कि आप उसे जाहिल

समझते हैं, उसका मजाक उड़ा रहे हैं, उसे कम पढ़ा-लिखा मान रहे हैं, तो बहस का कभी कोई अन्त नहीं होता।

उस जमाने में मुख्तार उर्दू के अखबारों और रिसालों का बड़ा भयंकर पाठक था। शहर में आने वाला शायद ही ऐसा कोई उर्दू अखबार, रिसाला, डाइजेस्ट हो जो वह न पढ़ता हो। इतना ज्यादा पढ़ने की वजह से उसे घटनाएँ, तिथियाँ और बयान इस कदर याद हो जाते थे कि बहस में उन्हें बड़े आत्मविश्वास के साथ 'कोट' करता रहता था। एक दिन उसने मुझे उर्दू के कुछ रिसालों और अखबारों का एक पुलिंदा दिया और कहा कि इन्हें पढ़कर आओ तो बहस हो। उर्दू में सामान्यत: जो राजनैतिक पर्चे छपते हैं, उनके बारे में मुझे हल्का-सा इल्म था। लेकिन मुख्तार के दिये रिसाले जब ध्यान से पढ़े तो भौंचक्का रह गया। इन पर्चों में मुसलमानों के साथ होने वाली ज्यादतियों को इतने भयावह और करुण ढंग से पेश किया गया था कि साधारण पाठक पर उनका क्या असर होता होगा, यह सोचकर डर गया। मिसाल के तौर पर इस तरह के शीर्षक थे—'मुसलमानों के खून से होली खेली गई' या 'भारत में मुसलमान होना गुनाह है' या 'क्या भारत के सभी मुसलमानों को हिन्दू बनाया जाएगा' या 'तीन हजार मस्जिदें, मन्दिर बना ली गई हैं'। उत्तेजित करने वाले शीर्षकों के नीचे खबरें लिखने का जो ढंग था वह भी बड़ा भावुक और लोगों को मरने-मारने या सिर फोड़ लेने पर मजबूर करने वाला था।

वह दो-चार दिन बाद मिला तो बड़ा उतावला हो रहा था। बातचीत करने के लिए बोला, "तुमने पढ़ लिए सब अखबार?"

"हाँ, पढ़ लिए।"

"क्या राय है...अब तो पता चला कि भारत में मुसलमानों के साथ क्या होता है। हमारी जान-माल, इज्जत-आबरू कुछ भी महफूज नहीं है।"

"हाँ, वो तो तुम ठीक कहते हो...लेकिन एक बात ये बताओ कि तुमने जो रिसाले दिये हैं वो फिरकापरस्ती को दूर करने, उसे खत्म करने के बारे में कभी कुछ नहीं लिखते?"

"क्या मतलब?" वह चौंक गया।

"देखो, मैं मानता हूँ मुसलमानों के साथ ज्यादती होती है, दंगों में सबसे ज्यादा वही मारे जाते हैं। पी.ए.सी. भी उन्हें मारती है और हिन्दू भी मारते हैं। मुसलमान भी मारते हैं हिन्दुओं को। ऐसा नहीं है कि वे चुप बैठे रहते हों...।"

"हाँ, तो कब तक बैठे रहें? क्यों न मारें?" वह तड़पकर बोला।

"ठीक है तो वो तुम्हें मारें तुम उनको मारो...फिर ये रोना-धोना कैसा?"

"क्या मतलब है तुम्हारा?"

"मेरा मतलब है इसी तरह मारकाट होती रही तो क्या फिरकापरस्ती खत्म हो जाएगी?"

"नहीं, नहीं खत्म होगी।"

"और तुम चाहते हो, फिरकापरस्ती खत्म हो जाए?"

"हाँ।"

"तो ये अखबार, जो तुमने दिये, क्यों नहीं लिखते कि फिरकापरस्ती कैसे खत्म की जा सकती है?"

"ये अखबार क्यों नहीं चाहते होंगे कि फिरकापरस्ती खत्म हो?"

"ये तो वही अखबार वाले बता सकते हैं। जहाँ तक मैं समझता हूँ ये अखबार बिकते ही इसलिए हैं कि इनमें दंगों की भयानक दर्दनाक और बढ़ा-चढ़ाकर पेश की गई तस्वीरें होती हैं। अगर दंगे न होंगे तो ये अखबार कितने बिकेंगे।"

मेरी इस बात पर वह बिगड़ गया। उसका कहना था कि ये कैसे हो सकता है कि मुसलमानों के इतने हमदर्द अखबार ये नहीं चाहते कि दंगे रुकें, मुसलमान चैन से रहें, हिन्दू-मुस्लिम इत्तिहाद बने।

कुछ महीनों की लगातार बातचीत के बाद हम लोगों के बीच कुछ बुनियादी बातें साफ हो चुकी थीं। उसे सबसे बड़ी दिलचस्पी इस बात में पैदा हो गई थी कि दंगे कैसे रोके जा सकते हैं। हम दोनों ये जानते थे कि दंगे पुलिस, पी.ए.सी. प्रशासन नहीं रोक सकता। दंगे साम्प्रदायिक पार्टियाँ भी नहीं रोक सकतीं, क्योंकि वे तो दंगों पर ही जीवित हैं। दंगों को अगर रोक सकते हैं तो सिर्फ लोग रोक सकते हैं।

"लेकिन लोग तो दंगे के जमाने में घरों में छिपकर बैठ जाते हैं।" उसने कहा।

"हाँ, लोग इसलिए छिपकर बैठ जाते हैं क्योंकि दंगा करने वालों के मुकाबले वो मुत्तहिद नहीं हैं...अकेला महसूस करते हैं अपने को...और अकेला चना भाड़ नहीं फोड़ता। जबकि दंगा करने वाले 'आरगेनाइज' होते हैं...लेकिन जरूरी ये है कि दंगों के खिलाफ जिन लोगों को संगठित किया जाए उनमें हिन्दू-मुसलमान दोनों हों...और उनके ख्यालात इस बारे में साफ हों।"

"लेकिन ये काम करेगा कौन?"

"हम ही लोग, और कौन?"

"लेकिन कैसे?"

"अरे भाई, लोगों से बातचीत करके...मीटिंगें करके...उनको बता-समझाकर...मैं कहता हूं शहर में हिन्दू-मुसलमानों का अगर दो सौ ऐसे लोगों का ग्रुप बन जाए जो जान पर खेलकर भी दंगा रोकने की हिम्मत रखते हों तो दंगा करने वालों की हिम्मत पस्त हो जाएगी। तुम्हें मालूम होगा कि दंगा करने वाले बुजदिल होते हैं। वो किसी

'ताकत' से नहीं लड़ सकते। अकेले-दुकेले को मार सकते हैं, आग लगा सकते हैं, औरतों के साथ बलात्कार कर सकते हैं, लेकिन अगर उन्हें पता चल जाए कि सामने ऐसे लोग हैं जो बराबर की ताकत रखते हैं, उनमें हिन्दू भी हैं और मुसलमान भी, तो दंगाई सिर पर पैर रखकर भाग जाएँगे।''

वह मेरी बात से सहमत था और हम अगले कदम पर गौर करने की स्थिति में आ गए थे। मुख्तार इस सिलसिले में कुछ नौजवानों से मिला भी था।

कुछ साल के बाद हम दिल्ली में फिर साथ हो गए। मैं दिल्ली में धंधा कर रहा था और वह कनाट प्लेस की एक दुकान में काम करने लगा था और जब दिल्ली में दंगा हुआ और ये पता चला कि कस्साबपुरा भी बुरी तरह प्रभाव में है तो मुझे मुख्तार की फिक्र हो गई। दूसरी तरफ मुख्तार के साथ जो कुछ घटा वह कुछ इस तरह था।...शाम का छः बजा था। वह मशीन पर झुका काम कर रहा था। दुकान मालिक सरदारजी ने उसे खबर दी कि दंगा हो गया है और उसे जल्दी-से-जल्दी घर पहुँच जाना चाहिए।

पहाड़गंज में बस रोक दी गई थी। क्योंकि आगे दंगा हो रहा था। पुलिस किसी को आगे जाने भी नहीं दे रही थी। मुख्तार ने मुख्य सड़क छोड़ दी और गलियों और पिछले रास्तों से आगे बढ़ने लगा। गलियाँ तक सुनसान थीं। पानी के नलों पर जहाँ इस वक्त चाँव-चाँव हुआ करती थी, सिर्फ पानी गिरने की आवाज आ रही थी। जब गलियों में लोग नहीं होते तो कुत्ते ही दिखाई देते हैं। कुत्ते ही थे। वह बचता-बचाता इस तरह आगे बढ़ता रहा कि अपने मोहल्ले तक पहुँच जाए। कभी-कभार और कोई घबराया परेशान-सा आदमी लम्बे-लम्बे कदम उठाता इधर से उधर जाता दिखाई पड़ जाता। एक अजीब भयानक तनाव था जैसे ये इमारतें बारूद की बनी हुई हों और ये सब अचानक एक साथ फट जाएँगे। दूर से पुलिस गाड़ियों के सायरन की आवाजें भी आ रही थीं। कस्साबपुरे की तरफ से हल्का-हल्का धुआँ आसमान में फैल रहा था। न जाने कौन जल रहा होगा, न जाने कितने लोगों के लिए संसार खत्म हो गया होगा। न जाने जलने वालों में कितने बच्चे, कितनी औरतें होंगी। उनकी क्या गलती होगी? उसने सोचा—अचानक एक बन्द दरवाजे के पीछे से किसी औरत की पंजाबी में काँपती हुई आवाज गली तक आ गई। वह पंजाबी बोल नहीं पाता था लेकिन समझ लेता था। और कह रही थी, बबलू अभी तक नहीं लौटा। मुख्तार ने सोचा, उसके बच्चे भी घर के दरवाजे पर खड़े झिर्रियों से बाहर झाँक रहे होंगे। शाहिदा उसकी सलामती के लिए नमाज पढ़ रही होगी। भइया छत पर खड़े गली में दूर तक देखने की कोशिश कर रहे होंगे। छत पर खड़े एक-दो और लोगों से पूछ लेते होंगे कि मुख्तार तो नहीं दिखाई दे रहा है। उसके दिमाग

में जितनी तेजी से ये ख्याल आ रहे थे उतनी तेज उसकी रफ्तार होती जाती थी। सामने पीपल के पेड़ से कस्साबपुरा शुरू होता है और पीपल का पेड़ सामने ही है। अचानक भागता हुआ कोई आदमी हाथ में कनस्तर लिए गली में आया और मुख्तार को देखकर एक पतली गली में घुस गया। अब मुख्तार को हल्का-हल्का शोर भी सुनाई पड़ रहा था। पीपल के पेड़ के बाद खतरा न होगा, क्योंकि यहाँ से मुसलमानों की आबादी शुरू होती थी। ये सोचकर मुख्तार ने दौड़ना शुरू कर दिया। पीपल के पेड़ के पास पहुँचकर मुड़ा और उसी वक्त हवा में उड़ती कोई चीज उसके सिर से टकराई और उसे लगा कि सिर आग हो गया है। दहकता हुआ अंगारा। उसने दोनों हाथों से सिर पकड़ लिया और भागता रहा। उसे ये समझने में देर नहीं लगी कि एसिड का बल्ब उसके सिर पर मारा गया है। सिर की आग लगातार बढ़ती जा रही थी और वह भागता जा रहा था। उसे लगा कि वह जल्दी ही घर न पहुँच गया तो गली में गिरकर बेहोश हो जाएगा और वहाँ गिरने का नतीजा उसकी लाश पुलिस ही उठायेगी। दोनों बच्चों के चेहरे उसकी नजरों में घूम गए।

दंगा खत्म होने के बाद मैं मुख्तार को देखने गया। उसके बाल भूसे जैसे हो गए थे और लगातार गिरते थे। सिर की खाल बुरी तरह जल गई थी और जख्म हो गए थे। एसिड का बल्ब लगने के बराबर ही भयानक दुर्घटना ये हुई थी कि जब वह घर पहुँचा था तो उसे पानी से सिर नहीं धोने दिया गया था। सबने कहा था कि पानी मत डालो। पानी डालने से बहुत गड़बड़ हो जाएगी। और वह खुद ऐसी हालत में नहीं था कि कोई फैसला कर सकता। आठ दिन कर्फ्यू चला था और जब वह डॉक्टर के पास गया था तो डॉक्टर ने उसे बताया था कि अगर वह फौरन सिर धो लेता तो इतने गहरे जख्म न होते।

दंगे के बाद साम्प्रदायिक सद्भावना स्थापित करने के लिए सम्मेलन किए जाने की कड़ी में इन दंगों के तीन महीने बाद सम्मेलन हुआ। सम्मेलन में मैंने सोचा मुख्तार को ले चलना चाहिए। उसे एक दिन की छुट्टी करनी पड़ी और हम दोनों राजधानी की वास्तविक राजधानी—यानी राजधानी का वह हिस्सा जहाँ चौड़ी साफ सड़कें, सायादार पेड़, चमचमाते हुए फुटपाथ, ऊँचे-ऊँचे बिजली के खम्बे और चिकनी-चिकनी इमारते हैं और वैसे ही चिकने-चिकने लोग हैं। मुख्तार भव्य इमारत में घुसने से पहले कुछ हिचकिचाया, लेकिन मेरे बहादुरी से आगे बढ़ते रहने की वजह से उसमें कुछ हिम्मत आ गई और हम अन्दर आ गए। अन्दर काफी चहल-पहल थी। विश्वविद्यालयों के छात्र, अध्यापक, संस्थानों के विद्वान, बड़े सरकारी अधिकारी, दफ्तरों में काम करने वाले लोग, सभी थे। उनमें से अधिकतर चेहरे देखे हुए थे। वे सब वामपंथी राजनीति या उसके जन-संगठनों में काम करने वाले लोग थे। वहाँ

कलाकार, लेखक, बुद्धिजीवी, पत्रकार, रंगकर्मी और संगीतज्ञ भी थे। पूरी भीड़ में मुख्तार जैसे शायद ही चन्द रहे हों। या न रहे हों। कहा नहीं जा सकता।

अन्दर मंच पर बड़ा-सा बैनर लगा हुआ था। इस पर अंग्रेजी, हिन्दी और उर्दू में 'साम्प्रदायिकता विरोधी सम्मेलन' लिखा था। मुझे याद आया कि वही बैनर है जो चार साल पहले हुए भयानक दंगों के बाद किए गए सम्मेलन में लगाया गया था। बैनर पर तारीखों की जगह पर सफेद कागज चिपकाकर नयी तारीखें लिख दी गई थीं। मंच पर जो लोग बैठे थे वे भी वही थे जो पिछले और उससे पहले हुए साम्प्रदायिकता विरोधी सम्मेलनों में मंच पर बैठे हुए थे। सम्मेलन होने की जगह भी वही थी। आयोजक भी वही थे। मुझे याद आया। पिछले सम्मेलन के एक आयोजक से सम्मेलन के बाद मेरी कुछ बातचीत हुई थी और मैंने कहा था कि दिल्ली के सर्वथा भद्र इलाके में सम्मेलन करने तथा ऐसे लोगों को ही सम्मेलन में बुलाने का क्या फायदा है जो शत-प्रतिशत हमारे विचारों से सहमत हैं। इस पर आयोजक ने कहा था कि सम्मेलन मजदूर बस्तियों, घनी आबादियों तथा उपनगरीय बस्तियों में भी होंगे। लेकिन मुझे याद नहीं कि उसके बाद ऐसा हुआ हो।

हाल में सीट पर बैठकर मुख्तार ने मुझसे यही बात कही। वह बोला—"इनमें तो हिन्दू भी हैं और मुसलमान भी।"

मैंने कहा, "हाँ!"

वह बोला, "अगर ये सम्मेलन कस्साबपुरा में करते तो अच्छा था। वहाँ के मुसलमान ये मानते ही नहीं कि कोई हिन्दू उनसे हमदर्दी रख सकता है।"

"वहाँ भी करेंगे...लेकिन अभी नहीं।" तभी कार्यवाही शुरू हो चुकी थी। संयोजक ने बात शुरू करते हुए साम्प्रदायिक शक्तियों की बढ़ती हुई ताकत तथा उसके खतरों की ओर संकेत किया। यह भी कहा कि जब तक साम्प्रदायिकता को समाप्त नहीं किया जाएगा तब तक जनवादी शक्तियाँ मजबूत नहीं हो सकतीं। उन्होंने यह आश्वासन भी दिया कि अब सब संगठित होकर साम्प्रदायिक रूपी दैत्य से लड़ेंगे। इस पर लोगों ने जोर की तालियाँ बजाईं और सबसे पहले अल्पसंख्यकों के विश्वविद्यालय के उप-कुलपति को बोलने के लिए आमंत्रित किया। उप-कुलपति आई.ए.एस. सर्विसेज में थे। भारत सरकार के ऊँचे ओहदों पर रहे थे। लम्बा प्रशासनिक अनुभव था। उनकी पत्नी हिन्दू थी। उनकी एक लड़की ने हिन्दू लड़के से विवाह किया था। लड़के की पत्नी अमरीकन थी। उप-कुलपति के प्रगतिशील और धर्मनिरपेक्ष होने में कोई संदेह न था। वे एक ईमानदार और प्रतिभाशाली व्यक्ति के रूप में सम्मानित थे। उन्होंने अपने भाषण में बहुत विद्वत्तापूर्ण ढंग से साम्प्रदायिकता की समस्या का विश्लेषण किया। उसके

खतरनाक परिणामों की ओर संकेत किए और लोगों को इस चुनौती से निपटने को कहा। कोई बीस मिनट तक बोलकर वे बैठ गए। तालियाँ बजीं।

मुख्तार ने मुझसे कहा, ''प्रोफेसर साहब की समझ तो बहुत सही है।''

''हाँ, समझ तो उन सब लोगों की बिलकुल सही है जो यहाँ मौजूद हैं।''

''तो फिर?''

तब तक दूसरे वक्ता बोलने लगे थे। ये एक सरदार जी थे। उनकी उम्र अच्छी-खासी थी। स्वतंत्रता सेनानी थे और दसियों साल पहले पंजाब सरकार में मंत्री रह चुके थे। उन्होंने अपने बचपन, अपने गाव और अपने हिन्दू, मुस्लिम, सिक्ख दोस्तों के संस्मरण सुनाये। उनके भाषण के दौरान लगभग लगातार तालियाँ बजती रहीं। फिर उन्होंने दिल्ली के हालिया दंगों पर बोलना शुरू किया।

मुख्तार ने मेरे कान में कहा, ''सरदार जी दंगा कराने वालों के नाम क्यों नहीं ले रहे हैं? बच्चा-बच्चा जानता है दंगा किसने कराया था।''

मैंने कहा, ''बचपने वाली बातें न करो। दंगा कराने वालों के नाम ले दिये तो वे लोग इन पर मुकदमा ठोंक देंगे।''

''तो मुकदमे के डर से सच बात न कही जाए?''

''तुम आदर्शवादी हो। आइडियलिस्ट...।''

''ये क्या होता है?'' मुख्तार बोला।

''अरे यार, इनका मकसद दंगा कराने वालों के नाम गिनाना तो है नहीं।''

''फिर क्या मकसद है इनका?''

''बताना कि फिरकापरस्ती कितनी खराब चीज है और उसके कितने बुरे नतीजे होते हैं।''

''ये बात तो यहाँ बैठे सभी लोग मानते हैं। जब ही तो तालियाँ बजा रहे हैं।''

''तो तुम क्या चाहते हो?''

''ये दंगा कराने वालों के नाम बताएँ।'' मुख्तार की आवाज तेज हो गई। वह अपना सिर खुजलाने लगा।

''नाम बताने से क्या फायदा होगा?''

''न बताने से क्या फायदा होगा?''

स्वतंत्रता सेनानी का भाषण जारी था। वे कुछ किए जाने पर बोल रहे थे। इस पर जोर दे रहे थे कि इस लड़ाई को गलियों और खेतों में लड़ने की जरूरत है। स्वतंत्रता सेनानी के बाद एक लेखक को बोलने के लिए बुलाया गया। लेखक ने साम्प्रदायिकता के विरोध में लेखकों को एकजुट होकर संघर्ष करने की बात उठाई।

''तुम मुझे एक बात बताओ,'' मुख्तार ने पूछा।

"क्या?"

"जब दंगा होता है तो ये सब लोग क्या करते हैं?"

मैं जलकर बोला, "अखबार पढ़ते हैं, घर में रहते हैं और क्या करेंगे?"

"तब तो इस जुबानी जमा-खर्च का फायदा क्या है?"

"बहुत फायदा है, तुम नहीं समझते।"

"क्या फायदा है, बताओ?"

"भाई, एक माहौल बनता है, फिरकापरस्ती के खिलाफ।"

"किन लोगों में? इन्हीं में जो पहले से ही फिरकापरस्ती के खिलाफ हैं? तुम्हें मालूम है दंगों के बाद सबसे पहले हमारे मोहल्ले में कौन आए थे?"

"कौन?"

"तबलीगी जमात और जमाते-इस्लामी के लोग...उन्होंने लोगों को आटा-दाल, चावल बाँटा था, उन्होंने दवाएँ भी दी थीं। उन्होंने कर्फ्यू पास भी बनवाये थे।"

"तो उनके इस काम से तुम समझते हो कि वे फिरकापरस्ती के खिलाफ हैं?"

"हों या न हों, दिल कौन जीतेगा...वही जो मुसीबत के वक्त हमारे काम आए या जो..."

मैं उसकी बात काटकर बोला, "खैर बाद में बात करेंगे, अभी सुनने दो।"

कुछ देर बाद मैंने उससे कहा, "बात ये है यार कि इन लोगों के पास इतनी ताकत नहीं है कि दंगों के वक्त बस्तियों में जाएँ।"

"इनके पास उतनी ताकत नहीं है और जमाते इस्लामी के पास है?"

मैं उस वक्त उसके इस सवाल का जवाब न दे पाया। मैंने अपनी पहली ही बात जारी रखी, "जब इनके पास ज्यादा ताकत आ जाएगी तब ये दंगाग्रस्त इलाकों में जा सकेंगे, काम कर सकेंगे।"

"उतनी ताकत कैसे आएगी?"

"जब ये वहाँ काम करेंगे।"

"पर अभी तुमने कहा कि इनके पास उतनी ताकत ही नहीं है कि वहाँ जा सकें...फिर काम कैसे करेंगे?"

"तुम कहना क्या चाहते हो?"

"मतलब यह है कि इनके पास इतनी ताकत नहीं है कि ये दंगे के बाद या दंगे के वक्त उन बस्तियों में जा सकें जहाँ दंगा होता है, और ताकत इनके पास उसी वक्त आएगी जब ये वहाँ जाकर काम करेंगे...और जा सकते नहीं।"

"यार, हर वक्त दंगा थोड़ी होता रहता है, जब दंगा नहीं होता तब जाएँगे।"

"अच्छा ये बताओ, जमाते इस्लामी के मुकाबले इन लोगों को कमजोर कैसे

मान रहे हो...इनके तो एम.पी. हैं, दो-तीन सूबों में इनकी सरकारें हैं, जबकि जमाते इस्लामी का तो एक एम.पी. भी नहीं।''

मैं बिगड़कर बोला, ''तो तुम ये साबित करना चाहते हो कि ये झूठे, पाखंडी, कामचोर और बेईमान लोग हैं?''

''नहीं, नहीं, ये तो मैंने बिलकुल नहीं कहा!'' वह बोला।

''तुम्हारी बात से मतलब तो यही निकलता है।''

''नहीं, मेरा ये मानना नहीं है।''

मैं धीरे-धीरे उसे समझाने लगा, ''यार, बात दरअसल ये है कि हम लोग खुद मानते हैं कि काम जितनी तेजी से होना चाहिए, नहीं हो रहा है। धीरे-धीरे हो रहा है, लेकिन पक्के तरीके से हो रहा है। उसमें टाइम तो लगता ही है।''

''तुम ये मानते होंगे कि फिरकापरस्ती बढ़ रही है।''

''हाँ।''

''तो ये धीरे-धीरे जो काम हो रहा है उनका कोई असर नहीं दिखाई पड़ रहा है, हाँ फिरकापरस्ती जरूरी दिन-दूनी रात-चौगुनी स्पीड से बढ़ रही है।''

''अभी बाहर निकलकर बात करते हैं।'' मैंने उसे चुप करा दिया।

इस बीच चाय सर्व की गई। आखिरी वक्ता ने समय बहुत हो जाने और सारी बातें कह दी गई हैं, आदि-आदि कहकर अपना भाषण समाप्त कर दिया। हम दोनों थोड़ा पहले ही बाहर निकल आए। सड़क पर साथ-साथ चलते हुए वह बोला, ''कोई ऐलान तो किसी को करना चाहिए था।''

''कैसा ऐलान?''

''मतलब ये है कि अब ये किया जाएगा, ये होगा।''

''अरे भाई, कहा तो गया कि जनता के पास जाएँगे, उसे संगठित और शिक्षित किया जाएगा।''

''कोई और ऐलान भी कर सकते थे।''

''क्या ऐलान?''

''प्रोफेसर साहब कह सकते थे कि अगर फिर दिल्ली में दंगा हुआ तो वे भूख हड़ताल पर बैठ जाएँगे। राइटर जो थे वो कहते कि फिर दंगा हुआ तो वे अपनी पद्मश्री लौटा देंगे। स्वतंत्रता सेनानी अपना ताम्रपत्र लौटाने की धमकी देते।'' उसकी बात से मेरा मन खिन्न हो गया और मैं चलते-चलते रुक गया। मैंने उससे पूछा, ''ये बताओ, तुम्हें इतनी जल्दी, इतनी हड़बड़ी क्यों है?''

वह मेरे आगे झुका। कुछ बोला नहीं। उसने अपने सिर के बाल हटाए। मेरे सामने लाल-लाल जख्म थे जिनसे ताजा खून रिस रहा था।

नया गणित

चुनाव से चन्द महीने पहले मंत्री महोदय अपने चुनाव क्षेत्र में इस तरह आए जैसे मस्त और घबराया भैंसा लगातार खेदे जाने के बाद बाड़े में घुसता है, यानी बाड़े में तूफान आ गया, छोटे-मोटे जानवर तो इधर-उधर दुबक गए कि मस्त और पागल भैंसे की नजर उन पर न पड़ जाए, कुछ जानवर किनारे हो गए कि करने दो साले को जो करता है।

मंत्रीजी पूरे चार साल सात महीने सोते रहे थे, फिर उनकी नींद हाईकमान की डाँट से खुली तो आँखें मलते-मलते चुनाव क्षेत्र में पहुँच गए थे। अकेले नहीं आते थे, क्योंकि वे जानते थे अकेला चना भाड़ नहीं फोड़ता। उनकी अमरीकी पत्नी साथ थीं, दोनों बच्चे साथ थे, भोलू रसोइया सहित तीन नौकर थे। दो कुत्ते थे और मंत्रीजी के अपने कार्यालय के लोग तो थे ही थे। इतनी तैयारियों से आने का मतलब ही था वे चुनाव सिर्फ जीतने आए हैं।

छोटे-से शहर के छोटे-से वीरान स्टेशन पर जब वातानुकूलित प्रथम श्रेणी डिब्बे से मंत्री महोदय निकले तो बाहर भीड़ जमा थी। जिले के कुल सरकारी अधिकारी थे, कुल जमा छः फैक्टरियों के मालिक और उनका अम्ला था। पुलिस थी, और कुछ साधारण राह चलते थे। बाकी सब तो मंत्री की लल्लो-चप्पो में लग गए थे लेकिन जनता मंत्री महोदय की पत्नी तथा कुत्तों में रुचि ले रही थी। मंत्रीजी ने जनता की नजरों को ताड़ लिया, इसलिए सीधे सिंचाई विभाग के विश्राम-गृह की ओर प्रस्थान कर गए। सिंचाई विभाग का विश्राम-गृह पहले से ही तैयार था, वहाँ रहने वाले चौकन्ना थे, मंत्रीजी के स्टाफ ने उन्हें और चौकन्ना कर दिया। केयर टेकर की ड्यूटी कुत्तों पर लगा दी गई, चौकीदारों को साग-सब्जी खरीदने पर लगाया गया।

नहा-धोकर चाय-वाय पीने के बाद मंत्री महोदय उस हाल में आ गए जहाँ जिलाधिकारी बैठे दो घंटे से उनकी प्रतीक्षा में हनुमानचालीसा पढ़ रहे थे। मंत्री जी आते ही बोले, "हमने कहा था जिले के अधिकारियों की सूची हम देखना चाहते हैं, वो बना लाये हो?"

जिलाधिकारी ने 'यस सर' कहने से पहले ही सूची उनके हाथ में पकड़ा दी। उन्होंने सूची पर निगाह डालते हुए हाथ जिलाधिकारी की तरफ बढ़ाया। जिलाधिकारी समझ गए कि वे पैन माँग रहे हैं, जिलाधिकारी ने फौरन पैन उनके हाथ में दे दिया। मंत्री महोदय ने हर नाम को पढ़ना शुरू किया, और फिर किसी नाम के आगे उन्होंने टी. लिखा, किसी के आगे वी., किसी के आगे पी., किसी के आगे एम. और किसी के आगे के. और किसी के आगे एस. टी. आदि लिखते चले गए। जिलाधिकारी शुरू में तो यह रहस्य समझ नहीं पाए, पर जब स्वयं उनके नाम के आगे मंत्री महोदय ने टी. लिखा तो बात उनकी समझ में आ गई। कुछ क्षण तक गिनती करने के बाद मंत्री महोदय बोले, "क्या ये चीफ सेक्रेटरी चाहते हैं, हम चुनाव हार जाएँ?"

"जी सर?"

"जिले के सोलह अधिकारियों में 'हमारे कितने' आदमी हैं?"

"जी सर?"

"क्या जी सर, जी सर कर रहे हो...हमें चुनाव के लिए यहाँ अपनी बिरादरी के अधिकारी चाहिए होंगे...समझे...?"

"जी सर..."

"यहाँ हाल ये है कि जिले के सोलह अधिकारियों में केवल तीन ही ब्राह्मण हैं...चीफ सेक्रेटरी को फोन मिलाओ।"

दूसरी जाति-बिरादरी के अधिकारी धक्के मारकर बाहर कर दिये और मंत्री महोदय ने 'अपने' लोगों को बुलवा लिया। जिलाधिकारी भी चलता किए गए और एस. पी. भी बदल गए। यह काम इतनी तेजी से हुआ कि पूरे जिले में कभी इतनी तेजी से कुछ न हुआ था।

शतरंज की ये चाल चलने के बाद मंत्री महोदय ने बड़े स्तर पर जनसम्पर्क बनाने की योजना बनायी। उन्होंने हर अफसर को यह मौखिक आदेश दिया कि उनके दौरों में हर अफसर अपनी गाड़ी लेकर उनके साथ रहेगा। इसके अलावा उन्होंने छः फैक्टरियों के मालिकों से कहा कि हर फैक्टरी से कम-से-कम दो-दो गाड़ियाँ हर दौरे में उनके साथ जाएँगी। पुलिस से कहा कि कम-से-कम चार जीपें उनके साथ चला करेंगी। मतलब यह कि अब छोटे-से शहर की पतली-पतली सड़कों से मंत्री महोदय की सवारी गुजरती थी तो तीस-चालीस मोटरों और जीपों की आवाज़ से ही लोग सहम जाते थे। जिस गाँव में इतनी गाड़ियाँ और लोग पहुँच जाते वहाँ मंत्री महोदय का ऐसा आतंक जमता कि मजा आ जाता, और फिर मंत्री महोदय खुलकर मदद करते। जिन कामों को पिछले साढ़े चार सालों से इसी

दिन के लिए रोका गया था, वो तत्काल हो जाते और मंत्री महोदय की जय-जयकार होने लगती।

सबसे अधिक सम्मानित और उपयोगी नागरिकों से जनसम्पर्क स्थापित करने के लिए उन्होंने पुलिस का सहारा लिया। यह पुलिस का अधिकार क्षेत्र था इस कारण यह कार्य किसी और विभाग को नहीं सौंपा जा सकता था। पुलिस रात में बारह बजे के बाद विश्राम-गृह के पिछले गेट से अति विशिष्ट नागरिकों को अन्दर लाती थी, मंत्री जी से भेंट होती थी, शिकवे-गिले किए जाते थे, आश्वासन लिए जाते थे, गले-मिलव्वल होती और रात ही रात अति विशिष्ट नागरिक बीहड़ों, जेलों या दीगर अड्डों तक पहुँच जाते थे।

शहर के सामान्य नागरिकों को उन तक लाने के लिए भी उनके एजेंट छुटे हुए थे, कुछ औरतें छुटी हुई थीं, जो मंत्री महोदय की विदेशी पत्नी 'मारग्रेट भारती' का प्रचार कर रही थीं। कुछ बच्चे छुटे हुए थे जो मंत्रीजी के बच्चों, अखिल भारती और अनूषा भारती का प्रचार कर रहे थे। कुछ ड्राइवर और रसोइये और नौकर छुटे हुए थे जो मंत्रीजी के ड्राइवरों, रसोइयों और नौकरों का प्रचार कर रहे थे।

वैसे अब शहर के अधिकारियों में सब ही मंत्री जी की जाति के अफसर थे, लेकिन एक-दो किन्हीं मजबूरियों की वजह से रुके रह गए थे। उनमें एक वन अधिकारी गोपालसिंह भी थे। गोपालसिंह या उनके जैसे एक-दो अन्य अधिकारियों को मंत्री महोदय ने कुछ उदाहरण पेश करने के लिए रख छोड़ा था। 'इन' एक-दो अधिकारियों का अपमान करके मंत्री महोदय अन्य अधिकारियों तथा नागरिकों में अपना आतंक जमाये रखते थे। उदाहरण के लिए एक दिन लगभग बीस-पच्चीस सम्मानित नागरिकों तथा आठ-दस अफसरों के सामने वन अधिकारी गोपालसिंह और मंत्री के बीच ऐसे संवाद हुए—

मंत्री : तुम बरेठा वाली मीटिंग में क्यों नहीं आए?

गोपालसिंह : सर, मैं पहुँचा था, पर तब तक आपकी मीटिंग खत्म हो चुकी थी।

मंत्री : क्या तुम वहाँ दरी उठाने पहुँचे थे?

गोपालसिंह : जी, मेरी जीप खराब हो गई थी।

मंत्री : अब कभी मेरी मीटिंग में आ रहे हो और जीप खराब हो जाए तो जीप सिर पर उठाकर दौड़ते हुए समय से मीटिंग में पहुँचना।

गोपालसिंह : यस सर।

मंत्री : बाबरपुर में प्लान्टेशन तो हुआ नहीं, तुमने झूठी रिपोर्ट दी है।

गोपालसिंह : नहीं सर, हुआ है।

मंत्री : तुम्हें वन अधिकारी किसने बना दिया है! तुम तो क्लर्क बनने लायक भी नहीं हो...तुम्हारे ऊपर भ्रष्टाचार के आरोप हैं।

गोपालसिंह : सर!

मंत्री : क्यों मेरा सिर खाए जा रहे हो...जिले में नहीं रहना चाहते क्या?

गोपालसिंह : सर!

मंत्री : जाओ...मैंने किसी भी मीटिंग में तुम्हें न देखा तो अरुणाचल प्रदेश में नजर आओगे...समझे।

गोपालसिंह : यस सर।

मंत्री : गेट आउट।

मंत्री महोदय की विदेशी पत्नी 'मारग्रेट भारती' ने शहर की सम्मानित महिलाओं को चाय पर बुलाया। निमंत्रण-पत्र दिल्ली से छपकर गए थे। एक ओर अंग्रेजी में, दूसरी ओर हिन्दी में, नीचे 'मारग्रेट भारती' का नाम लिखा था। निमंत्रण-पत्र देखकर छोटे शहर के अफसरों की बीवियों की आँखें फैल गईं। लड़कियों के स्कूलों-कालिजों की प्राध्यापिकाओं के मुँह खुले-के-खुले रह गए। व्यापारियों और बनियों की महिलाओं पर अपने सम्मानित होने का दौरा पड़ गया। सभा-सोसाइटी तथा क्लब आदि में जानेवाली महिलाओं की बोलती बन्द हो गई। शहर की दो-चार लेडी डॉक्टरों की सिट्टी-पिट्टी गुम हो गई।

ये सब चल ही रहा था कि मंत्री महोदय के मुँहलगे रसोइये भोलू ने छोटे शहर को चमत्कृत कर दिया। यानी अच्छे-अच्छों की हवा निकाल दी। हुआ यह कि शहर के छोटे-मोटे नेताओं को मंत्री महोदय से मिलने का जुगाड़ भिड़ाने में रसोइये भोलू की सेवा-टहल करनी पड़ती थी। यह तो खैर एक साधारण बात थी। लेकिन एक दिन एक औसत दर्जे के छुटभइया नेता रसोई में भोलू से बातें कर रहे थे। बात करते-करते कहने लगे, "भोलू भाई, मंत्रीजी इस चुनाव में जीतने के बाद आपको दिल्ली के किसी फाइव स्टार होटल में 'हैड कुक' तो बना ही देंगे।" रोटी डालते-डालते भोलू रुक गया, उसने आँखें तरेरकर छुटभइया नेता की तरफ देखा और तड़पकर बोला, "आप क्या समझते हैं, हम रसोइया हैं?"

इस सवाल का छुटभइया नेता क्या जवाब देते, चुप-से रहे। उत्तर में भोलू ने कहा, "सात साल से एम.एल.ए. का टिकट पाने के लिए रोटियाँ डाल रहा हूँ...अबकी पक्का है।"

इतना सुनना था कि छुटभइया नेता बेहोश हो गए, उन्हें लाद-लूदकर घर ले जाया गया। जब वे होश में आए तो उन्होंने शहर के दो-चार छोटे और मँझोले

नेताओं के सामने पूरा किस्सा बयान किया। सबने दाँतों तले हाथ दाब लिए। एक मँझोले नेता ने कहा, ''भइया, हमारी गणित तो फेल हो गई।''

चतुर नेता बोले, ''भइया, अब की राजनीति में दो और दो चार नहीं होते...बाईस होते हैं।''

तीसरे नेता ने कहा, ''यही 'माडर्न मैथेमेटिक्स' कहलाती है। हम लोग इससे पार न पा सकेंगे।''

उन सबने ठंडी साँसें भरीं। उधर भोलू के फुल्कों से गरम-गरम भाप निकल रही थी।

नाच

समय बदल गया है। लोगों के शौक भी बदल गए हैं। कल तक जो लोगों को अच्छा लगता था आज उसमें किसी की रुचि नहीं है—बन्दर वाले ने सोचा। पिछले कई सालों से बन्दर वाले की हालत पतली थी। उसका क्या, बन्दर और बन्दरिया तक का पेट नहीं भर पाता। तीनों दिन-दिन भर घूमते रहते, पर कहीं कोई नाच दिखाने के लिए न कहता। कहीं कोई करबत दिखाने की फरमाइश न करता। कहीं बच्चों की भीड़ न लगती। कहीं लड़कियाँ बन्दर-बन्दरिया की शादी या बन्दरिया के ससुराल जाने के दृश्य न देखना चाहतीं।

भूखे मरने की नौबत तो पहले ही आ चुकी थी। अब मरने की नौबत आ गई। तीनों सिर जोड़कर बैठ गए।

बन्दर बोला, ''उस्ताद, तुम भी वही हो, मैं भी वही हूँ, बन्दरिया भी वही है, हमारा तमाशा भी वही है, जिसे देखने के लिए पहले भीड़ लग जाया करती थी—तब, आज लोग क्यों नहीं देखते?''

बन्दरिया ठंडी साँस लेकर बोली, ''शायद इसलिए कि अब मैं बूढ़ी हो गई हूँ, पहले जवान थी तो लोग...''

''अरे चुप रह बुढ़िया, तेरा दिमाग खराब हो गया है क्या...'' बन्दर बोला।

''बात ये है कि आजकल फिल्मों का चलन बढ़ गया है...वीडियो टी.वी. लग गए हैं...सब वही देखते हैं।'' बन्दर नचाने वाला बोला।

''तब हम क्या करें?'' बन्दरिया बोली।

''भगवान ने पेट दिया है तो उसे भरने का परबन्ध तो करना ही पड़ेगा।'' बन्दर ने कहा।

बन्दर नचाने वाला बोला, ''हाँ, भगवान ने बुद्धि भी दी है, उसका भी इस्तेमाल करना चाहिए।''

तीनों फिर सिर जोड़कर बैठ गए। सोचने लगे। सोचते-सोचते बन्दर नचाने वाले ने बन्दर से कहा कि ''तुम अपने कपड़े मुझे दे दो। मैं बन्दर बन जाता हूँ और तुम मेरे कपड़े पहनकर बन्दर नचाने वाले बन जाओ।''

अदला-बदली हो गई। बन्दर नचाने वाले के गले में रस्सी डाली गई। वह और बन्दरिया साथ-साथ चले। डोरी पकड़े आगे-आगे बन्दर चला। उसने डुगडुगी बजाई, आवाज लगाई, ''आओ...आओ...देखो...तमाशा देखो...बन्दरिया के साथ आदमी की शादी का तमाशा देखो...'' जरा ही देर में बड़ी भीड़ जमा हो गई। तमाशा शुरू हुआ। लोगों को खूब मजा आया। खूब हँसे। खूब पैसे मिले।

तीनों ने भरपेट खाना खाया। बन्दर वाले ने खाने के बाद चिलम सुलगाई। बन्दर और बन्दरिया को एक-एक केला दिया। बन्दर ने पूछा, ''उस्ताद, मैं समझा नहीं...ये आज हुआ क्या?''

बन्दर वाले ने कहा, ''देख जमूरे...ये दुनिया वाले ज़ालिम हैं। नाचने वाले का नाच देखकर उन्हें मज़ा नहीं आता...हाँ जो नहीं नाचता...उसे नाचता देख लोगों को मज़ा आता है।''

गिरफ़्त

हमारा देश महान है। हम लोग महान हैं। हमारे बीवी-बच्चे महान हैं। हमारे नौकर-चाकर भी महान हैं। हमारे देश की हर चीज, यहाँ तक कि सब कुछ महान है।

हमारी परम्पराएँ महान हैं। हमारी महान परम्पराओं में एक परम्परा यह भी है कि सभी दिवंगत जनों को हम महान समझते हैं। परसों पड़ोस का मल्लू मर गया। हेराफेरी करता था। जब हेराफेरी न चल पाती थी तो खून बेचता था। जिस दिन खून बेचता था उस दिन पूरा अद्धा पीता था। उसे किसी ने समझा दिया कि शराब में बड़ी ताकत होती है। शराब पीकर उसकी ताकत पत्नी को मारने-कूटने और बच्चों को गालियाँ देने में निकलती थी। थोड़ी-बहुत ताकत मोहल्ले वालों से गाली-गलौज में लगती थी।

मल्लू के मरने पर लोग जमा हुए तो बातचीत से पता चला कि वह महान था। सदाचारी था। काम से काम रखता था। मोहल्ले वालों के साथ प्रेम से रहता था। धार्मिक प्रवृत्ति का आदमी था। परिवार से बहुत प्रेम करता था।

जरा सोचिए, हमारे महान देश में मल्लू जैसा आदमी मरने के बाद अगर महान हो जाता है तो राजनेता मरने के बाद क्या हो जाते होंगे? राजनेताओं के मरने के बाद उनकी महानता सिद्ध करने के लिए तरह-तरह के कार्यक्रम आयोजित होते हैं। पुण्य-तिथि आते ही सारे देश में हलचल मच जाती है।

हमारे देश में तिथियाँ भी महान हैं। जन्म-तिथि हो या पुण्य तिथि। कभी-कभी लगता है यदि तिथियाँ मतलब जन्म और पुण्य-तिथियाँ न होतीं तो हम भारतवासी क्या करते? साल-भर बैठे मक्खियाँ मारते रहते। और इतनी अधिक मक्खियाँ मरने के कारण पर्यावरण असंतुलित हो जाता, तब पर्यावरण का संतुलन बनाये रखने के लिए अमेरिका से मक्खियाँ मँगवानी पड़तीं।

यह कहानी भी एक राजनेता की पुण्य-तिथि की कहानी है। राजनेता जब जीवित था तब उस पर भ्रष्टाचार, दुराचार के ऐसे आरोप सिद्ध हो चुके थे कि अगर वह जीवित रहता तो जरूर जेल की हवा खाता, लेकिन सौभाग्य से मर गया और महान हो गया। उसकी पुण्य-तिथि पर देश-भर में जगह-जगह एकता मेले लगाए

गए, खेल प्रतियोगिताएँ आयोजित की गईं, निबन्ध लेखन प्रतियोगिता हुई, रेडियो और दूरदर्शन ने विशेष प्रसारण किए। संगीत सभाएँ, सर्वधर्म प्रार्थना सभाएँ, जुलूस, रैलियाँ, शिविर, सम्मेलन और वाद-विवाद प्रतियोगिताएँ आदि आयोजित किए गए।

इन सब आयोजनों में सबसे ज्यादा शामत आई स्कूली बच्चों की, यानी हर आयोजन में उन्हें आगे-आगे रखा गया। सामने बैठाया गया। नारे लगवाये गए। श्रमदान कराया गया। पेड़ लगवाये गए। स्कूली बच्चे भी खुश हो गए। मास्टर-मास्टरनियाँ भी प्रसन्न हो गए। सोचने लगे, काश! हर दिन किसी राजनेता की पुण्य-तिथि होती।

राजनेता की पुण्य-तिथि पर हर शहर में रक्तदान शिविर आयोजित हुए। दिल्ली में व्यापक शिविर एक सरकारी अस्पताल की ओ.पी.डी. में लगाया गया। झंडियाँ, झंडे, गमले, सजावटी गेट, बन्दनवार लगाए गए। ओ.पी.डी. मरीजों के लिए बन्द कर दी गई।

खून देने वाले स्वयंसेवक सफेद झलझलाते कुर्तों-पाजामों और चमचमाती मारुति कारों में आए। उनमें खून देने का इतना उत्साह था कि पोर-पोर से खून टपका पड़ता था। वैसे उनके शरीर में इतना खून था कि पूरे देश को दिया जा सकता था। यानी वे मुस्टण्डे, हट्टे-कट्टे, खाए-पिए, खेले-खाए सांडों जैसे लग रहे थे।

ये सब मुस्टण्डे छोटे-छोटे गुटों में खड़े हो गए। दरअसल लघु-उप-राज्य मंत्री पुण्य-तिथि आयोजन में आ रहे थे। उन्हीं के चरण-कमलों द्वारा इस रक्तदान शिविर का उद्घाटन होना था।

लघु-उप-राज्य मंत्री के आने से पहले एक विदेशी स्त्री आ धमकी और पिछली सीट से गीता जी उतरीं। उम्र चालीस के आसपास। पर देखने में घाघ। एक उभरते हुए उद्योगपति की दूसरी पत्नी। कुत्ते पालने और राजनीति का शौक। कुत्ते पालने का शौक तो शादी के बाद कुछ-कुछ कम हो चला है, लेकिन राजनीति से वही पुराना इश्क है। अपार धन। व्यापक सम्पर्क। सैकड़ों चमचे, पचासों गुण्डे। पिछले साल राज्यसभा में आते-आते रह गईं।

गीता जी आईं तो बहार आ गई। भागदौड़। आगे-पीछे। दाएँ-बाएँ। ऊपर-नीचे। अन्दर बढ़ीं। तभी कैमरा टीम आ गई। उसके पीछे मंत्री जी की गाड़ी आई। उतरे। जय-जयकार। देश का नेता कैसा हो? पापी, भ्रष्टाचारी, अपराधी हो। मुस्कराहटें सज गईं। जेब में चमचमाता कलम। कलफ कपड़ों से टपका पड़ता। कपड़े हथियारों की तरह बज रहे थे। जो चीज कपड़ों से छू जाती थी, कट जाती थी। हाथ इस तरह जुड़े थे जैसे जुड़वाँ बच्चे हों।

गीता जी ने मंत्री के माला डाली। करतल ध्वनि हुई। मंत्री जी रक्त देने वालों के पास पहुँचे। सबसे पहले बेड पर गीता लेटी रक्त दे रही थीं। मंत्री जी और गीता जी पर कैमरे चमके। दूरदर्शन वालों ने छायांकन किया।

मंत्री जी ने रक्त देने वालों के दिल बढ़ाये। बाहर निकल कर एक अनर्गल-सा भाषण दिया जिसमें सिद्ध कर दिया कि वे ही नहीं सुनने वाले तक महाचूतिया हैं या महाघाघ हैं। तालियाँ बजती रहीं। मंत्री जी कार में बैठे और उड़ गए। अगले रक्तदान शिविर में उनकी प्रतीक्षा हो रही थी।

गीता जी कार में बैठने ही वाली थीं। मेला उखड़ने ही वाला था कि एक जूनियर डॉक्टर अन्दर से भागता हुआ आया। वह बुरी तरह हाँफ रहा था। बोला—''अभी-अभी फोन आया है। पी.एम. यहाँ आ रहे हैं।''

''पी.एम. यानी प्राइम मिनिस्टर...प्रधानमंत्री?''

''जी हाँ...प्रधानमंत्री...उनका कार्यक्रम बदल गया है। जिस प्रार्थना सभा में उन्हें जाना था वहाँ बम पाया गया है।''

''थैंक गॉड! फटा तो नहीं?''

''प्रधानमंत्री के जाने के पहले फट गया।''

''थैंक गॉड...कोई मरा तो नहीं?''

''बाईस आदमी...''

''थैंक गॉड...इससे ज्यादा मर जाते तो हम क्या कर सकते थे।''

फिर गीता जी को याद आया कि प्रधानमंत्री अभी-अभी आ रहे हैं। वे अन्दर की ओर भागीं।

दूरदर्शन की विशेष कैमरा टीम आ गई। विदेशी समाचार एजेन्सियों की टीमें आ गईं। गोरे संवाददाताओं ने रंग जमा दिया। ब्लैक कैट आ गए। ऊँचे अधिकारी आ गए। पुलिस की वर्दियों में अपराधी और अपराधियों की वर्दी में पुलिसकर्मी आ गए।

गीता जी ने अन्दर डॉक्टर से कहा, ''प्लीज डॉक्टर, मैं फिर से 'ब्लड डोनेट' करना चाहती हूँ।''

डॉक्टर समझदार था। बोला, ''लेकिन अभी-अभी तो आपने खून दिया है।''

''मैं फिर देना चाहती हूँ।''

''लेकिन ऐसा कैसे हो सकता है?''

''ये तो आपको सोचना है।'' गीता जी का स्वर बदल गया और डॉक्टर की अकल पर पड़े पर्दे हट गए।

''आप भी अजीब डॉक्टर हैं। विज्ञान के इस युग में आप असम्भव शब्द पर

विश्वास करते हैं...लानत है आप पर और आपके विज्ञान पर..."

"नहीं...नहीं गीता जी...सब हो जाएगा...प्लीज, आप चिन्ता न करें...।"

डॉक्टर ने जूनियर डॉक्टर को इशारा किया, जूनियर डॉक्टर ने कम्पाउंडर को संकेत दिया। उसने नर्स को आँख मारी। नर्स ने चपरासी को आँखों ही आँखों में कुछ बताया। चपरासी ने जमादार को इशारा किया और जमादार अस्पताल के पीछे नाले के किनारे एक नीम के पेड़ के नीचे जुआ खेलते मल्लू को लेकर हाजिर हो गया।

काला, सूखा, मरियल, हड्डियों का ढाँचा, मुँह से बीड़ी की दुर्गंध और शरीर से पसीने की बदबू। गीता जी ने उसे देखकर मुँह बनाया।

डॉक्टर—"गीताजी, यह आदमी खून बेचता है।"

गीता जी— "वेरी गुड..."

डॉक्टर— "खून ही नहीं, यह आँख भी बेच सकता है।"

मल्लू— "पचास हजार।"

डॉक्टर— "किडनी भी बेचता है।"

मल्लू— "एक लाख।"

डॉक्टर— "दिल चाहें तो वह भी..."

मल्लू— "दो लाख।"

डॉक्टर— "मतलब यहाँ हर चीज बिकती है..."

अचानक पूरा परिदृश्य बदल गया। नर्स नर्तकी बन गई। डॉक्टर गायक/कव्वाल बन गया। जूनियर डॉक्टर तबलची बन गया। चपरासी सारंगी लेकर बैठ गया और डॉक्टर ने तान मारी...यहाँ हर चीज बिकती है...मेरी जाँ...ओ मेरी जाँ...यहाँ हर चीज बिकती है...संगीत...तबला, हारमोनियम, घुँघरू बाँधे नर्स नाचने लगी...यहाँ हर चीज बिकती है। जूनियर डॉक्टर तबले पर पिल पड़ा और चपरासी सारंगी पर झुक गया...मेरी जाँ क्या खरीदोगे?

गीता जी बोलीं, "ठीक है...ठीक है समझ गई।"

दृश्य बदल गया। सब यथावत् हो गए। डॉक्टर ने झुककर दूरदर्शनी लहजे में कहा, "व्यवधान के लिए खेद है।" गीता जी ने अपना पर्स खोलकर जितने भी सौ-सौ के नोट हाथ में आए, मल्लू की तरफ बढ़ा दिये। मल्लू के हाथ से सौ का एक नोट जमादार ने खींच लिया। दो नोट चपरासी ने ले लिए। तीन नोट नर्स ने झटक लिए। चार जूनियर डॉक्टर ने डकार लिए। पाँच नोट डॉक्टर ने जेब में डाल लिए। फिर भी मल्लू के हाथ में सौ-सौ के काफी नोट बचे। मल्लू ने जल्दी से उन्हें पाजामे में उड़स लिया।

प्रधानमंत्री सबसे पहले गीता जी के बेड के पास आए। आडियो, वीडियो, सीडियो, पीडियो सब तरह के कैमरे चले। प्रधानमंत्री ने फूलों का एक गुलदस्ता गीता जी को भेंट किया। गीता जी ने हाथ जोड़े। वे खून दे रही थीं। नीचे मल्लू लेटा था। चादर से सब कुछ ढका हुआ था। लगता यही था कि टप-टप बोतल में गिरने वाला खून मल्लू का नहीं बल्कि गीता का है।

प्रधानमंत्री आगे बढ़े, उनके पीछे संचार मंत्रालय भी चल दिया। गृह मंत्रालय भी चला। स्वास्थ्य मंत्रालय भी चला। गीता जी फुर्ती से उठीं और फूलों की एक मोटी-सी माला लेकर दरवाजे पर गईं। जब प्रधानमंत्री बाहर निकलेंगे तो वे डालेंगी।

बोतल में खून टपक रहा था। मल्लू टेंट में दाबे रुपयों को मुट्ठी में दाबे सोच रहा था। दो महीने का राशन लाकर डाल देगा। ताकि रोज-रोज की किलकिल खत्म हो जाए। सबके कपड़े भी बन जाएँगे...बच्चों के लिए मिठाई भी ले जाएगा। और जमकर पिएगा...ताकत आ जाएगी...विलायती पिएगा...मुर्गा भी खाएगा...सेकेंड शो पिक्चर देखेगा। पिक्चर के दृश्य आँखों के सामने घूमने लगे...फिर धीरे-धीरे उसकी आँखें बन्द होने लगीं। बूँदें टपक रही थीं। उसने जोर लगाकर आँखें खोलना चाहीं, लेकिन गहरी नींद के दबाव में आँखें बन्द होती गईं पर टेंट में दबे नोटों पर उसकी गिरफ्त मजबूत हो रही थी।

मुश्किल काम

जब दंगे खत्म हो गए, चुनाव हो गए, जिन्हें जीतना था जीत गए, जिनकी सरकार बननी थी बन गई, जिनके घर और जिनके जख्म भरने थे भर गए, तब दंगा करने वाली दो टीमों की एक इत्तफाकी मीटिंग हुई। मीटिंग की जगह आदर्श थी—यानी शराब का ठेका—जिसे सिर्फ चन्द साल पहले से ही 'मदिरालय' कहा जाने लगा था, वहाँ दोनों गिरोह जमा थे, पीने-पिलाने के दौरान किसी भी विषय पर बात हो सकती है, तो बातचीत ये होने लगी कि पिछले दंगों में किसने कितनी बहादुरी दिखाई, किसने कितना माल लूटा, कितने घरों में आग लगाई, कितने लोगों को मारा, कितने बम फोड़े, कितनी औरतों को कत्ल किया, कितने बच्चों की टांगें चीरीं, कितने अजन्मे बच्चों का काम तमाम कर दिया, आदि-आदि।

मदिरालय में कभी कोई झूठ नहीं बोलता यानी वहाँ कही गई बात अदालत में गीता या कुरान पर हाथ रखकर खायी गई कसम के बराबर होती है, इसलिए यहाँ जो कुछ लिखा जा रहा है, सच है और सच के सिवा कुछ नहीं है। खैरियत खैरसल्ला पूछने के बाद बातचीत इस तरह शुरू हुई। पहले गिरोह के नेता ने कहा—"तुम लोग तो जन्खे हो, जन्खे...हमने सौ दुकानें फूंकी हैं।" दूसरे ने कहा, "उसमें तुम्हारा कोई कमाल नहीं है। जिस दिन तुमने आग लगाई, उस दिन तेज हवा चल रही थी...आग तो हमने लगाई थी जिसमें तेरह आदमी जल मरे थे।"

बात चूँकि आग से आदमियों पर आई थी, इसलिए पहले ने कहा, "तुम तेरह की बात करते हो? हमने छब्बीस आदमी मारे हैं।" दूसरा बोला, "छब्बीस मत कहो।"

"क्यों?"

"तुमने जिन छब्बीस को मारा है...उनमें बारह तो औरतें थीं।"

यह सुनकर पहला हँसा। उसने एक पव्वा हलक में उड़ेल लिया और बोला, "गधो, तुम समझते हो औरतों को मारना आसान है?"

"हाँ।"

"नहीं, ये गलत है।" पहला गरजा।

"कैसे?"

''औरतों की हत्या करने से पहले उनके साथ बलात्कार करना पड़ता है, फिर उनके गुप्तांगों को फाड़ना-काटना पड़ता है...तब कहीं जाकर उनकी हत्या की जाती है।''

''लेकिन वे होती कमजोर हैं।''

''तुम नहीं जानते औरतें कितनी जोर से चीखती हैं...और किस तरह हाथ-पैर चलाती हैं...उस वक्त उनके शरीर में पता नहीं कहाँ से ताकत आ जाती है...''

''खैर छोड़ो, हमने कुल बाईस मारे हैं...आग में जलाये इसके अलावा हैं।'' दूसरा बोला।

पहले ने पूछा, ''बाईस में बूढ़े कितने थे?''

''झूठ नहीं बोलता...सिर्फ आठ थे।''

''बूढ़ों को मारना तो बहुत ही आसान है...उन्हें क्यों गिनते हो?''

''तो क्या तुम दो बूढ़ों को एक जवान के बराबर भी न गिनोगे?''

''चलो, चार बूढ़ों को एक जवान के बराबर गिन लूँगा।''

''ये तो अंधेर कर रहे हो।''

''अबे अंधेर तू कर रहा है...हमने छब्बीस आदमी मारे हैं...और तू हमारी बराबरी कर रहा है।''

दूसरा चिढ़ गया, बोला, ''तो अब तू जबान ही खुलवाना चाहता है क्या?''

''हाँ-हाँ, बोल बे...तुझे किसने रोका है!''

''तो कह दूँ सबके सामने साफ-साफ?''

''हाँ...हाँ, कह दो।''

''तुमने जिन छब्बीस आदमियों को मारा है...उनमें ग्यारह तो रिक्शे वाले, झल्ली वाले और मजदूर थे, उनको मारना कौन-सी बहादुरी है?''

''तूने कभी रिक्शेवालों, मजदूरों को मारा है?''

''नहीं...मैंने कभी नहीं मारा।'' वह झूठ बोला।

''अबे, तूने रिक्शे वालों, झल्ली वालों और मजदूरों को मारा होता तो ऐसा कभी न कहता।''

''क्यों?''

''पहले वे हाथ-पैर जोड़ते हैं...कहते हैं, बाबूजी, हमें क्यों मारते हो...हम न हिन्दू हैं न मुसलमान...न हम वोट देंगे...न चुनाव में खड़े होंगे...न हम गद्दी पर बैठेंगे...न हम राज करेंगे...लेकिन बाद में जब उन्हें लग जाता है कि वो बच नहीं पाएँगे तो एक-आध को ज़ख़्मी करके ही मरते हैं।''

दूसरे ने कहा, ''अरे, ये सब छोड़ो...हमने जो बाईस आदमी मारे हैं...उनमें दस

जवान थे...कड़ियल जवान...''

''जवानों को मारना सबसे आसान है।''

''कैसे? ये तुम कमाल की बात कर रहे हो!''

''सुनो...जवान जोश में आकर बाहर निकल आते हैं, उनके सामने एक-दो नहीं पचासों आदमी होते हैं...हथियारों से लैस...एक आदमी पचास से कैसे लड़ सकता है?...आसानी से मारा जाता है।''

इसके बाद 'मदिरालय' में सन्नाटा छा गया, दोनों चुप हो गए। उन्होंने कुछ और पी, कुछ और खाया, कुछ बहके, फिर उन्हें ध्यान आया कि उनका तो आपस में कम्पटीशन चल रहा था।

पहले ने कहा, ''तुम चाहे जो कहो...हमने छब्बीस आदमी मारे हैं...और तुमने बाईस...''

''नहीं, यह गलत है...तुमने हमसे ज्यादा नहीं मारे।'' दूसरा बोला।

''क्या उल्टी-सीधी बातें कर रहे हो...हम चार नम्बरों से तुमसे आगे हैं।''

दूसरे ने ट्रम्प का पत्ता चला— ''तुम्हारे छब्बीस में बच्चे कितने थे?''

''आठ थे।''

''बस, हो गई बात बराबर।''

''कैसे?''

''अरे, बच्चों को मारना तो बहुत आसान है, जैसे मच्छरों को मारना।''

''नहीं बेटा, नहीं...ये बात नहीं है...तुम अनाड़ी हो।''

दूसरा ठहाका लगाकर बोला, ''अच्छा तो बच्चों को मारना बहुत कठिन है?''

''हाँ।''

''कैसे?''

''बस, है।''

''बताओ न...''

''बताया तो...''

''क्या बताया?''

''यही कि बच्चों को मारना बहुत मुश्किल है...उनको मारना जवानों को मारने से भी मुश्किल है...औरतों को मारने से क्या, मजदूरों को मारने से भी मुश्किल।''

''लेकिन क्यों?''

''इसलिए कि बच्चों को मारते वक्त...''

''हाँ...हाँ, बोलो, रुक क्यों गए?''

''बच्चों को मारते समय...अपने बच्चे याद आ जाते हैं।''

मैं हिन्दू हूँ

ऐसी चीख़ कि मुर्दे भी क़ब्र में से उठकर खड़े हो जाएँ। लगा कि आवाज़ बिल्कुल कानों के पास से आई है। उन हालात में...मैं उछलकर चारपाई पर बैठ गया, आसमान पर अब भी तारे थे...शायद रात का तीन बजा होगा। अब्बाजान भी उठ बैठे। चीख़ फिर सुनाई दी। सैफू अपनी खुर्री चारपाई पर लेटा चीख़ रहा था। आंगन में एक सिरे से सबकी चारपाइयाँ बिछी थीं।

''लाहौलविलाकुव्वत...'' अब्बाजान ने लाहौल पढ़ी।

''ख़ुदा जाने ये सोते-सोते क्यों चीख़ने लगता है।'' अम्माँ बोलीं।

''अम्माँ इसे रात भर लड़के डराते हैं...'' मैंने बताया।

''उन मुओं को भी चैन नहीं पड़ता...लोगों की जान पर बनी है और उन्हें शरारतें सूझती हैं।'' अम्माँ बोलीं।

सफिया ने चादर से मुँह निकालकर कहा, ''इससे कहो छत पर सोया करे।''

सैफू अब तक नहीं जगा था। मैं उसके पलंग के पास गया और झुककर देखा कि उसके चेहरे पर पसीना था। साँस तेज़-तेज़ चल रही थी और जिस्म काँप रहा था। बाल पसीने में तर हो गए और कुछ लटें माथे पर चिपक गई थीं। मैं सैफू को देखता रहा और उन लड़कों के प्रति मन में गुस्सा घुमड़ता रहा जो उसे डराते हैं।

तब दंगे ऐसे नहीं हुआ करते थे जैसे आजकल होते हैं। दंगों के पीछे छिपे दर्शन, रणनीति, कार्यपद्धति और गति में बहुत परिवर्तन आया है। आज से पच्चीस-तीस साल पहले न तो लोगों को ज़िन्दा जलाया जाता था और न पूरी की पूरी बस्तियाँ वीरान की जाती थीं। उस ज़माने में प्रधानमंत्रियों, गृहमंत्रियों और मुख्यमंत्रियों का आशीर्वाद भी दंगाइयों को नहीं मिलता था। यह काम छोटे-मोटे स्थानीय नेता अपना स्थानीय और क्षुद्र किस्म का स्वार्थ पूरा करने के लिए करते थे। व्यापारिक प्रतिद्वंद्विता, ज़मीन पर कब्ज़ा करना, चुंगी के चुनाव में हिन्दू या मुस्लिम वोट समेट लेना वग़ैरा उद्देश्य हुआ करते थे। अब तो दिल्ली दरबार पर कब्ज़ा जमाने का साधन बन गए हैं साम्प्रदायिक दंगे। संसार के विशालतम लोकतंत्र की नाक में वही नकेल डाल सकता है जो साम्प्रदायिक हिंसा और घृणा पर ख़ून

की नदियाँ बहा सकता हो।

सैफ़ू को जगाया गया। वह बकरी के मासूम बच्चे की तरह चारों तरफ इस तरह देख रहा था जैसे माँ को तलाश कर रहा है। अब्बाजान के सौतेले भाई की सबसे छोटी औलाद सैफ़ुद्दीन उर्फ़ सैफ़ू ने जब अपने को घर के सभी लोगों से घिरे देखा तो अकबका कर खड़ा हो गया।

सैफ़ू के अब्बा कौसर चचा के मरने का आया कोना कटा पोस्टकार्ड मुझे अच्छी तरह याद है। गाँव वालों ने ख़त में कौसर चचा के मरने की ख़बर ही नहीं दी थी बल्कि ये भी लिखा था कि उनका सबसे छोटा बेटा सैफ़ू अब इस दुनिया में अकेला रह गया है। सैफ़ू के बड़े भाई उसे अपने साथ, बम्बई नहीं ले गए। उन्होंने कह दिया है कि सैफ़ू के लिए वे कुछ नहीं कर सकते। अब अब्बाजान के अलावा उसका दुनिया में कोई नहीं है। कोना कटा पोस्टकार्ड पकड़े अब्बाजान बहुत देर तक ख़ामोश बैठे रहे थे। अम्माँ से कई बार लड़ाई होने के बाद अब्बाजान पुश्तैनी गाँव धनवाखेड़ा गए थे और बची-खुची ज़मीन बेच, सैफ़ू को साथ लेकर लौटे थे। सैफ़ू को देखकर हम सबको हँसी आई थी। किसी गँवार लड़के को देखकर अलीगढ़ मुस्लिम यूनिवर्सिटी के स्कूल में पढ़नेवाले लड़के और अब्दुल्ला गर्ल्स कॉलिज के स्कूल में पढ़नेवाली सफिया की और क्या प्रतिक्रिया हो सकती थी। पहले दिन ही यह लग गया था कि सैफ़ू सिर्फ गँवार ही नहीं है बल्कि अधपागल होने की हद तक सीधा या बेवकूफ़ है। हम उसे तरह-तरह से चिढ़ाया या बेवकूफ़ बनाया करते थे। इसका एक फ़ायदा सैफ़ू को इस तौर पर हुआ कि अब्बाजान और अम्माँ का उसने दिल जीत लिया। सैफ़ू मेहनत का पुतला था। काम करने से कभी न थकता था। अम्माँ को उसकी ये 'अदा' बहुत पसन्द थी। अगर दो रोटियाँ ज़्यादा खाता है तो क्या? काम भी तो कमर तोड़ करता है। सालों पर साल गुज़रते गए और सैफ़ू हमारी ज़िन्दगी का हिस्सा बन गया। हम सब उसके साथ सहज होते चले गए। अब मोहल्ले का कोई लड़का उसे पागल कह देता था तो मैं उसका मुँह नोंच लेता था। हमारा भाई है, तुमने पागल कहा कैसे? लेकिन घर के अन्दर सैफ़ू की हैसियत क्या थी ये हमीं जानते थे।

शहर में दंगा वैसे ही शुरू हुआ था जैसे हुआ करता था—यानी मस्जिद में किसी को एक पोटली मिली थी जिसमें किसी किस्म का गोश्त था और गोश्त को देखे बग़ैर ये तय कर लिया गया था कि चूँकि वो मस्जिद में फेंका गया गोश्त है इसलिए सुअर के गोश्त के सिवा और किसी जानवर का हो ही नहीं सकता। इसकी प्रतिक्रिया में मुग़ल टोले में गाय काट दी गई थी और दंगा भड़क गया था। कुछ दुकानें जली थीं और ज़्यादातर लूटी गई थीं। चाकू-छुरी की वारदातों में क़रीब

सात-आठ लोग मरे थे लेकिन प्रशासन इतना संवेदनशील था कि कर्फ़्यू लगा दिया गया था। आजकल वाली बात न थी। हज़ारों लोगों के मारे जाने के बाद भी मुख्यमंत्री मूँछों पर ताव देकर घूमता और कहता कि जो कुछ हुआ सही हुआ।

दंगा चूँकि आसपास के गाँवों तक भी फैल गया था इसलिए कर्फ़्यू बढ़ा दिया गया था। मुग़लपुरा मुसलमानों का सबसे बड़ा मोहल्ला था इसलिए वहाँ कर्फ़्यू का असर भी था और 'जिहाद' जैसा माहौल भी बन गया था। मोहल्ले की गलियाँ तो थी हीं पर कई दंगों के तजरुबों ने यह भी सिखा दिया था कि घरों के अन्दर से भी रास्ते होने चाहिए। यानी इमरजेंसी पैकेज। जो घरों के अन्दर से; छतों के ऊपर से, दीवारों को फलाँगते कुछ ऐसे रास्ते भी बन गए थे कि कोई अग़र उनको जानता हो तो मोहल्ले के एक कोने से दूसरे कोने तक आसानी से जा सकता था। मोहल्ले की तैयारी युद्धस्तर की थी। सोचा गया था कि कर्फ़्यू अगर महीने भर भी खिंचता है तो ज़रूरत की सभी चीज़ें मोहल्ले में ही मिल जाएँ।

दंगा मोहल्ले के लड़कों के लिए एक अजीब तरह के उत्साह दिखाने का मौसम हुआ करता था। अजी हम तो हिन्दुओं को ज़मीन चटा देंगे; समझ क्या रखा है धोती बाँधनेवालों ने...अजी बुज़दिल होते हैं...एक मुसलमान दस हिन्दुओं पर भारी पड़ता है... "हँस के लिया है पाकिस्तान; लड़कर लेंगे हिन्दुस्तान" जैसा माहौल बन जाता था, लेकिन मोहल्ले से बाहर निकलने में सबकी नानी मरती थी। पीएसी की चौकी दोनों मुहानों पर थी। पीएसी के बूटों और उनके राइफलों के बटों की मार कई को याद थे इसलिए जबानी जमा-खर्च तक तो सब ठीक था लेकिन उसके आगे...

संकट एकता सिखा देता है। एकता अनुशासन और अनुशासन व्यावहारिकता। हर घर से एक लड़का पहरे पर रहा करेगा। हमारे घर में मेरे अलावा, उस ज़माने में मुझे लड़का नहीं माना जा सकता था, क्योंकि मैं पच्चीस पार कर चुका था; लड़का सैफ़ू ही था इसलिए उसे रात के पहरे पर रहना पड़ता था। रात का पहरा छतों पर हुआ करता था। मुग़लपुरा चूँकि शहर के सबसे ऊपरी हिस्से में था इसलिए छतों पर से पूरा शहर दिखाई देता था। मोहल्ले के लड़कों के साथ सैफ़ू पहरे पर जाया करता था। यह मेरे, अब्बाजान, अम्माँ और सफिया—सभी के लिए बहुत अच्छा था। अगर हमारे घर में सैफ़ू न होता तो शायद मुझे रात में धक्के खाने पड़ते। सैफ़ू के पहरे पर जाने की वजह से उसे कुछ सहूलियतें भी दे दी गई थीं, जैसे उसे आठ बजे तक सोने दिया जाता था उससे झाड़ू नहीं दिलवाई जाती थी। यह काम सफिया के हवाले हो गया था जो इसे बेहद नापसन्द करती थी।

कभी-कभी रात में मैं भी छतों पर पहुँच जाता था। छतों की दुनिया पर मोहल्ले

के लड़कों का राज हुआ करता था। लाठी, डंडे, बल्लम और ईंटों के ढेर इधर-उधर लगाए गए थे। दो-चार लड़कों के पास देसी कट्टे और ज़्यादातर के पास चाकू थे। उनमें से सभी छोटा-मोटा काम करने वाले कारीगर थे। ज़्यादातर ताले के कारख़ानों में काम करते थे। कुछ दर्ज़ीगिरी, बढ़ईगिरी जैसे काम करते थे। चूँकि इधर बाज़ार बन्द था इसलिए उनके धंधे भी ठप्प थे। उनमें से ज़्यादातर के घरों में कर्ज़ से चूल्हा जल रहा था। लेकिन वो ख़ुश थे। छतों पर बैठकर वे दंगों की ताज़ा ख़बरों पर तब्सिरा किया करते थे या हिन्दुओं को गालियाँ दिया करते थे। हिन्दुओं से ज़्यादा गालियाँ वे पीएसी को देते थे। पाकिस्तान रेडियो का पूरा प्रोग्राम उन्हें जबानी याद था और कम आवाज़ में रेडियो लाहौर सुना करते थे। इन लड़कों में दो-चार जो पाकिस्तान जा चुके थे उनकी इज़्ज़त हाजियों की तरह होती थी। वो पाकिस्तान की रेलगाड़ी 'तेज़गाम' और 'गुलशने इक़बाल कॉलोनी' के ऐसे किस्से सुनाते थे कि लगता स्वर्ग अगर पृथ्वी पर कहीं है तो पाकिस्तान में है। पाकिस्तान की तारीफ़ों से जब उनका दिल भर जाया करता था तो सैफू से छेड़छाड़ किया करते थे। सैफू ने पाकिस्तान, पाकिस्तान और पाकिस्तान का वज़ीफ़ा सुनने के बाद एक दिन पूछ लिया था कि पाकिस्तान है कहाँ? इस पर सब लड़कों ने उसे बहुत खींचा था। वह कुछ समझा था। कुछ नहीं समझा था, लेकिन उसे यह पता नहीं लग सका था कि पाकिस्तान कहाँ है।

गश्ती लौंडे सैफू को मज़ाक ही मज़ाक में संजीदगी से डराया करते थे—"देखो सैफू, अगर तुम्हें हिन्दू पा जाएँगे तो जानते हो क्या करेंगे? पहले तुम्हें नंगा कर देंगे।" लड़के जानते थे कि सैफू अधपागल होने के बावजूद नंगे होने को बहुत बुरी और ख़राब चीज़ समझता है—"उसके बाद हिन्दू तुम्हारे तेल मलेंगे।"

"क्यों, तेल क्यों मलेंगे?"

"ताकि जब तुम्हें बेंत से मारें तो तुम्हारी खाल निकल जाए। उसके बाद जलती सलाख़ों से तुम्हें दागेंगे..."

"नहीं।" उसे विश्वास नहीं हुआ।

रात में लड़के उसे जो डरावने और हिंसक क़िस्से सुनाया करते थे उनसे वह बहुत ज़्यादा डर गया था। कभी-कभी मुझसे उल्टी-सीधी बातें किया करता था। मैं झुँझलाता था और उसे चुप करा देता था लेकिन उसकी जिज्ञासाएँ शान्त नहीं हो पाती थीं। एक दिन पूछने लगा—"बड़े भाई, पाकिस्तान में भी मिट्टी होती है क्या?"

"क्यों, वहाँ मिट्टी क्यों न होगी।"

"सड़क ही सड़क नहीं है...वहाँ टेरीलीन मिलता है...वहाँ सस्ती है..."

"देखो ये सब बातें मनगढ़ंत हैं...तुम अल्ताफ़ वग़ैरा की बातों पर कान न दिया करो।" मैंने उसे समझाया।

"बड़े भाई, क्या हिन्दू आँखें निकाल लेते हैं..."

"बकवास है...ये तुमसे किसने कहा?"

"बच्छन ने।"

"गलत है।"

"तो खाल भी नहीं खींचते?"

"ओफ्फोह...ये तुमने क्या लगा रखी है..."

वह चुप हो गया लेकिन उसकी आँखों में सैकड़ों सवाल थे। मैं बाहर चला गया। वह सफिया से इसी तरह की बातें करने लगा।

कर्फ्यू लम्बा होता चला गया। रात की गश्त जारी रही। हमारे घर से सैफू ही जाता रहा। कुछ दिनों बाद एक दिन अचानक सोते में सैफू चीख़ने लगा था। हम सब घबरा गए लेकिन ये समझने में देर नहीं लगी कि ये सब उसे डराए जाने की वजह से है। अब्बाजान को लड़कों पर बहुत गुस्सा आया था और उन्होंने मोहल्ले के एक-दो बुजुर्गनुमा लोगों से कहा भी, लेकिन उसका कोई असर नहीं हुआ। लड़के और वो भी मोहल्ले के लड़के किसी मनोरंजन से क्योंकर हाथ धो लेते?

बात कहाँ से कहाँ तक पहुँच चुकी है इसका अंदाज़ा मुझे उस वक़्त तक न था जब तक एक दिन सैफू ने बड़ी गम्भीरता से मुझसे पूछा— "बड़े भाई, मैं हिन्दू हो जाऊँ?"

सवाल सुनकर मैं सन्नाटे में आ गया। लेकिन जल्दी ही समझ गया कि यह रात में डरावने किस्से सुनाए जाने का नतीजा है। मुझे गुस्सा आ गया। फिर सोचा, पागल पर गुस्सा करने से अच्छा है गुस्सा पी जाऊँ और उसे समझाने की कोशिश करूँ।

मैंने कहा— "क्यों, तुम हिन्दू क्यों होना चाहते हो?"

"बच जाऊँगा।" सैफू बोला।

"इसका मतलब है मैं न बच पाऊँगा।" मैंने कहा।

"तो आप भी हो जाइए।" वह बोला।

"और तुम्हारे ताया अब्बा।" मैंने अपने वालिद और उसके चचा की बात की।

"नहीं...उन्हें..." वह कुछ सोचने लगा। अब्बाजान की सफेद और लम्बी दाढ़ी में वह कहीं फँस गया होगा।

"देखो ये सब लड़कों की खुराफात है जो तुम्हें बहकाते हैं। ये जो तुम्हें बताते हैं सब झूठ है। अरे महेश को नहीं जानते?"

"वो जो स्कूटर पर आते हैं..." वह खुश हो गया।

"हाँ-हाँ, वही।"

"वो हिन्दू हैं?"

"हाँ हिन्दू हैं।" मैंने कहा और उसके चेहरे पर पहले तो निराशा की हल्की-सी परछाईं उभरी फिर वह ख़ामोश हो गया।

"ये सब गुंडे-बदमाशों के काम हैं...न हिन्दू लड़ते हैं और न मुसलमान...गुंडे लड़ते हैं। समझे?"

दंगा शैतान की आँत की तरह खिंचता चला गया और मोहल्ले में लोग तंग आने लगे—यार, शहर में दंगा करने वाले हिन्दू और मुसलमान बदमाशों को मिला भी लिया जाए तो कितने होंगे। ज़्यादा से ज़्यादा एक हज़ार—चलो दो हज़ार मान लो—तो भाई दो हज़ार आदमी लाखों लोगों की ज़िन्दगी को जहन्नुम बनाए हुए हैं और हम लोग घरों में दुबके बैठे हैं। ये तो वही हुआ कि दस हज़ार अंग्रेज़ करोड़ हिन्दुस्तानियों पर हुकूमत किया करते थे और सारा निज़ाम उनके तहत चलता रहता था। और फिर इन दंगों से फ़ायदा किसको है? फ़ायदा? अजी हाजी अब्दुल करीम को फ़ायदा है जो चुंगी का इलेक्शन लड़ेगा और उसे मुसलमान वोट मिलेंगे। पंडित जोगेश्वर को है जिन्हें हिन्दुओं के वोट मिलेंगे—अबे तो हम क्या हैं?—तुम वोटर हो—हिन्दू वोटर, मुसलमान वोटर, हरिजन वोटर, कायस्थ वोटर, सुन्नी वोटर, शिआ वोटर—यही सब होता रहेगा इस देश में? हाँ क्यों नहीं? जहाँ लोग ज़ाहिल हैं, जहाँ किराए के हत्यारे मिल जाते हैं, जहाँ पॉलीटीशियन अपनी गद्दियों के लिए दंगे कराते हैं वहाँ और क्या हो सकता है? वरना क्या हम लोगों को पढ़ा नहीं सकते? समझ नहीं सकते? हा-हा-हा-हा, तुम कौन होते हो पढ़ाने वाले—सरकार पढ़ाएगी—अगर चाहेगी—तो सरकार न चाहे तो इस देश में कुछ नहीं हो सकता? हाँ...अंग्रेज़ों ने हमें यही सिखाया है...हम इसके आदी हैं...चलो मान लो इस देश के सारे मुसलमान हिन्दू हो जाएँ? लाहौलविलाकुव्वत ये क्या कह रहे हो। अच्छा मान लो इस देश के सारे हिन्दू मुसलमान हो जाएँ? सुभान अल्लाह...वाह वाह, क्या बात कही है...तो क्या दंगे रुक जाएँगे? ये तो सोचने की बात है...पाकिस्तान में शिआ सुन्नी एक-दूसरे की जान के दुश्मन हैं...तो क्या यार आदमी या कहो इन्सान साला है ही ऐसा कि जो लड़ते ही रहना चाहता है? वैसे देखो तो जुम्मन और मैकू में बड़ी दोस्ती है। तो यार क्यों न हम मैकू और जुम्मन बन जाएँ...वाह क्या बात कह दी—मतलब...मतलब...मतलब...

मैं सुबह-सुबह रेडियो के कान उमेठ रहा था। सफिया झाड़ू दे रही थी कि राजा का छोटा भाई अकरम भागता हुआ आया और फूलती हुई साँस को रोकने की

नाकाम कोशिश करता हुआ बोला—सैफू को पीएसी वाले मार रहे हैं।''

''क्या? क्या कह रहे हो?''

''सैफू को पीएसी वाले मार रहे हैं'' वह ठहरकर बोला।

''क्यों मार रहे हैं? क्या बात है?''

''पता नहीं...नुक्कड़ पर...''

''वहीं जहाँ पीएसी की चौकी है?''

''हाँ वहीं।''

''लेकिन क्यों...'' मुझे मालूम था कि आठ बजे से दस बजे तक कर्फ्यू खुलने लगा है और सैफू को आठ बजे के करीब अम्माँ ने दूध लेने भेजा था। सैफू जैसे पगले तक को मालूम था कि उसे जल्दी से जल्दी वापस आना है और अब तो दस बज गए थे।

''चलो, मैं चलता हूँ।'' रेडियो से आती बेढंगी आवाज़ की फिक्र किए बग़ैर मैं तेज़ी से बाहर निकला। पागल को क्यों मार रहे हैं पीएसी वाले—उसने कौन-सा ऐसा जुर्म किया है? वह कर ही क्या सकता है? खुद ही इतना खौफज़दा रहता है, उसे मारने की क्या ज़रूरत है...फिर क्या वजह हो सकती है? पैसा? अरे उसे तो अम्माँ ने दो रुपए दिए थे। दो रुपए के लिए पीएसी वाले उसे क्यों मारेंगे?

नुक्कड़ पर मुख्य सड़क के बराबर कोठों पर मोहल्ले के कुछ लोग जमा थे। सामने सैफू पीएसी वालों के सामने खड़ा था। उसके सामने पीएसी के जवान थे। सैफू ज़ोर-ज़ोर से चीख़ रहा था—''मुझे तुम लोगों ने क्यों मारा...मैं हिन्दू हूँ...हिन्दू हूँ...''

मैं आगे बढ़ा। मुझे देखने के बाद भी सैफू रुका नहीं। वह कहता रहा—''हाँ...हाँ, मैं हिन्दू हूँ...'' वह डगमगा रहा था। उसके होंठों के कोने से ख़ून की एक बूँद निकलकर ठोढ़ी पर ठहर गई थी।

''तुमने मुझे मारा कैसे...मैं हिन्दू...''

''सैफू...ये क्या हो रहा है...घर चलो।''

''मैं...मैं हिन्दू हूँ।''

मुझे बड़ी हैरत हुई...अरे क्या ये वही सैफू है जो था...इसकी तो काया पलट गई है। ये इसे हो क्या गया।

''सैफू, होश में आओ।'' मैंने उसे ज़ोर से डाँटा।

मोहल्ले के दूसरे लोग पता नहीं किस पर अन्दर ही अन्दर दूर से हँस रहे थे। मुझे गुस्सा आया। साले ये नहीं समझते कि वह पागल है।

''ये आपका कौन है?'' एक पीएसी वाले ने मुझसे पूछा।

"मेरा भाई है...थोड़ी मेंटल प्राब्लम है इसे।"

"तो इसे घर ले जाओ।" एक सिपाही बोला।

"हमें पागल बना दिया।" दूसरे ने कहा।

"चलो...सैफू घर चलो। कर्फ्यू लग गया है...कर्फ्यू..."

"नहीं जाऊँगा...मैं हिन्दू हूँ...हिन्दू...मुझे...मुझे..."

वह फूट-फूटकर रोने लगा..."मारा—मुझे मारा...मुझे मारा...मैं हिन्दू हूँ...मैं..." सैफू धड़ाम से ज़मीन पर गिरा...शायद बेहोश हो गया था...

अब उसे उठाकर ले जाना आसान था।

अपनी-अपनी पत्नियों का सांस्कृतिक विकास

मध्य प्रदेश के उस छोटे, कुछ सोये-सोये स्टेशन पर गाड़ी रुकी तो सुबह का सात बजा था। जान-पहचान किसी से न थी। कुछ लोगों के नाम-पते ही डायरी में थे, जिनसे मिलना था। सोचा, वे सो रहे होंगे, जबकि मेरी यह धारणा गलत थी। वे सब अपने-अपने घरों में जाग रहे थे। खैर, तो मैंने स्टेशन पर चाय पी और नाश्ता किया ताकि कुछ समय बीते। फिर बाहर आया। स्टेशन से मिली एक बाजार थी। बाजार बन्द थी। जिस दुकान का पता दिया था वह बन्द थी। उसके सामने एक आदमी दातून-कुल्ला कर रहा था। उस आदमी से बात करने की देर थी कि सारे रास्ते खुल गए। कुछ ही देर में एक टूटे-फूटे स्कूटर पर बैठकर मैं कुँवर साहब की हवेली पहुँच गया जो कस्बे से दूर नर्मदा नदी के उस पार लगभग उजाड़-से जंगल के बीच बसी थी। कुँवर साहब घर पर थे। बहुत सज्जनता से मिले। फिर से नाश्ता कराया। उन्हें मालूम था कि मैं फिल्म की शूटिंग के सिलसिले में 'लोकेशन' देखने आने वाला हूँ। कुँवर साहब की हवेली अतीत का गौरवगान कर रही है। वर्तमान पर आँसू बरसा रही थी। पर कुँवर साहब भूत, भविष्य, वर्तमान से परे थे। खानदानी शराफत उनमें कूट-कूट कर भरी हुई थी। उन्होंने हर तरह की मदद का वायदा किया। बाद में मुझे पता चला कि जो उनके वश में न था उसका भी उन्होंने वायदा कर लिया था। वह अच्छा था कि तत्काल मेरी समस्याएँ दूर होती नजर आने लगी थीं।

ये उन दिनों की बात है जब मुझे फिल्मों का चस्का लगा हुआ था और मैं एक 'लो बजट' फिल्म के निर्माण में 'पीर' और 'भिश्ती' जैसी भूमिका निभा रहा था। एक युवा मित्र अपनी पहली फिल्म बनाने जा रहे थे। दूसरे युवा मित्र की कहानी थी। तीसरे युवा मित्र संगीत दे रहे थे। चौथे युवा मित्र अभिनय कर रहे थे। कहने का मतलब यह कि वह युवा मित्रों का पहला-पहला प्रोडक्शन था। मैं उस प्रोडक्शन में, जैसा कि पहले कह चुका हूँ, सब कुछ था और न था। ऐसी स्थिति मुझे पसन्द है।

'लो बजट' फिल्मों में जो लोग काम कर चुके हैं वे अच्छी तरह जानते हैं कि इन फिल्मों का निर्माण गरीब की लड़की की शादी जैसा होता है। पैसे की कमी, आपाधापी, अव्यवस्था, मनमुटाव, लड़ाई-झगड़े, तकलीफें, परेशानियाँ तो होती ही हैं, पर उसके साथ-साथ सहयोग भी खूब मिलता है। वह भी अगर शूटिंग किसी ऐसे कस्बे में हो रही हो जहाँ सिनेमाहॉल भी न हो, तो सोने पर सुहागा है। तो यही हमारे प्रोडक्शन के साथ हुआ था। कस्बे के लुच्चे-लफंगे, दुकानदार, ठेकेदार, कर्मचारी, नेता, अध्यापक, कम्पाउंडर, सम्मानित लोग सब सहयोग दे रहे थे। सबसे महत्त्वपूर्ण सहयोग कुँवर साहब का था। बल्कि कहना चाहिए उनके सहयोग के कारण ही हमें व्यापक समर्थन मिला था। सहयोग देने वालों में एक ओवरसियर, जिन्हें सब इंजीनियर साहब कहते थे, बहुत सक्रिय थे। क्योंकि उन्होंने जवानी के दिनों में कुछ कविताएँ लिखी थीं और अब तक अपने को कवि समझते थे।

निर्धारित समय के बाद 'यूनिट' कस्बे पहुँची। वह भी इस तरह जैसे थके-हारे योद्धा घर लौटते हैं। प्रोडक्शन मैनेजर ने कम खर्च करने के लालच में जो 'रूट' अपनाया था उसके कारण तीन बार ट्रेनें बदली गई थीं। एक लम्बी यात्रा बस में हुई। पर प्रोडक्शन मैनेजर ने जो प्रयास पैसा बचाने के लिए किए थे वे तत्काल ही फेल हो गए थे। हुआ यह था कि यूनिट 'सेकेंड क्लास' में यात्रा कर रही थी। नायक इसका अभ्यस्त न था। उसका मूड अच्छा रखने के लिए ह्विस्की की बोतलें खोल दी गई थीं। वह धुआँधार पी रहा था। उसके साथ अन्य लोग भी यात्रा के कष्ट को कम करने के लिए 'सेवन' कर रहे थे। उस समय पुलिस के सिपाही आए और उन्होंने कहा कि ट्रेन में शराब पीना जुर्म है। यह सुनकर हीरो भड़क गया और उन्हें गालियाँ देने लगा। सिपाही भी अकड़ गए। हीरो उन फिल्मों के नाम गिनाने लगा जिनमें उसने काम किया था और नाम कमाया था। पुलिसवाले इस बात पर जिद करने लगे कि वे हीरो तथा अन्य शराब पीने वाले लोगों को अगले स्टेशन पर उतार देंगे। मसला बिगड़ते-बिगड़ते बहुत बिगड़ गया। लगा कि शायद यूनिट उतार ही दी जाएगी क्योंकि पुलिसवालों ने अगले जंक्शन पर सूचना भेज दी थी। वहाँ डाक्टरी परीक्षा के डॉक्टर तथा पुलिस का समुचित इंतजाम हो गया था। अब प्रोड्यूसर जो निर्देशक, कैमरामैन, सम्पादक और आर्ट डायरेक्टर भी थे, परेशान हुए। प्रोडक्शन मैनेजर के जिम्मे यह काम था कि यूनिट साथ खैरियत के 'लोकेशन' पर पहुँचे। वह आगे आया। पहले सौ रुपये का पत्ता दिखाया। सिपाही घाघ थे। समझ गए कि मामला संगीन है। उन्होंने सौ का नोट भिखारी को दे देने की सलाह दी। फिर दो सौ, पाँच सौ और एक हजार पर सौदा पटा। इस तरह यात्रा के खाते में जो पैसे बचाये जाने थे वे भारतीय पुलिस ने झटक लिए। उसके बाद सारी

दिक्कतों को झेलती यूनिट, जिसमें तीस-चालीस लोग थे, रात में दो बजे कस्बे पहुँची तो उन्हें वह मकान नहीं मिला जो उनके रहने के लिए लिया गया था। मकान एक सज्जन अध्यापक ने बिना पैसे लिए दिया था। मकान अभी बना ही बना था। अध्यापक महोदय ने पर्दे आदि लगवाकर उसे ठहरने लायक बना दिया था। पर शौचालय न थे। शौचालय टाट का पर्दा लगाकर बाहर बनाये थे जो यूनिट आगमन की रात तेज बारिश और आंधी के कारण गिर गए थे। अब यूनिट जो आई तो खुला मैदान था। मर्दों को तो बहुत दिक्कत न हुई पर 'हीरोइनें' परेशान हो गईं। उन्होंने कहा कि फौरन वापस जाना चाहती हैं। प्रोडक्शन मैनेजर के हाथों के तोते उड़ गए। बहरहाल किसी तरह इस समस्या का समाधान किया गया। लेकिन समस्याएँ कम न थीं। हजारों थीं। कस्बे में पेट्रोल न था। खाने की व्यवस्था ऐसी थी कि नाश्ता ग्यारह बजे और रात का खाना एक बजे रात को मिलता था। बम्बई से जो जनरेटर चला था उसका रास्ते में एक्सीडेंट हो गया था, वह रुका पड़ा था। हीरोइन के कपड़ों वाला बक्सा किसी स्टेशन पर ट्रेन बदलते वक्त छुट गया था। हद यह है कि जल्दी में 'क्लैप बोर्ड' तक छुट गया था। लेकिन इस पूरी व्यवस्था और हबड़-तबड़ के बावजूद शूटिंग शुरू हो गई थी। एक और भी टेढ़ा मसला था वह यह कि एक अभिनेत्री की कमी थी। यानी कमला की माँ का रोल करने वाली महिला बम्बई स्टेशन पर रह गई थी। कमला की माँ का रोल कस्बे में कौन कर सकता है? यानी 'लोकल टैलेन्ट' की तलाश बड़े पैमाने पर शुरू हो गई। दूर-दूर तक कोई न नज़र आता था। औरतें फिल्मों में काम करने के नाम पर शरमा जाती थीं। ऐसे मौके पर ओवरसियर महोदय काम आए। उन्होंने कहा कि शीला जी इस काम के लिए तैयार हो सकती हैं। ओवरसियर महोदय यानी मलकानी जी ने शीला जी के बारे में जो कुछ बताया था उससे यह आशा बँधी थी कि वे काम कर सकती हैं। शीला जी स्थानीय गर्ल्स कालिज की सबसे प्रगतिशील महिला थीं। उन्होंने महिला क्लब बनाया था। वे कविताएँ लिखती थीं। ड्रामे कराती थीं। भाषण देती थीं। बिना साड़ी का पल्लू सिर पर डाले बाहर निकलती थीं। मर्दों से खुलकर बातचीत करती थीं। बहुत सम्मानित और कस्बे के जीवन में महत्त्वपूर्ण थीं। मलकानी उनका जिक्र इस तरह करते थे कि लगता था वे शीला जी के प्रशंसक से कुछ अधिक ही हैं। बहरहाल फिल्मों में सब कुछ चलता है। मैंने सोचा हमारा काम होना चाहिए, शीला चाहे मलकानी की प्रेमिका हो या उनकी माताजी हों, हमें क्या करना है। मलकानीजी से यह भी मालूम हुआ था कि शीला जी के पति किसी दूसरे शहर में एक कालिज के प्रध्यापक हैं। आते-जाते रहते हैं। इसका मतलब यह था कि काम बन सकता है।

मजेदार बात यह थी कि मलकानी शीला का जिक्र इस तरह करते थे जैसे वे उनकी 'स्वप्न सुन्दरी' हों। उनके बारे में कुछ कहते हुए मलकानी दूसरी दुनिया में पहुँच जाते थे। खासतौर से वे शीला जी की प्रगतिशीलता का वर्णन करते समय यह जाहिर करते थे, अगर शीला जी न होतीं तो इस कस्बे में प्रगतिशीलता न होती। शीलाजी महिलाओं के लिए पत्रिकाएँ ही नहीं मँगवातीं बल्कि उनमें कभी-कभार कुछ लिखती भी हैं। शीला जी की एक रचना 'धर्मयुग' में छप चुकी है। शीला जी बहुत सादगी से रहती हैं। शीला जी लड़कियों की आदर्श हैं। शीला जी खाना बहुत अच्छा बनाती हैं। शीला जी चमक-दमक पर विश्वास नहीं करतीं। शीला जी नयी से नयी किताबें पढ़ती हैं। शीला जी अंग्रेजी भी उसी अधिकार से बोलती हैं जैसे हिन्दी बोलती हैं। शीला जी ने एक मीटिंग में एक अभद्र मंत्री को डाँट दिया था। शीला जी कभी किसी के चुनाव-प्रचार में नहीं जातीं। शीला जी दरअसल महिला-शक्ति, महिला-नैतिकता, महिला-साहस और महिला-सौन्दर्य का प्रतीक जैसी थीं। शीला जी के बारे में यह सब बताते-बताते यह भी स्पष्ट हो जाता था कि मलकानी किस तरह की महिलाओं को आदर्श मानते हैं। मलकानी की महिलाओं सम्बन्धी धारणाएँ बहुत उच्चकोटि की और बहुत आदर्श लगती थीं। दरअसल शीला जी के माध्यम से मलकानी स्वयं गौरवान्वित होते थे। वे मुझ पर यह सिद्ध करते थे कि ठीक है होंगी बम्बई में शबाना आज़मी, हमारे यहाँ शीला जी हैं। शबाना का बम्बई में जो स्थान है वही शीला जी का यहाँ है।

मलकानी ने शीला जी के बारे में जो कुछ बताया वह मैंने निर्देशक को बताया। निर्देशक खुश हो गया। उसे लगा 'कमला की माँ' मिल गई है। जाहिर है शीला जी से अच्छा यह रोल कौन कर सकता है। वैसे भी निर्देशक दस-बारह दिन की शूटिंग में टूट-फूटकर पतला हो गया था। सिर्फ कलात्मक जिम्मेदारी ही नहीं बल्कि 'आटा-दाल का भाव' भी उसे लगातार परेशान करता रहता था। यूनिट में कई दल बन गए थे। हीरोइन पर अधिकार जमाने के लिए हीरो और खलनायक में रस्साकशी चल रही थी। हीरो खराब खाने से बहुत दुखी था। उसका पेट खराब हो गया था और लगातार टट्टियाँ करता था। एक दिन शराब के नशे में उसने प्रोडक्शन मैनेजर की माँ-बहन एक कर डाली थी। पर हर प्रोडक्शन मैनेजर की तरह हमारे प्रोडक्शन मैनेजर की भी माँ-बहनें नहीं थीं। एक प्रमुख अभिनेता, जो केवल फलाहार किया करते थे, अब अमरूद ही खा रहे थे। असिस्टेंट लोगों को भत्ता नहीं मिल रहा था। वे रात में शराब पीकर प्रोड्यूसर को गालियाँ देते थे। किराए की दोनों जीपों के ड्राइवर पेट्रोल की चोरी करने लगे थे। दस दिन की शूटिंग के दौरान कुँवर साहब की हवेली चौपाल बन चुकी थी। वे कहते कुछ नहीं थे, क्योंकि सभ्य आदमी थे,

पर उनके चेहरे से यही लगता था कि बस बस बस...अब बस करो। पर निर्देशक आधा काम छोड़कर जाना नहीं चाहता था। उसने एक-दो अभिनेताओं को कुँवर साहब का 'मॉडल' हाई करने के काम पर लगा दिया था। बहरहाल किसी तरह गाड़ी घिसट रही थी। मदद देने वालों का उत्साह ठंडा पड़ गया था। लेकिन कस्बे के आवारा लौण्डे रोज सुबह शूटिंग देखने इस लालच में आ जाते थे कि शायद छोटा-मोटा रोल ही मिल जाए। कस्बे के दरोगा जी भी एक दिन शूटिंग देखने आए थे। डिप्टी साहब को भी फैमिली के साथ एक दिन आना था। ये बातें फिल्म वालों का नैतिक आधार बन जाती थीं। बजट चूँकि हर फिल्म बजट की तरह 'ओवर' हो गया था इसलिए अभिनेताओं और नेत्रियों को आदिवासियों द्वारा खींची शुद्ध शराब सप्लाई की जा रही थी जिसकी एक बोतल का दाम ह्विस्की के एक पेग के बराबर था। प्रोडक्शन मैनेजर इस शराब की खूब तारीफ करता था। कभी-कभी उसे 'स्कॉच' से अच्छी सिद्ध कर देता था।

जब से यूनिट आई थी, लोगों के कपड़े नहीं धुले थे क्योंकि प्रोडक्शन मैनेजर धोबी का इंतजाम नहीं कर पाया था। छोटे-मोटे अभिनेता और टेक्नीशियन तो एक जीन्स से काम चला रहे थे, लेकिन अभिनेत्रियाँ और अन्य कलाकार एक दिन गुस्से में आ गए। उन्होंने शूटिंग पर जाने से इनकार कर दिया। कहा, जब तक धोबी नहीं आएगा, तब तक हम शूटिंग पर नहीं जाएँगे। तत्काल धोबी कहाँ से आता? प्रोडक्शन मैनेजर शातिर आदमी था, उसने एक गाँव वाले को पटाया। वह धोबी के 'मेकअप' में लाया गया और यूनिट के कपड़े एक गट्ठर बाँधकर ले गया। तब शूटिंग चालू हुई।

ऐसे माहौल में शीला जी का जिक्र निर्देशक को दैवी मदद जैसा लगा। उसने मुझसे कहा कि तुरन्त जाओ और शीला जी को 'कमला की माँ' के रोल के लिए 'सेट' कर दो। मलकानी मेरे साथ थे। उन्होंने कहा कि यह काम तो बस समझो हुआ ही रखा है। मलकानी ने उन औरतों की बेअकली और जड़ता पर आँसू बहाए जिन्होंने रोल करने से इनकार कर दिया था। जैसे 'कमला की माँ' के लिए तारबाबू की पुत्रवधू से बात की गई थी। वह तैयार भी हो गई थी, लेकिन शूटिंग के वक्त पुत्रवधू के बजाय तारबाबू स्वयं आ गए थे और उन्होंने कहा कि वे कस्बे के बहुत सम्मानित आदमी हैं और उनकी पुत्रवधू फिल्म में काम नहीं करेगी। इसका सीधा मतलब यह भी था कि हम लोग कहीं के भी सम्मानित लोग नहीं हैं। खासतौर पर जो औरतें फिल्मों में या हमारी फिल्म में काम कर रही हैं वे वेश्याएँ हैं। तारबाबू की पुत्रवधू के न आने के कारण वे सीन नहीं हो सके थे और प्रोडक्शन का काफी नुकसान हुआ था। इसी तरह के एक-दो और किस्से थे। मलकानी ने इन सब

घटनाओं पर गहरा दु:ख व्यक्त किया था। महिलाओं की आजादी पर बोलते हुए मलकानी हमें 'महिला मुक्ति सेना' के एक सेनापति लगे थे। हम खुश थे कि चलो एक आदमी तो ऐसा मिला जो हमें सहयोग दे रहा है।

मलकानी में एक और गुण रहा था कि उनके पास स्कूटर था। नर्मदा के किनारे जंगल में बसी हवेली में ठहरे लोगों के लिए कस्बे आना-जाना स्वप्न जैसा था, क्योंकि यूनिट की दो जीपों में एक तो हमेशा 'जैसी थी' वैसी हालत में रहती थी और दूसरी दिन-भर भागती रहती थी। भागते-भागते दम तोड़ देती थी। तब दूसरी में साँस यानी पेट्रोल आता था, वह भागती थी। इसलिए अगर किसी को कस्बे जाना होता था तो मलकानी का स्कूटर एक बरकत जैसा था। विशेष रूप से यूनिट की लड़कियाँ और वह भी दुबली-पतली साँवली नायिका अपने बड़े-बड़े काले बाल खोले स्कूटर की पिछली सीट पर बैठी अक्सर दिखाई देती थी। वह जीन्स और जैकेट या स्कर्ट और ब्लाउज पहनकर जब स्कूटर के पीछे बैठी अपने बाल हवा में उड़ाती कस्बे की एकमात्र सड़क पर से गुजरती थी तो घनश्याम पान वाला जर्दा डालता ही चला जाता था। कपड़े की दुकान का मालिक रघुबीर अफसोस करता था कि साला सेकेंड हैंड स्कूटर दो हजार ही में तो आता है। उसने क्यों न खरीदा।

यूनिट में मलकानी की उपयोगिता ही नहीं उनके महिलाओं सम्बन्धी प्रगतिशील विचारों की धाक जमी हुई थी। वे हमें बिलकुल अपने जैसे लगते थे। मलकानी भी कभी-कभी अफसोस करते थे कि वे इस कस्बे में आकर फँस गए हैं, अगर कहीं दिल्ली या मुम्बई में होते तो वैसे ही होते जैसे हम लोग हैं।

जिस दिन मुझे मलकानी के साथ शीला जी के घर जाना था उस दिन वे सफेद कुर्ता-पाजामा पहनकर आए। साफ धुला हुआ और सफेद बुर्राक। मैं उनके साथ स्कूटर पर बैठकर शीला जी के यहाँ गया। कैमरा भी लटका लिया। रास्ते-भर मलकानी शीला जी की ही बातें करते रहे और यकीन दिलाते रहे कि शीला जी बहुत उदार, प्रगतिशील, साहित्यिक और जनवादी विचारों की महिला हैं। वे स्कूटर चलाते हुए पीछे मुड़-मुड़कर मुझसे बातचीत कर रहे थे। मुझे डर लग रहा था कि कहीं स्कूटर लुढ़क न जाए, लेकिन ऐसा नहीं हुआ। उन्होंने एक घर के सामने स्कूटर रोका। दरवाजे पर बोर्ड लगा हुआ था—शीला दीक्षित, एम.ए. (हिन्दी), एम.ए. (संस्कृत)। मैं प्रभावित हुआ। मलकानी ने घंटी बजाई। एक नौकरनुमा औरत ने दरवाजा खेला। हम अन्दर गए। छोटी-सी बैठक बहुत सुरुचिपूर्ण ढंग से सजी थी। दीवारों पर टैगोर के प्रिंट लगे थे। कुशन कढ़े हुए थे। एयर इंडिया का कैलेंडर दीवार पर था। टी.वी. सेट पर कढ़ा हुआ गिलाफ चढ़ा था। कुछ शीशे और चीनी मिट्टी के खिलौने खुली हुई अल्मारियों में रखे थे। एक कोने में कायदे से

सितार और तबला रखा था। मैं प्रभावित हुआ। मलकानी ने कहा, शीला जी गाती भी हैं। लेकिन फिल्मी-इल्मी गाने नहीं, वे 'निराला' और 'बच्चन' के गीत गाती हैं। बहरहाल कुछ ज्यादा ही देर के बाद शीला जी अन्दर आईं। हम दोनों खड़े हो गए। वे करीब चालीस साल की सुन्दर महिला थीं। सादी साड़ी पहनी हुई थी। लगता था अभी-अभी नहाई हैं, क्योंकि चेहरे पर ताजगी थी। परिचय आदि के बाद हम असली बात पर आ गए। मलकानी के कहने के बाद मैंने औपचारिक अनुरोध किया। वे बहुत मारक ढंग से मुस्कराकर बोलीं, "लेकिन मैंने तो कभी किसी फिल्म में अभिनय नहीं किया है।"

मलकानी ने कहा, "लेकिन आप नाटकों में अभियन ही नहीं, निर्देशन भी करती हैं। आपसे अधिक अच्छा यह रोल कोई और नहीं कर सकता।"

फिर उन्होंने कई बहाने किए। जैसे स्कूल में परीक्षाएँ होने वाली हैं। कोर्स खत्म नहीं हुआ है। और उनका बेटा आने वाला है। उसकी तबीयत कुछ खराब है। फिर उन्होंने इसी तरह की दो-चार बातें और कीं, लेकिन मलकानी बहुत समझदारी और चतुराई से उन्हें काटता रहा—"दरअसल मुश्किल से एक दिन का काम है जब आप कहेंगी तब ही हो सकता है। चाहें तो वे सीन इतवार के दिन कर लेंगे।"

"देखिए, कपड़े उल्टे-सीधे नहीं पहनने होंगे।"

"नहीं, नहीं, बिलकुल नहीं...आप जो कपड़े पहनती हैं बिलकुल वही कपड़े होंगे...और फिर वह तो माँ का रोल है। आप समझ सकती हैं।"

"बात दरअसल यह है मलकानी जी कि मैं फिल्म वालों से कुछ डरती हूँ।"

"अजी डरने की क्या बात...ये साहब," मलकानी ने मेरी ओर इशारा किया, "भी जाने-माने प्रोफेसर हैं। वैसे ही शौकिया फिल्मों के लिए लिखते और काम करते हैं...और ये तो कला फिल्म है...मतलब वैसी जैसी सत्यजीत राय, श्याम बेनेगल वगैरा बनाते हैं। मतलब सामाजिक चेतना वाली फिल्में..."

"वो तो सब ठीक है लेकिन देखिए...मैं कुछ घबराती..."

"शीला जी, आप ये बात कहेंगी तो बताइए कैसे काम चलेगा; हम सबको तो आपके ऊपर गर्व है।" फिर मलकानी उनकी उपलब्धियाँ गिनाने लगा जिन्हें मैं पहले से ही जानता था। इतनी देर में नौकरानी चाय ले आई। चाय के साथ पकौड़ियाँ, मिठाई, दालमोठ और रसगुल्ले थे। यूनिट का खाना खाते-खाते तंग आ चुका था। मैंने सोचा, शीला जी, तुम महान हो। रोल के लिए तैयार हो या न हो...तुम महान हो। मैं नाश्ते पर बहुत सभ्य ढंग से टूट पड़ा। मलकानी लगातार बातें किए जा रहा था। शीला जी को फिल्म की कहानी और रोल समझा रहा था। दूसरी ओर शीला जी 'हाँ' में कोई जवाब नहीं दे रही थीं। पर लग रहा था कि उन्हें रुचि तो

है, पर पता नहीं कौन-सी बाधा है जो रोक रही है। हमें बैठे कोई घंटा-भर हुआ होगा कि अचानक दरवाजा खोलकर एक आदमी हाथ में अटैची लिए अन्दर आ गया। उसे देखते ही मलकानी के चेहरे का रंग उड़ गया। वह खड़ा हो गया। मैं भी खड़ा हो गया। मलकानी ने कहा, ''अरे भाई साब, आप...अभी-अभी आए?''

उस आदमी ने 'हाँ' 'हूँ' किया। उससे मेरा परिचय कराया गया। उस पर भी उसने 'हाँ' 'हूँ' से आगे कोई बात नहीं की और अटैची लिए घर के अन्दर चला गया। उसके पीछे-पीछे शीला जी भी अन्दर चली गईं। मलकानी मुझसे बोला, ''डॉ. दीक्षित हैं। शीला जी के पति...बहुत विद्वान आदमी हैं। अर्थशास्त्र में आगरा से पी.एच.डी. किया है। जबलपुर में वरिष्ठ प्राध्यापक हैं...'' फिर हम काफी देर तक चुपचाप बैठे रहे। उसके बाद शीला जी फिर आईं। अब कम-से-कम मैं चाहता था कि कुछ उत्तर मिल जाए और हम लोग जाएँ।

''हाँ तो शीला जी, क्या तय किया आपने?'' मलकानी ने पूछा।

''ऐसा है मलकानी जी, 'ये' मना करते हैं।'' वे बोलीं। 'ये' का मतलब डॉक्टर दीक्षित। 'ये' का मतलब शीला जी के पति। 'ये' का मतलब अर्थशास्त्र में पी-एच.डी. और वरिष्ठ प्राध्यापक। खैर, बात पानी की तरह साफ हो गई। मलकानी का चेहरा देखने लायक था जैसे किसी ने पाँच जूते मार दिये हों। उसके बाद वह खामोश हो गया। हम उठे, नमस्कार आदि के बाद बाहर आए। स्कूटर पर बैठे। मलकानी बिलकुल खामोश था। कारण मैं समझ रहा था। बेचारे के विश्वास को ठेस लगी थी। वह सोच रहा था कि मैं क्या सोच रहा हूँगा। मलकानी की प्रगतिशीलता, महिला मुक्ति आदि पर शीला जी के व्यवहार ने कुठाराघात किया था। मलकानी ने पान की दुकान पर स्कूटर रोक दिया। हम उतरे। मैंने देखा, मलकानी का चेहरा लाल हो रहा है।

वह बोला, ''आप समझे...वह आदमी शीला जी के सांस्कृतिक विकास में एक बाधा है।'' मैं समझ गया। मलकानी फिर बोला— ''साला बड़ा प्रोफेसर बना फिरता है। तीन बच्चों की अम्माँ को कोई उठा ले जाएगा क्या?...पढ़ाई-लिखाई सब गधे पर लाद दी है उसने...इससे तो अच्छा था कहीं क्लर्क लग जाता...पक्का पुरातनपंथी और जड़ व्यक्ति है। आधुनिक विचार तो उसे छू तक नहीं गए हैं।'' बहुत देर तक मलकानी ऐसी ही बातें करता रहा। वह मेरी नजर में एक बहुत 'जेनुइन' आदमी बन गया था। पर मैं कर क्या सकता था। वह बोला, ''साले ने मूड खराब कर दिया। चलिए, अब दो-दो पेग ह्विस्की पी जाए तो मूड ठीक हो। '' नेकी और पूछ-पूछ। मैं तैयार हो गया। इससे पहले मलकानी के घर कभी नहीं गया था।

अपनी बैठक में पाँव फैलाकर वह बैठ गया। जूते-मोजे उतार दिये और

आवाज दी, 'पिंकी बेटी, इधर आओ।' एक छ:सात साल की लड़की आ गई। मलकानी बोला—"दो शीशे के गिलास ले आओ और मम्मी से कहो पकौड़ी बना लें।" लड़की चली गई। उसने फिर आवाज दी। पिंकी फिर आई। अब उसने पानी लाने और अपने जूते-मोजे अन्दर ले जाने और अन्दर से चप्पल लाने के लिए कहा।

हमने पीना शुरू कर दिया। कुछ देर बाद एक लड़का पकौड़ी लेकर आ गया। मलकानी ने उससे कहा कि मुझे नमस्ते करे। उसने नमस्ते किया। वह मलकानी का लड़का था। इसके बाद एक दो-तीन साल की छोटी लड़की उसकी चप्पलें लेकर आई। वह मलकानी की सबसे छोटी लड़की थी। तीनों बच्चे सामने तख्त पर बैठ गए। मैंने उनसे छोटी-मोटी बातें कीं फिर अन्दर से कुछ ऐसी आवाज आई जैसे परात पर चमचा बजाया गया हो। मलकानी ने अपने लड़के से कहा, "देखो, मम्मी बुला रही हैं। गरम पकौड़ी ले आओ।" लड़का तुरन्त अन्दर गया और गरम पकौड़ी ले आया। फिर मलकानी ने जोर से आवाज देकर पत्नी से कहा, "चटनी भी बना लो...ये बहुत बड़े लेखक आए हैं हमारे यहाँ।" मैं हँसा।

कुछ देर बाद फिर परात बजी। मलकानी ने कहा, "बेटी, अन्दर जाओ। चटनी ले आओ।" पिंकी अन्दर गई और चटनी ले आई। फिर हम बैठे पीते रहे। बातें करते रहे। शाम का सात बज गया। अन्दर फिर परात बजी। अबकी मलकानी खुद उठकर गया और वापस आकर बोला, "आपकी भाभीजी कह रही हैं अब खाना यहीं खाकर वापस जाना।"

मैंने कहा, "नहीं मलकानी जी, देर हो रही है। अब चलता हूँ।"

"तो चलिए आपको छोड़ दूँ।"

हवा में हल्की-सी ठंडक थी। ढाक के जंगल और नर्मदा के ऊपर से हवा चुपचाप गुजर रही है। मैं मलकानी के उस वाक्य के बारे में सोच रहा था जो उसने डॉ. दीक्षित के बारे में कहा था—वह आदमी शीला जी के सांस्कृतिक विकास में बाधा है...और मलकानी?

होज वाज पापा *

अस्पताल की यह ऊँची छत, सफेद दीवारों और लम्बी खिड़कियों वाला कमरा कभी-कभी 'किचन' बन जाता है। 'आधे मरीज' यानी पीटर 'चीफ कुक' बन जाते हैं और विस्तार से यह दिखाया और बताया जाता है कि प्रसिद्ध हंगेरियन खाना 'पलाचिन्ता' कैसे पकाया जाता है। पीटर अंग्रेजी के चन्द शब्द जानते हैं। मैं हंगेरियन के चन्द शब्द जानता हूँ। लेकिन हम दोनों के हाथ, पैर, आँखें, नाक, कान हैं जिनसे इशारों की एक भाषा 'ईजाद' होती है और संवाद स्थापित ही नहीं होता, दौड़ने लगता है। पीटर मुझे यह बताते हैं कि अंडे लिए, तोड़े, फेंटे, उसमें शक्कर मिलाई, मैदा मिलाया, एक घोल तैयार किया। 'फ्राईपैन' लिया, आग पर रखा, उसमें तेल डाला। तेल के गर्म हो जाने के बाद उसमें एक चमचे से घोल डाला। उसे फैलाया और पराठे जैसा कुछ तैयार किया। फिर उसे बिना चमचे की सहायता से 'फ्राईपैन' पर उछाला, पलटा, दूसरी तरफ से तला और निकाल लिया। पीटर ने मजाक में यह भी बताया था कि उनकी पत्नी जब 'पलाचिन्ता' बनाने के लिए मैदे का 'पराठा' 'फ्राईपैन' को उछालकर पलटती हैं तो 'पराठा' अक्सर छत में जाकर चिपक जाता है। लेकिन पीटर 'एक्सपर्ट' हैं, उनसे ऐसी गलती नहीं होती।

पीटर का पूरा नाम पीटर मतोक है। उनकी उम्र करीब छियालीस-सैंतालीस साल है। लेकिन देखने में कम ही लगते हैं। वे बुदापैश्त में नहीं रहते। हंगेरी के एक अन्य शहर पॉपा में रहते हैं और वहाँ के डॉक्टरों ने इन्हें पेट की किसी बीमारी के कारण राजधानी के अस्पताल में भेजा है। यहाँ के डॉक्टर यह तय नहीं कर पाए हैं कि पीटर का वास्तव में ऑपरेशन किया जाना चाहिए या वे दवाओं से ही ठीक हो सकते हैं। यानी पीटर के टैस्ट चल रहे हैं। कभी-कभी डॉक्टर उनके चेहरे और शरीर पर तारों का ऐसा जंगल उगा देते हैं कि पीटर बीमार लगने लगते हैं। लेकिन कभी-कभी तार हटा दिये जाते हैं तो पीटर मरीज ही नहीं लगते। यही वजह है कि मैं उन्हें आधे मरीज के नाम से याद रखता हूँ। पीटर 'सर्वे' करने वाले किसी विभाग

* कैसे हो पापा?

में काम करते हैं। उनकी एक लड़की है जिसकी शादी होने वाली है। एक लड़का है जो बारहवीं क्लास पास करने वाला है। पीटर की पत्नी एक दफ्तर में काम करती है। पीटर कुछ साल पहले किसी अरब देश में काम करते थे। ये सब जानकारियाँ पीटर ने मुझे खुद ही दी थीं। यानी अस्पताल में दाखिल होते ही उनकी मुझसे दोस्ती हो गई थी। पीटर मुझे सीधे-सादे, दिलचस्प, बातूनी और 'प्रेमी' किस्म के जीव लगे थे। पीटर का नर्सों से अच्छा संवाद था। मेरे ख्याल से कम उम्र नर्सों को वे अच्छी तरह प्रभावित कर दिया करते थे। उन्हें मालूम था कि नर्सों के पास कब थोड़ा-बहुत समय होता है जैसे ग्यारह बजे के बाद और खाने से पहले या दो बजे के बाद और फिर शाम सात बजे के बाद वे किसी-न-किसी बहाने से किसी सुन्दर नर्स को कमरे में बुला लेते थे और गप्पशप्प होने लगती थी। जाहिर है वे हंगेरियन में बातचीत करते थे। मैं इस बातचीत में अजीब विचित्र ढंग से भाग लेता था। यानी बात को समझे बिना पीटर और नर्सों की भाव-भंगिमाएँ देखकर मुझे यह तय करना पड़ता था कि अब मैं हँसूँ या मुस्कराऊँ या अफसोस जाहिर करूँ या 'हद हो गई साहब' जैसा भाव चेहरे पर लाऊँ या 'ये तो कमाल हो गया' वाली शक्ल बनाऊँ? इस कोशिश में कभी-कभी नहीं अक्सर मुझसे गलती हो जाया करती थी और मैं खिसिया जाया करता था। लेकिन ऑपरेशन, तकलीफ, उदासी और एकान्त के उस माहौल में नर्सों से बातचीत अच्छी लगती थी या उसकी मौजूदगी ही मजा देती थी। पीटर ने मेरे पास भारतीय संगीत के कैसेट देख लिए थे। अब वे कभी-कभी शाम सात-आठ बजे के बाद किसी नर्स को सितार, शहनाई या सरोद सुनाने बुला लाते थे। बाहर हल्की-हल्की बर्फ गिरती होती थी। कमरे के अन्दर संगीत गूँजता था और कुछ समय के लिए पूरी दुनिया सुन्दर हो जाया करती थी।

पीटर के अलावा कमरे में एक मरीज और थे जो स्वयं डॉक्टर थे और 'ऐपेण्डिसाइटिस' का ऑपरेशन कराने आए थे। पीटर को जितना बोलने का शौक था इन्हें उतना ही खामोश रहने का शौक था। वे यानी इम्रे अंग्रेजी अधिक जानते थे। मेरे और पीटर के बीच जब कभी संवाद फँस या अड़ जाता था तो वे खींचकर गाड़ी बाहर निकालते थे। लेकिन आमतौर पर वे खामोश रहना पसन्द करते थे।

मैं कोई दस दिन पहले अस्पताल में भर्ती हुआ था। मेरा ऑपरेशन होना था। लेकिन एक जगह पर, एक ही किस्म का ऑपरेशन अगर बार-बार किया जाए तो ऑपरेशन पर से विश्वास उठ जाता है। मेरी यही स्थिति थी। मैं सोचता था, दुनिया के सभी डॉक्टर 'ऑपरेशन' प्रेमी होते हैं और खासतौर पर मुझे देखते ही उनके हाथ 'मचलने' लगते हैं। लेकिन बहुत-से काम 'आस्थाहीनता' की स्थिति में भी किए जाते हैं। कोई दूसरा रास्ता नहीं बचता। तो मैं भर्ती हुआ था। तीसरे दिन ऑपरेशन

हुआ था। पर सच बताऊँ आपरेशन में उम्मीद के खिलाफ काफी मजा आया था। ये डॉक्टरों, 'टेक्नोलॉजी' का कमाल था या इसका कारण पिछले अनुभव थे, कुछ कह नहीं सकता। लेकिन पूरा ऑपरेशन ख्वाब और हकीकत का एक दिलचस्प टकराव जैसा लगा था। पूरे ऑपरेशन के दौरान मैं होश में था। लेकिन वह होश कभी-कभी बेहोशी या गहरी नींद में बदल जाता था। ऊपर लगी रोशनियाँ कभी-कभी तारों-जैसी लगने लगती थीं। डॉक्टर परछाइयों-जैसे लगते थे। आवाजें बहुत दूर से आती सरगोशियों-जैसी लगती थीं। औजारों की आवाजें कभी 'खट' के साथ कानों से टकराती थीं। और कभी संगीत की लय-जैसी तैरती हुई आती थीं। कभी लगता था कि यह ऑपरेशन बहुत लम्बे समय से हो रहा है और फिर लगता कि नहीं, अभी शुरू ही नहीं हुआ। कुछ सेकेंड के लिए पूरी चेतना एक गोता लगा लेती थी और फिर आवाजें और चेहरे धुँधले होकर सामने आते थे। जैसी पानी पर तेज हवा ने लहरें पैदा कर दी हों। एक बहुत सुन्दर महिला डॉक्टर मेरे सिरहाने खड़ी थी। उसका चेहरा कभी-कभी लगता था पूरे दृश्य में 'डिज़ाल्व' हो रहा है और सिर्फ उसका चेहरा-ही-चेहरा है चारों तरफ बाकी कुछ नहीं है। इसी तरह उसकी आँखें भी विराट रूप धारण कर लेती थीं। कभी यह भी लगता था कि यहाँ जो कुछ हो रहा है उसका मैं दर्शक मात्र हूँ।

जिस तरह तूफान गुजर जाने के बाद ही पता चलता है कि कितने मकान ढहे, कितने पेड़ गिरे, उसी तरह ऑपरेशन के बाद मैंने अपने शरीर को 'टटोला' तो पाया कि इतना दर्द है कि बस दर्द-ही-दर्द है। यह हालत धीरे-धीरे कम होती गई लेकिन ऑपरेशन के बाद मैंने 'रोटी सुगन्ध' का जो मजा लिया वह जीवन में पहले कभी न लिया था। चार दिन तक मेरा खाना बन्द था। गैलरी में जब खाना लाया जाता था तो 'जिम्ले' (एक तरह की पाव रोटी) की खुशबू मेरी नाक में इस तरह बस जाती थी कि निकाले न निकलती थी। चार दिन के बाद वही रोटी जब खाने को मिली तब कहीं जाकर उस सुगन्ध से पीछा छुटा।

जैसा कि मैं पहले कह चुका हूँ, एक ही जगह पर एक ही ऑपरेशन बार-बार किए जाने के क्रम में यह दूसरा ऑपरेशन था। डॉक्टरों ने कहा था कि इसकी प्रगति देखकर वे अगला ऑपरेशन करेंगे। फिर अगला और फिर अगला और फिर...तंग आकर मैंने उसके बारे में सोचना तक छोड़ दिया था।

पीटर मेरे ऑपरेशन के बाद दाखिल हुए थे या कहना चाहिए जब मैं दूसरे ऑपरेशन की प्रतीक्षा कर रहा था तब पीटर आए थे और उनके टैस्ट वगैरा हो रहे थे। आखिरकार उनसे कह दिया गया कि वे दवाओं से ठीक हो सकते हैं। पीटर बहुत खुश हो गए थे। उन्होंने जल्दी-जल्दी सामान बाँधा था और बाकायदा मुझसे

गले-वले मिल गए थे। इम्रे तो उससे पहले ही जा चुके थे। इन दोनों के चले जाने के बाद मैं कमरे में अकेला हो गया था, लेकिन अकेले होने का सुख बड़े भयंकर ढंग से टूटा। यानी मुझे सरकारी अस्पताल के कमरे में दो दिन तक अकेले रहने की सजा मिली। यानी तीसरे दिन मेरे कमरे में एक बूढ़ा मरीज आ गया था। देखने से वह करीब सत्तर के आसपास का लगता था। लेकिन हो सकता है ज्यादा उम्र रही हो। वह दोहरे बदन का था। उसके बाल बर्फ-जैसे सफेद थे। चेहरे का रंग कुछ सुर्ख था। आँखें धुँधली और अन्दर को धँसी हुई थीं। जाहिर है कि वह अंग्रेजी नहीं जानता था। वह देखने में खाता-पीता या सम्पन्न भी नहीं लग रहा था। लेकिन सबसे बड़ी मुसीबत यह थी कि उसके आते ही एक अजीब किस्म की तेज बदबू ने कमरे में मुस्तकिल डेरा-जैसा जमा लिया था। मैं बूढ़े के आने से परेशान हो गया था। लगा कि शायद मैं नापसन्द करता हूँ, यह नहीं चाहता कि वह इस कमरे में रहे। लेकिन जाहिर है कि मैं इस बारे में कुछ न कर सकता था। सिर्फ उसे नापसन्द कर सकता था और दिल-ही-दिल में उससे नफरत कर सकता था। उसकी उपेक्षा कर सकता था या उसके वहाँ रहने से लगातार बोर होता रह सकता था। फिर यह भी तय था कि अभी मुझे अस्पताल कम-से-कम बीस दिन और रहना है। यह बूढ़ा भी ऑपरेशन के लिए ही आया होगा और उसे भी लम्बे समय तक रहना होगा। मतलब उसके साथ मुझे बीस दिन गुजारने थे। अगर मैं उससे घृणा करने लगता तो बीस दिन तक घृणित व्यक्ति के साथ रहना बहुत ज्यादा हो जाता। इसलिए मैंने सोचा कम-से-कम उससे घृणा तो नहीं करनी चाहिए। आदमी है, बूढ़ा है, बीमार है, गरीब है, उसे ऐसी बीमारी है कि उसके पास से बदबू आती है तो इसमें उस बेचारे की क्या गलती? तो बहुत सोच-समझकर मैंने तय किया कि बूढ़े के बारे में मेरे विचार खराब नहीं होने चाहिए। जहाँ तक बदबू का सवाल है उसकी आदत पड़ जाएगी या खिड़की खोली जा सकती है, हालाँकि बाहर का तापमान शून्य से चार-पाँच डिग्री नीचे ही रहता था।

उसी दिन शाम को मुझसे मिलने डॉ. मारिया आईं। वे भी बूढ़े को देखकर बहुत खुश नहीं हुईं। लेकिन जाहिर है वे भी कुछ नहीं कर सकती थीं। उन्होंने इतना जरूर किया कि एक खिड़की थोड़ी-सी खोल दी।

''ये कब आए?'' उन्होंने पूछा।

''आज ही।'' मैंने बताया।

''क्या तकलीफ है इन्हें?'' उन्होंने कहा।

''मैं नहीं जानता। आप पूछिए। मेरे ख्याल से ये अंग्रेजी नहीं जानते हैं।''

डॉ. मारिया ने बूढ़े सज्जन से हंगेरियन में बातचीत शुरू कर दी। मारिया

बुदापैश्त में हिन्दी पढ़ाती हैं और हम दोनों 'क्लीग' हैं। एक ही विभाग में पढ़ाते हैं।

कुछ देर बूढ़े से बातचीत करने के बाद उन्होंने मुझे बताया कि बूढ़े को टट्टी करने की जगह पर कैंसर है और ऑपरेशन के लिए आया है। काफी बड़ा ऑपरेशन होगा। बूढ़ा काफी डरा हुआ है क्योंकि वह चौरासी साल का है और इस उम्र में इतना बड़ा ऑपरेशन खतरनाक हो सकता है। यह सुनकर मुझे बूढ़े से हमदर्दी पैदा हो गई। बेचारा! पता नहीं क्या होगा!

अचानक कमरे में एक पचास साल की औरत आई। वह कुछ अजीब घबराई और डरी-डरी-सी लग रही थी। उसके कपड़े और रखरखाव वगैरा देखकर यह अनुमान लगाना कठिन नहीं था कि वह बहुत साधारण परिवार की है। वह दरअसल इस बूढ़े की बेटी थी। उससे भी मारिया ने बातचीत की। वह अपने पिता के बारे में बहुत चिन्तित लग रही थी। बूढ़े की लड़की से बातचीत करने के बाद मारिया ने मुझे फिर सब कुछ विस्तार से बताया। हम बातें कर ही रहे थे कि कमरे में हॉयनिका आ गई। यहाँ की नर्सों में वह एक खुशमिजाज नर्स है। खूबसूरत तो नहीं बस अच्छी है और युवा है। उसके हाथों में दवाओं की ट्रे थी। आते ही उसने हंगेरियन में एक हाँक लगायी। मैं दस-बारह दिन अस्पताल में रहने के कारण यह समझ गया हूँ कि यह हाँक क्या होती है। सात बजे के करीब रात की ड्यूटी वाली नर्स हर कमरे में जाती है और मरीजों से पूछती है कि क्या उन्हें 'स्लीपिंग पिल' या 'पेन किलर' चाहिए? आज उसने जब यह हाँक लगायी तो मैं समझ गया। लेकिन मारिया ने उसका अनुवाद करना जरूरी समझा और कहा, ''पूछ रही हैं पेन किलर या सोने के लिए नींद की गोली चाहिए हो तो बताइए।'' मैंने कहा, ''हाँ दो 'पेन किलर' और एक 'स्लीपिंग पिल'।''

मारिया अच्छी बेतकल्लुफ दोस्त हैं। वे मजाक करने का कोई मौका नहीं चूकतीं। पता नहीं उनके मन में क्या आई कि मुस्कराकर बोलीं, ''क्या मैं नर्स से यह भी कहूँ कि इन दवाओं के अलावा, रात में ठीक से सोने के लिए आपको एक 'पप्पी' भी दे?''

मैं बहुत खुश हो गया—''क्या ये कहा जा सकता है? बुरा तो नहीं मानेगी? अपने महान देश में यह कहने का प्रयास वही करेगा जो लात-जूते से अपना इलाज कराना चाहता हो।''

''नहीं, यहाँ कहा जा सकता है।'' वे हँसकर बोलीं।

''तो कहिए।''

उन्होंने नर्स से कहा। वह हँसी, कुछ बोली और इठलाती हुई चली गई।

''कह रही है मैं पत्नियों के सामने पति को 'पप्पी' नहीं देती। जब मैंने उसको बताया कि मैं पत्नी नहीं हूँ तो बोली कि ठीक है, वह लौटकर आएगी।''

मैंने मारिया से कहा, ''उर्दू के एक प्रसिद्ध हास्य-व्यंग्य कवि अकबर इलाहाबादी का शे'र है—

तहज़ीबे ग़रिबी में बोसे तलक है माफ
आगे अगर बढ़े तो शरारत की बात है।''

शेर सुनकर वे दिल खोलकर हँसीं और बोलीं, ''हाँ, ये सच है कि भारत और यूरोप की नैतिकता में बड़ा फर्क है। लेकिन उसी के साथ-साथ यह भी तय है कि भारतीय इस सम्बन्ध में प्राय: बहुत कम जानते हैं। जैसे अकबर इलाहाबादी शायद यह न जानते होंगे कि यूरोप में कुछ 'बोसे' बिलकुल औपचारिक होते हैं जिन्हें हम हाथ मिलाने-जैसा मानते हैं।

अब मेरी बारी थी। मैंने कहा, ''लेकिन हमारे यहाँ तो औरत से हाथ मिलाना तक एक 'छोटा-मोटा' 'बोसा' समझा जाता है।'' इस पर वे खूब हँसीं।

कमरे के दूसरी तरफ बूढ़े के पास उसकी लड़की बैठी थी। दोनों बातें कर रहे थे। हल्की-हल्की आवाजें हम लोगों तक आ रही थीं। मैंने मारिया से पूछा, ''वे उधर क्या बातें कर रहे हैं?''

''वह अपनी लड़की से कह रहा है कि मेरी प्यारी बेटी, तुम सिगरेट पीना छोड़ दो। पिछली बीमारी के बाद तुम्हें डॉक्टर ने मना किया था कि सिगरेट न पिया करो...लड़की कह रही है कि उसने कम कर दी है...अब कुत्ते के बारे में बात हो रही है। बूढ़ा कह रहा है कि उसके अस्पताल में रहते कुत्ते का पूरा ख्याल रखना। अगर कुत्ते का ध्यान नहीं रखा गया तो वह नाराज हो जाएगा...अब वह कह रहा है कि दोपहर के खाने में और सुबह के नाश्ते में भी गोश्त था। कम था, लेकिन था...अब बाजार में गोश्त की बढ़ती कीमतों पर बात हो रही है...बूढ़ा बहुत नाराज है...अब कुछ सुनाई नहीं दे रहा...'' मारिया कुर्सी की पीटं से टिक गईं।

''बेचारे गरीब लोग मालूम होते हैं।''

''गरीब?''

''हाँ, हमारे यहाँ की गरीबी रेखा के नीचे के लोग।''

कुछ देर बाद 'विजिटर्स' के जाने का वक्त हो गया। बूढ़े की लड़की चली गई। मारिया भी उठ गईं। गर्म कपड़ों और लोमड़ी के बालों वाली टोपी से अपने को लादकर बोलीं—

''आपकी नर्स तो नहीं आई?''

''अच्छा ही है जो नहीं आई।''

"क्यों?"

"इसलिए कि औपचारिक बोसे के काम नहीं चलेगा और अनौपचारिक बोसे के बाद नींद नहीं आएगी।"

उन्होंने कहा, "कोई - न - कोई समस्या तो रहनी ही चाहिए।"

अस्पताल की रातें बड़ी उबाऊ, नीरस, उकताहट-भरी और बेचैन करने वाली होती हैं। नींद क्यों आए जब जनाब दिन-भर बिस्तर पर पड़े रहे हों। नींद की गोली खा लें तो उसकी आदत-सी पड़ने लगती है। पढ़ने लगें तो कहाँ तक पढ़ें? सोचने लगें तो कहाँ तक सोचें? लगता है अगर अनन्त समय हो तो कोई काम ही नहीं हो सकता। रात में सो पाने, सोचने, पढ़ने आदि-आदि की कोशिश करने के बाद मैं अपने कमरे में आए नए बूढ़े मरीज की तरफ देखने लगा। वह अखबार पढ़ते-पढ़ते सो गया था। जागते हुए भी उसका चेहरा काफी भोला और मासूम लगता है लेकिन सोते में तो बिलकुल बच्चा लग रहा था। उसके बड़े-बड़े कान हाथी के कान जैसे लग रहे थे। धँसे हुए गालों के ऊपर हड्डियाँ उभर आई थीं। शायद उसने अपने नकली दाँतों का चौखटा निकाल दिया था। उसकी ओर देखकर मेरे मन में तरह-तरह के विचार आने लगे। सबसे प्रबल था कैंसर का बढ़ा हुआ मर्ज, चौरासी साल की उम्र और ज़िन्दगी का एक ऐसा मोड़ जो अँधेरी गली में जाकर गायब हो जाता है। लगता था बचेगा नहीं...जो कुछ मुझे बताया गया था उससे यही लगता था कि ऑपरेशन के बाद बूढ़ा सीधा 'इन्टेन्सिव केयर यूनिट' में ही जाएगा। और फिर कहाँ? मुझे लगने लगा कि उसकी मृत्यु बिलकुल तय है। उसी तरह जैसे सूरज निकलना तय है। लगा कहीं ऑपरेशन टेबुल पर ही न चल बसे बेचारा...पता नहीं क्यों अचानक वह मुझे हंगेरी के अतीत-सा लगा।

रात ही थी या पता नहीं दिन हो गया था। अचानक कमरे की सभी बत्तियाँ जल गईं और हॉयनिका के अन्दर आने की आवाज से मैं उठ गया। उसने मुस्कराकर 'थरमामीटर' हाथ में दे दिया। इसका मतलब है सुबह का छः बजा है। उसकी मुस्कराहट बड़ी कातिल थी। शायद कल वाली बात उसे याद होगी। मैंने दिल-ही-दिल में कहा, इस तरह मुस्कराने से क्या होगा, वायदा निभाओ तो जानें। उसने बूढ़े आदमी को 'पापा' कहकर जगाया और उन्हें भी 'थरमामीटर' पकड़ा दिया।

संसार के सभी अस्पतालों की तरह इस अस्पताल में भी आप समय का अंदाजा नर्सों के विजिट, डॉक्टरों के आने, नाश्ता दिये जाने, गैलरी की बत्तियाँ बन्द किए जाने वगैरा से लगा सकते हैं।

सुबह के काम धीरे-धीरे होने लगे। 'पापा' उठे। उन्होंने अपनी छड़ी उठायी। छड़ी बहुत पुरानी लगती है। उतनी तो नहीं जितने पापा हैं लेकिन फिर भी पुरानी है। छड़ी के हत्थे पर प्लास्टिक की डोरी का एक छल्ला-सा बँधा हुआ था। उन्होंने छल्ले में हाथ डालकर छड़ी पकड़ ली और बाहर निकल गए। शायद बाथरूम गए होंगे। छड़ी के हत्थे से प्लास्टिक की डोरी का छल्ला बाँधने वाला आइडिया मुझे अच्छा लगा। इसका मतलब यह है कि पापा के हाथ से छड़ी कभी गिरी होगी। बस में कभी चढ़ते हुए या ट्राम से उतरते हुए या मैट्रो से निकलते हुए। छड़ी गिरी होगी तो पापा भी गिरे होंगे। पापा गिरे होंगे तो उनके पास जो सामान रहा होगा वह भी गिरा होगा। लोगों ने फौरन उनकी मदद की होगी। सामान समेटकर उन्हें दिया होगा। उनकी छड़ी उन्हें पकड़ाई होगी। इस तरह के बूढ़ों को मैंने अक्सर बसों, ट्रामों से उतरते-चढ़ते समय गिरते देखा है। पूरा दृश्य आँखों के सामने कौंध गया। इसी तरह की किसी घटना के बाद पापा ने प्लास्टिक की डोरी का छल्ला छड़ी के मुट्ठे से बाँध लिया होगा।

इस शहर में मैंने अक्सर इतने बूढ़े लोगों को आते-जाते देखा है जो ठीक से चल भी नहीं पाते। फिर भी वे थैले लिए हुए बाजारों, बसों में नजर आ जाते हैं। शुरू-शुरू में मैं यह समझ नहीं पाता था कि यदि ये लोग इतने बूढ़े हैं कि चल भी नहीं सकते तो घरों से बाहर ही क्यों निकलते हैं। बाद में मेरी इस जिज्ञासा का समाधान हो गया था। मुझे बताया गया था कि प्राय: बूढ़े अकेले रहते हैं। पेट की आग उन्हें कम-से-कम हफ्ते में एक बार घर से निकलने पर मजबूर कर देती है।

यह आदमी, बूढ़ा आदमी, जिससे मैं नफरत करते-करते बचा, दरअसल बहुत अच्छा है। जैसे-जैसे दिन गुजर रहे हैं, मुझे उसके बारे में अधिक बातें पता चल रही हैं। भाषा के सभी बन्धनों के होते हमारे जो रिश्ते बन रहे हैं उनके आधार पर उसे पसन्द करने लगा हूँ। हालाँकि हम दोनों आम तौर पर चुप रहने के सिवाय इसके कि हर सुबह एक-दूसरे को 'यो रैग्गैल्त' मतलब 'गुड मार्निंग' कहते हैं। दिन में 'यो नपोत किवानोक' यानी 'विश यू गुड डे' कहते हैं। छोटी-मोटी मदद के बाद 'कोसोनोम', धन्यवाद कहते हैं। या धन्यवाद कहे जाने का जवाब 'सीवैशैन' कहकर देते हैं।

मुझे याद है दो दिन पहले जब मैं अपने दूसरे ऑपरेशन के बाद कमरे में लाया गया था और दर्द-निवारक दवाओं का असर खत्म हो गया था तो दर्द इतना हो रहा था कि बकौल फैज अहमद 'फैज' हर रगे जाँ से उलझ रहा था। डॉक्टर कह रहे थे जितनी स्ट्रांग दर्द-निवारक दवाएँ वे दे चुके हैं उससे अधिक और कुछ नहीं दे सकते। अब तो बस झेलना ही है। मैं झेल रहा था। बिस्तर पर तड़प रहा था। कराह

रहा था। आँखें कभी बन्द करता था, कभी खोलता था। उसी वक्त एक बार आँखें खुलीं तो मैंने देखा कि पापा हाथ में छड़ी लिए मेरे बेड के पास खड़े हैं। मुझे यह उम्मीद न थी। वे कह कुछ न रहे थे। क्योंकि भाषा की रुकावट थी। लेकिन जाहिर था कि क्यों खड़े हैं। दर्द की वजह से उनका चेहरा धुँधला लग रहा था। उनकी धँसी हुई आँखें बिलकुल ओझल थीं। लम्बे-लम्बे कान लटके हुए थे। गर्दन झुकी हुई थी। सिर पर सफेद बाल बेतरतीबी से फैले थे। वे चुपचाप खड़े थे पर मुझे लगा जैसे कह रहे हों, देखो दर्द भी क्या चीज है, कोई बाँट नहीं सकता। उसे सब अकेला ही झेलते हैं। पापा को देखते ही मैं अपने दर्द से उनके दर्द की तुलना करने लगा। लगा इस विचार ने दर्द-निवारक गोली का काम कर दिया। मैंने सोचा, पापा, तुम्हारे ऑपरेशन के बाद मैं शायद तुम्हें इस तरह देख भी न पाऊँगा जिस तरह तुम मुझे देख रहे हो क्योंकि तुम शायद आई सी यू में होगे या किसी ऐसी जगह जहाँ मैं पहुँच न सकूँगा। तुम्हारे इस तरह मुझे देखने का एहसान मेरे ऊपर हमेशा के लिए बाकी रह जाएगा।

ऑपरेशन के बाद मैं ठीक होने लगा। दूसरे दिन टहलने लगा। इस दौरान पापा के टैस्ट वगैरा चल रहे थे। हंगेरियन अस्पतालों में कोई हबड़-तबड़ नहीं होती क्योंकि नफा-नुकसान, लेन-देन आदि का कोई चक्कर नहीं है। इसलिए पापा के 'टैस्ट' काफी विस्तार से हो रहे थे। मैं दिन में घबराकर कमरे के चक्कर लगाता था और उकताहट दूर करने के लिए या पता नहीं किसलिए दिन में दसियों बार पापा से पूछता था, होज वाज पापा? यानी कैसे हो पापा? पापा मेरे सवाल का हर बार एक ही जवाब देते थे, 'कोसोनोम योल' यानी 'धन्यवाद, ठीक हूँ।' मैं समझता था कि शायद मेरे बार-बार एक सवाल पूछने से वे चिढ़ जाएँगे। पर ऐसा कभी नहीं हुआ। शायद वे जानते थे कि मैं पता नहीं उनसे क्या-क्या कहना चाहता हूँ लेकिन नहीं कह पाता।

पापा लगभग पूरे दिन बड़े ध्यान से अखबार पढ़ा करते थे। वे हंगेरी का वह अखबार पढ़ते थे जो पहले कम्युनिस्टों का था और अब समाजवादियों का अखबार है। पापा की अखबार में गहरी रुचि मुझे चमत्कृत कर देती थी। ऐसी उम्र में, इतनी खतरनाक बीमारी से जूझते हुए दुनिया में कितने लोगों की रुचि बचती है! या तो लोग चुप हो जाते हैं या रोते रहते हैं। लेकिन पापा के साथ ऐसा न था। एक रात अखबार पढ़ने के बाद वे हाथ बचाकर मेज पर चश्मा रखने लगे तो चश्मा फर्श पर गिर पड़ा था। तब मैंने पापा के मुँह से ऐसी आवाज सुनी जो दु:ख व्यक्त करने वाली आवाज थी। मैं तत्काल उठा और पापा का चश्मा उठाया। मैंने देखा, न केवल चश्मा बेहद गन्दा था बल्कि उसे धागों से इस तरह बाँधा गया था कि कई जगहों से टूटा

लगता था। जैसा भी रहा हो, उसका पापा के लिए बहुत ज्यादा महत्त्व था। मैंने चश्मा उनकी तरफ बढ़ाया। उनकी आँखों में कृतज्ञता का स्पष्ट भाव था। चश्मा टूटा नहीं था। अगर टूट जाता तो? बहुत बुरा होता, बहुत ही बुरा।

दो-चार दिन बाद मेरी हालत ये हो गई थी, अपने बेड पर लेटा-लेटा मैं यह इंतजार किया करता था कि पापा की मदद करने का अवसर मिले। वे रात में सोने से पहले लैम्प बन्द करने के लिए उठते थे। उठने के लिए बड़ी मेहनत करनी पड़ती थी। पहले छड़ी टटोलते थे। फिर छल्ले में हाथ डालते थे। तब खड़े होते थे। बेड का पूरा चक्कर लगाकर दूसरी तरफ आते थे और तब लैम्प का 'स्विच' 'आफ' करते थे। मैं इंतजार करता रहता था। जैसे ही लैम्प बन्द करने की जरूरत होती थी मैं जल्दी से उठकर लैम्प 'ऑफ' कर देता था। पापा 'कोसोनोम' कहते थे। इसी तरह दोपहर के खाने के बाद जैसे ही उनके बर्तन खाली होते थे मैं उठाकर बाहर रख आता था। पढ़ते-पढ़ते कभी उनका अखबार नीचे गिर जाता था तो झपटकर उठा देता था। कभी-कभी ये भी सोचता था कि यार मैं इस अजनबी बूढ़े के लिए यह सब क्यों करता हूँ? मुझे इस सवाल का जवाब नहीं मिलता था।

तीन दिन बाद आज हॉयनिका फिर रात की ड्यूटी पर है। पिछली बार जब वह रात की ड्यूटी पर थी तो उसके केबिन में जाकर मैंने उसे अमजद अली खाँ का सरोद सुनाया था। उसे पसन्द आया था। उसने मुझे कॉफी पिलायी थी। इशारों, दो-चार शब्दों हंगेरियन-अंग्रेजी शब्दकोश की मदद से कुछ बातचीत हुई थी। पता चला कि वह विवाहित है। लेकिन उसके विवाहित होने ने मुझे हतोत्साहित नहीं किया था। क्या विवाह कर लेना किसी लड़की की इतनी बड़ी गलती करार दी जा सकती है कि उससे प्रेम न किया जाए? नहीं, नहीं, कदापि नहीं। शादी कर लेने का मतलब है कि उससे गलती हो गई है। और हर तरह की गलती, भूल को माफ किया जाना चाहिए।

आज जब मुझे पता चला कि उसकी ड्यूटी है तो रात के दस बज जाने का इंतजार करने लगा। क्योंकि उसके बाद ही उसे कुछ फुर्सत होती थी। इस दौरान मुझसे मिलने एक-दो लोग आए। उनसे बातें होती रहीं। पापा की लड़की आई तो मैं अपने 'विजिटर्स' को लेकर बाहर आ गया। दरअसल अब मैं पापा और उनकी लड़की को बातचीत करने के लिए एकान्त देने के पक्ष में हो गया था। कारण यह है कि एक दिन मैंने कनखियों से देखा था कि पापा अपनी लड़की को चुपचाप अस्पताल का खाना दे रहे हैं। लड़की इधर-उधर देखकर खाना अपने बैग में रख

रही है। अस्पताल में रोटी, 'चीज' और दीगर चीजें खूब मिलती थीं। उन्हीं में से पापा कुछ बचाकर रख लेते थे और शाम को अपनी लड़की को दे देते थे। इसलिए अब जब उनकी लड़की आती थी तो मैं कमरे से बाहर आ जाता था।

आठ बजे के करीब सब चले गए। मैं कमरे में आकर लेट गया। हॉयनिका के बारे में सोचने लगा। मेरे और उसके सम्बन्ध मधुर होते जा रहे थे। न केवल उसकी मुस्कराहट में दोस्ती और अपनापन बढ़ रहा था बल्कि कभी-कभी बहुत प्यार से मेरा कंधा भी दबा देती थी। मैं भी अपनी तरफ से यही दिखाता था कि उसे पसन्द करता हूँ। एक बार उसे छोटा-मोटा भारतीय उपहार भी दिया था। बहरहाल प्रगति थी और अच्छी प्रगति थी। चूँकि अस्पताल में कोरी कल्पनाएँ करने के लिए काफी समय रहता था इसलिए मैं हॉयनिका के बारे में मधुर, कोमल, छायावादी किस्म की कल्पनाएँ भी करने लगा था। वह वैसे बहुत सुन्दर तो न थी। क्योंकि हंगेरी में महिलाओं की सुन्दरता के मानदंड बहुत ऊँचे हैं। अक्सर सड़क पर टहलते हुए ऐसी लड़कियाँ दिख जाती हैं कि लगता है कि आप स्वर्ग की किसी सड़क पर टहल रहे हैं। पर वह सुन्दर न होते हुए भी अच्छी है। या शायद मुझे लगती हो। शायद इसलिए लगती हो कि मुझे थोड़ी-बहुत घास डाल देती है। बहरहाल कारण चाहे जो भी हो, मैं ठीक दस बजे कमरे से बाहर आया। गैलरी की बत्तियाँ बन्द हो चुकी थीं। चारों तरफ सन्नाटा था। डॉक्टर अपने कमरों में थके-मारे सो रहे होंगे। हॉयनिका अपने केबिन में बैठी कोई पत्रिका पढ़ रही थी। मुझे देखते ही उसने पत्रिका रख दी। मुझे बैठने के लिए कहा। वह कॉफी पी रही थी। छोटे-से कप में काली कॉफी। मुझे भी दी। मैं अमृत समझकर पीने लगा। इधर-उधर की टूटी-फूटी बातों के बाद मैंने उसे 'वाक्मैन' पर सितार सुनाया। मैं खुद हंगेरियन महिलाओं की पत्रिका के पन्ने पलटता रहा। कॉफी ने मुँह का मजा चौपट कर दिया था लेकिन क्या कर सकता था। सितार सुनने केबाद उसने 'वाक्मैन' मुझे वापस कर दिया। मैंने मुस्कराकर उसकी तरफ देखा। वह सुन्दर लग रही थी। वही नींद में डूबी आँखें, बिखरे हुए बाल, लाल और कुछ मोटे होंठ, शरारत से भरी आँखें। मैंने धीरे से एक हाथ उसके कन्धे पर रखा और कुछ आगे बढ़ा। उसकी आँखों में मुस्कराहट नाच उठी। वह कुछ नहीं बोली। बल्कि शायद मौन स्वीकृति। गैलरी का अंधेरा, बाहर लैम्प पोस्टरों से आती पीली रोशनी, पेड़ों पर चमकती सफेद बर्फ, दूर से आती स्पष्ट आवाजें। मैंने अपना चेहरा और आगे बढ़ाया। इतना आगे कि उसका चेहरा 'आउट आफ फोकस' हो गया। उसकी साँसें मुझसे टकराने लगीं। होंठों पर कॉफी, सिगरेट और 'लिपस्टिक' का मिला-जुला स्वाद था। होंठों के अन्दर एक दूसरा स्वाद था जिसमें न तो मिठास थी और न कड़वाहट। उसका चेहरा एक ओर झुकता चला

गया। मेरे हाथ कन्धे से हटकर उसकी पीठ पर आ गए थे। उसके हाथ भी निश्चल नहीं थे। जब मैं उसे देख पाया तो उसके चेहरे पर बड़ा दोस्ताना भाव था। उसने मेरा हाथ पकड़ रखा था। उसकी प्याली में कॉफी बच गई थी। वह उसने मुँह में उड़ेल ली। मैं उठ गया। 'विसोन्तलात आशरा' का एक्सचेंज हुआ। कल मैंने उसे कुछ और नया संगीत सुनाने का वायदा किया। उसने हँसकर स्वीकार किया।

ये कुछ औपचारिक और अनौपचारिक के बीच वाली बात हो गई थी। मैं कमरे में आया तो इतना खुश था कि यह सोचा ही नहीं कि वहाँ पापा लेटे होंगे। पापा बिलकुल सीधे लेटे थे। उनके सफेद बाल बिखरे हुए थे। उन पर खिड़की से आती चांदनी पड़ रही थी। पापा का चेहरा फरिश्तों जैसा शान्त लग रहा था। बिलकुल काम, क्रोध, माया, मोह से अछूता। एक अजीब तरह की आध्यात्मिकता छायी हुई थी। ऐसा लगता था जैसे वे अस्पताल के बेड पर नहीं अपने ताबूत में कब्र के अन्दर लेटे हों। उनके चेहरे से दैवी ज्योति फूट रही थी। मैं एकटक उन्हें देख रहा था। इससे पहले के दृश्य और इस दृश्य के बीच मैं कोई तारतम्य स्थापित करने की कोशिश कर रहा था। पर मुझे सफलता नहीं मिल रही थी। मुझे लगने लगा कि कमरे में नहीं ठहरा जा सकता। मैं बाहर आ गया। हॉयनिका अपने केबिन में थी पर मैं उधर नहीं गया। दूसरी तरफ मुड़ गया और एक लम्बी, विशाल खिड़की से बाहर देखने लगा। पत्तीविहीन लम्बे-लम्बे पेड़ों की हवा में हिलती शाखाएँ, जमीन पर चमकती बर्फ, लोहे की रेलिंग से आगे फुटपाथ पर दूधिया रोशनी और उसके भी आगे मुख्य सड़क पर ऊँचे-ऊँचे पीली रोशनी फैलाते लैम्प पोस्ट खड़े थे। नीचे से कारों की हेडलाइटें गुजर रही थीं। खिड़की के बाहर का पूरा दृश्य प्रकाश, अंधकार, गति और स्थिरता का एक कलात्मक कम्पोजीशन-सा लग रहा था। तेजी से गुजरती कारें देखकर यह अजीब बेवकूफी का ख्याल आया कि इनमें कौन बैठा होगा? आदमी या औरत? व्यापारी, अपराधी, कर्मचारी, किसान, नेता, अध्यापक, पत्रकार, छात्र, प्रेमी युगल? कौन होगा? क्या सोच रहा होगा? उबाऊ और नीरस जीवन के बारे में या चुटकियों में उड़ा देने वाली ज़िन्दगी के बारे में? फिर अपने पर हँसी आई। सोचा कोई भी हो सकता है, कुछ भी सोच रहा होगा, तुमसे क्या मतलब, जाओ सो जाओ। लेकिन फिर पापा की याद आ गई। अन्दर जाने में एक अजीब तरह की झिझक पैदा हो गई।

मुझे अस्पताल में इतने दिन हो गए थे और मैं उस जीवन में इतना रम गया था कि लगा अब घर वापस गया तो अस्पताल 'मिस' करूँगा या शाम घर वापस लौटने के

बजाय अस्पताल आ जाया करूँगा। क्योंकि अब मैं वार्ड में शायद सबसे सीनियर मरीज था इसलिए झिझक मिट गई थी। मैं वार्ड के 'किचन' तक में चला जाता था। अपने लिए चाय बना लेता था। गैलरी में खूब टहलता था। नए मरीजों से बात करने की कोशिश करता था। पुराने मरीजों को जान-पहचान वाली 'हेलो' करता था। यह देखना भी मजेदार लगता था कि मरीज आते हैं तो उनके चेहरों पर क्या भाव होते हैं। ऑपरेशन के बाद कैसे लगते हैं और ठीक होकर वापस जाते समय उनके चेहरों पर क्या भाव होते हैं। और कुछ नहीं तो सुन्दर नर्सों और लेडी डॉक्टरों की चाल देखता था। उससे भी उकता जाता था तो बाहर गिरती बर्फ में लदे सफेद पेड़ देखता था। देखने वाली चीजों में पापा की मेज पर रखा जूस का डिब्बा भी था जिसे मैं कई दिन से उसी तरह रखा देख रहा था जैसा वह था। पापा ने उसे नहीं खोला था। वह जैसे का तैसा कई दिन से वैसा ही रखा था।

हंगेरियन मैं नहीं जानता लेकिन इतना मालूम है कि संसार की किसी भाषा के समाचारपत्र में कई दिन तक 'प्रमुख शीर्षक' एक नहीं हो सकता। पापा जो अखबार तीन दिन से पढ़ रहे थे उसमें मुझे ऐसा लगा। यानी वे तीन दिन से पुराना अखबार पढ़ रहे थे। मुझे अखबार पर गुस्सा आया। यह ताजा अखबार की बदनसीबी थी कि वह पापा तक नहीं पहुँचता। दोपहर के समय अखबार बेचने वाला आया और पापा सो रहे थे तो मैंने उससे नया अखबार लेकर पापा की मेज पर रख दिया और पुराना बाहर रख आया। पापा जब उठे तो उन्हें नया अखबार मिला। वे समझ नहीं पाए कि यह कैसे हो गया। मैं बताना भी नहीं चाहता था।

हॉयनिका दो-तीन दिन के 'गैप' के बाद रात की ड्यूटी में ही आती थी। मैं बराबर उससे मिलता था। लेकिन एक-आध बार भाषा की बाधा के कारण काफी खीज गया और सोचा किसी हंगेरियन मित्र के माध्यम से कभी हॉयनिका से लम्बी बातचीत करूँगा। हमारी मित्रता में शब्दों का अभाव अब बुरी तरह खटकने लगा था। और लगता था इस सीमा को तोड़ना जरूरी है। एक दिन शाम जब मारिया आईं तो मैंने उनसे अपनी समस्या बताई। उन्होंने कहा, "ठीक है, आप द्विभाषिए के माध्यम से प्रेम करना चाहते हैं।"

मैंने कहा, "नहीं, ये बात नहीं है। लेकिन मुझे लगता है कि अब मुझे उसके बारे में कुछ अधिक जानना चाहिए। हो सकता है उसके मन में भी यह हो।"

खैर तय कर पाया कि शाम के जरूरी काम जब वह निपटा लेगी तो हम उसके केबिन में जाएँगे और मारिया जी के माध्यम से बातचीत होगी। मैं खुश हो गया कि मेरी अमूर्त कल्पनाओं को कुछ ठोस सहारा मिल सकेगा।

हम जब हॉयनिका के केबिन में गए तो वह पत्रिका पढ़ रही थी और कॉफी

पी रही थी। मारिया ने उसे जब मेरे और अपने आने का कारण बताया तो उसके चेहरे पर मुस्कराहट फैलती चली गई।

मैंने मारिया से कहा, पहले तो इसे बताइए कि मुझे इस बात का कितना दु:ख है कि हंगेरियन नहीं बोल सकता और उससे बातचीत नहीं कर सकता। यही वजह है कि मैं न उससे वह सब पूछ सका या कह सका जो चाहता था। मेरी बातों पर वह लगातार मुस्कराए जा रही थी।

"ये कहाँ रहती हैं?"

"बुदापैश्त से दूर एक छोटा-सा शहर है वहाँ रहती है।"

"वहाँ से आने में कितना समय लगता है?"

"तीन घंटे।"

"तीन घंटे आने में और तीन ही जाने में?"

"जी हाँ।"

"यहाँ क्यों नहीं रहती है?"

"यहाँ फ्लैटों के किराए इतने ज्यादा हैं कि वह 'एफोर्ड' नहीं कर सकती... और वहाँ इसने किश्तों पर एक मकान खरीद लिया है।"

"कितनी क़िश्त देनी पड़ती है?"

"पन्द्रह हजार फोरेन्त महीना।"

"और इसे तनख्वाह क़ितनी मिलती है?"

"सत्रह हजार फोरेन्त..."

"तो कहाँ से खाती-पीती है?"

"इसका पति भी काम करता है।"

"क्या काम करता है?"

"चौकीदार है...किसी फैक्ट्री में।" सुनकर मुझे लगा कि यह नितांत अन्याय है। सुन्दर महिलाओं के पतियों को उनकी पत्नियों की सुन्दरता के आधार पर नौकरी मिलनी चाहिए।

"इसकी एक दो साल की बच्ची भी है।"

"उसे कौन देखता-भालता है?"

"दिन में ये देखती है...कभी-कभी इसकी माँ और रात में इसका पति...यह कह रही है कि उसकी ज़िन्दगी काफी मुश्किल है। लेकिन घर-परिवार की या निजी समस्याएँ यह अपने साथ अस्पताल में नहीं लाती। यहाँ तो हर मरीज के साथ हँसकर बात करनी पड़ती है।"

यह सुनकर मैं चौंक गया। 'हर मरीज' में तो मैं भी आ गया और 'करनी पड़ती

है' का मतलब विवशता है। कुछ क्षण मैं खामोश रहा।

पता नहीं क्यों मैंने मारिया से कहा, ''इससे पूछिए कि इसकी सबसे बड़ी इच्छा क्या है? यह क्या चाहती है कि क्या हो? बड़ी ख्वाहिश, अभिलाषा?''

''ये कह रही है कि इसकी सबसे बड़ी कामना यही है कि हर महीने मकान की किश्तें अदा होती रहें और मकान अपना हो जाए...और यह भी चाहती है कि उसे एक बेटा भी हो। यानी एक बेटी, एक बेटा और अपना मकान।''

''ठीक है, ठीक है...बहुत अच्छा...अब चलें।'' मैं थोड़ा घबराकर बोला। मारिया मुस्कराने लगीं—बहुत अर्थपूर्ण और कुछ-कुछ व्यंग्यात्मक।

कल पापा का ऑपरेशन है। आज वे अच्छी तरह नहाये हैं। अच्छी तरह कंघी की है। मैं आज उनसे आँख मिलाने की हिम्मत नहीं कर सकता। उनकी धुँधली आँखों में देखना आज मुश्किल काम है।

शाम के वक्त कुछ जल्दी ही उनकी लड़की आ गई। आज वह बहुत ज्यादा उदास लग रही है। दोनों धीमे-धीमे बातें करने लगे। पापा की आवाज में सपाटपन है। वे बोलते-बोलते रुक जाते हैं। कुछ अन्तराल पर थोड़ी बातचीत होती है। फिर दोनों सिर्फ एक-दूसरे को देखते हैं। पापा की आँखें गहरी सोच में डूबी हुई हैं। वे छत की तरफ देख रहे हैं। लड़की खिड़की के बाहर देख रही है। बाहर से आवाजें आ रही हैं। पापा ने कुछ कहना शुरू किया। लड़की शायद सुन नहीं पा रही थी। वह और अधिक पास खिसक आई। उसी वक्त मारिया कमरे में आईं। उनका आना दैवी कृपा जैसा लगा। अभी वे अपना ओवरकोट, भारी-भरकम टोपी उतारकर बैठने भी न पायी थीं कि मैंने फरमाइश कर दी—

''जरा बताइए...क्या बातचीत हो रही है?''

''आप भी कुछ अजीब आदमी हैं!'' वे हँसकर बोलीं।

''कैसे?''

''पूरे अस्पताल में आपको दो ही लोग पसन्द आए हैं। एक पापा दूसरे हॉयनिका। है ना?''

''हाँ है।''

''और दोनों में अद्भुत साम्य है।'' वे हँसीं।

''देखिए, बात मत टालिए...पापा कुछ कह रहे हैं...जरा सुनिए क्या कह रहे हैं।'' कुछ सुनने के बाद मारिया बोलीं, ''पापा कह रहे हैं अब मैं किसी से नहीं डरता। अब मेरा कोई क्या बिगाड़ सकता है। मैं सच बोलूँगा...'' मारिया जी चुप

हो गईं। पापा भी चुप हो गए थे। बातचीत का चूँकि कोई ओर-छोर न था इसलिए मैं सोचने लगा ये पापा क्या कह रहे हैं? अब किसी से नहीं डरते...मतलब पहले किसी से डरते थे। किससे डरते थे? बूढ़ा आदमी, जो हर तरह से अच्छा नागरिक मालूम होता है, किसी से क्यों डरेगा? और अब वह डर नहीं रहा। यह कैसा डर है जो पहले था अब खत्म हो गया? इस पहेली को सुलझाना मेरे बस की बात न थी। मैं पूछ भी नहीं सकता था। किसी के डरने का कारण पूछना वैसे भी असभ्यता है और निश्चित रूप से अगर डर किसी बूढ़े आदमी का हो तो और भी। पापा की दूसरी बात समझ में आती है, अब उनका कोई क्या बिगाड़ सकता है? ये तय है, चौरासी वर्षीय कैंसर के मरीज का कोई कुछ नहीं बिगाड़ सकता, क्योंकि यह स्पष्ट है कि अब उसका सामना सीधे मृत्यु से है। और जो कब्र में पैर लटकाये बैठा हो उसे क्या सजा दी जा सकती है? सबसे बड़ी सजा तो मृत्युदंड ही है न। सबसे बड़ी इच्छा जीवित रहने की ही है न। तो जो इनसे ऊपर उठ गया हो उसका कोई कानून, कोई समाज, कोई व्यवस्था क्या बिगाड़ सकती है? और जब उनका कोई कुछ बिगाड़ नहीं सकता तो वे 'सब कुछ' कह सकते हैं। जो महसूस करते हैं बता सकते हैं। हद यह है कि 'सच' तक बोल सकते हैं। सच—एक ऐसा शब्द तो घिसते-पिटते बिलकुल विपरीत अर्थ देने लगा है। लेकिन चौरासी वर्षीय कैंसर-पीड़ित पापा, आठ घंटे का ऑपरेशन होने से पहले अगर 'सच' शब्द का प्रयोग कर रहे हैं तो वास्तव में उसका वही मतलब है जो है। पर वह सच है क्या जो पापा बोलना चाहते हैं। और इससे पहले उन्होंने 'सच' क्यों नहीं कह दिया? फैज की पंक्तियाँ याद आ गईं—'हर्फ़े हक दिल में खटकता है जो काँटे की तरह। आज इजहार करें और खलिश मिट जाए।' तो पापा आज वह सत्य कहना चाहते हैं जो उनके दिल के बोझ को हल्का कर देगा। ठीक है पापा, कहो, जरूर कहो। कभी, कहीं, कोई, किसी तरह यह कहे तो कि 'हक' क्या है?

अगले दिन लम्बे इंतज़ार के बाद शाम होते-होते पापा ऑपरेशन थियेटर से वापस लाये गए तो लगा जैसे तारों, नलकियों, बोतलों, बैगों का एक तिलिस्म है जो उनके चारों ओर लिपट गया है। पता नहीं कितनी तरह की दवाएँ, कितनी जगहों से पापा के शरीर के अन्दर जा रही थीं और शरीर से क्या-क्या निकल रहा था जो बेड के नीचे लटकते बैगों में जमा हो रहा था। इन सबमें जकड़े पापा को देखने की हिम्मत नहीं थी। वे बिलकुल शान्त थे, आँखें बन्द थीं। शायद बेहोश थे। वे सब बातें, वे सब डर, जो मेरे अन्दर छिपे बैठे थे, सामने आ गए। पापा...बेचारे पापा...नर्सें थोड़ी-थोड़ी देर के बाद आ रही थीं और आवश्यक कार्यवाही कर रही थीं। कुछ देर बाद उनकी लड़की आई। नर्स से बातचीत करके चली गई। रात में

मैं कई बार उठा लेकिन पापा की हालत में कोई बदलाव नहीं देखा। न हिल रहे थे, न डुल रहे थे, न खर्राटे ले रहे थे। बस ग्लूकोस की टपकती बूँदें ही बताती थीं कि सब कुछ ठीक है। रात में कई बार नर्स आई, उसने बोतलें बदलीं, थैलियाँ बदलीं और पापा का टेम्प्रेचर वगैरा लिया और चली गई।

रात में मुझे तरह-तरह से ख्याल आते रहे। कुछ बड़े भयानक ख्याल थे। जैसे अचानक नर्स घबराकर खट-खट करती हुई बाहर जाएगी। दूसरे ही क्षण कई डॉक्टर आ जाएँगे। पापा को बाहर निकाला जाएगा और फिर कुछ देर बाद दो-तीन लोगों के साथ पापा की लड़की आएगी। वह सिसक रही होगी। उसकी आँखें लाल होंगी। वह धीरे-धीरे पापा का सामान समेटेगी। पापा का चश्मा, उनकी डायरी, उनका कलम, उनके कपड़े, जूते, तौलिया, साबुन और वह छोटी-सी गठरी जिसमें से सख्त बदबू आती है। मेज पर रखा जूस का वह डिब्बा उठायेगी जो अब तक बन्द है। दराज खोलेगी तो उसमें से कुछ खाने का सामान, छुरी-काँटा और चम्मच निकलेगा। इस सबके दौरान वह रोती रहेगी। साथ वाले लोग सान्त्वना के एक-आध शब्द कहेंगे। फिर सामान समेटकर वह पापा के बेड पर एक नजर डालेगी और चीखकर रो पड़ेगी। उसी समय बड़ी नर्स आएगी और उसे कन्धे से पकड़कर बहुत धीरे-धीरे कुछ समझाती हुई बाहर ले जाएगी। कमरे से पापा के वहाँ रहने के सारे सबूत मिट जाएँगे। थोड़ी देर के लिए खिड़की खोली जाएगी तो ताजी हवा अन्दर आएगी। छोटी नर्सें खटाखट बेड कवर, तकिए गिलाफ और चादरें बदल देंगी। लोहे के सफेद बेड को साफ कर देंगी और बाहर निकल जाएँगी। अब वहाँ सिर्फ मैं बचूँगा। और अगर मैं किसी को बताना भी चाहूँगा कि बेड पर पापा ने अपनी ज़िन्दगी के सबसे सच्चे क्षण गुजारे हैं तो किसी को यकीन नहीं आएगा।

दो दिन तक पापा की हालत बिलकुल एक-सी रही। उसके बाद मेरा अपना छोटा वाला ऑपरेशन हुआ और मैं पड़ गया। एक-आध दिन के बाद करीब शाम के वक्त जब मेरे पास मारिया और पापा के पास उनकी लड़की बैठे थे तो सीनियर नर्स आई और बोली कि पापा को बैठाया जाएगा। उसने पापा का बेड ऊँचा किया। पापा दर्द से चिल्लाने लगे। फिर बेड नीचा कर दिया गया। लेकिन नर्स ने कहा कि इस तरह काम नहीं चलेगा। आखिर दोनों के बीच फैसला हुआ कि जितना ऊँचा पहले किया गया था उसका आधा ऊँचा कर दिया जाए। उस दिन मारिया ने बताया कि पापा कह रहे हैं कि ''भगवान की कृपा से अब मैं डेढ़-दो साल और जी जाऊँगा।'' मारियाजी को इस वाक्य पर बड़ी हँसी आई थी। उन्होंने कहा था कि भगवान पर ऐसा विश्वास हो तो फिर क्या समस्या है। पापा अपनी लड़की को यह भी बता रहे थे, उनका खाना बन्द है और वे सूखकर काँटा हो गए हैं। पापा सिर्फ

'लिक्विड डाइट' पर थे। जूस का सौभाग्यशाली डिब्बा खुल गया था। उसके अलावा पापा को कॉफी और सूप मिलता था।

एक-आध दिन बाद मैं बाथरूम से कमरे में आया तो एक अद्‌भुत दृश्य देखा। बेड का सहारा लिए पापा खड़े थे। उनके सफेद बाल बिखरे थे। सफेद लम्बा-सा अस्पताल का चोगा लटक रहा था। हाथ और पैर बिलकुल काले हो गए थे। शरीर के चारों ओर कुछ नलकियाँ और बैग झूल रहे थे। उनके चेहरे पर कोई भाव न थे। अपने खड़े रहने पर वे इतना ध्यान दे रहे थे कि और कुछ व्यक्त करने का उनके पास समय ही न था। मैंने सोचा कि उनके खड़ा होने पर बधाई दूँ या कम-से-कम हंगेरियन शब्द 'यो' 'यो' कहूँ जिसका मतलब 'अच्छा' 'सुन्दर' आदि है। लेकिन फिर लगा कि कहीं मैं पापा को 'डिस्टर्ब' न कर दूँ। उसी तरह, जैसे बच्चे जब पहली-पहली बार खड़े होते हैं और उन्हें देखकर माता-पिता हँस देते हैं तो वे धप्प से बैठ जाते हैं। पापा खड़े रहे। उन्होंने एक बार गर्दन उठाकर सामने देखा। एक बार गर्दन झुकाकर नीचे देखा। बेड को पकड़े-पकड़े एक कदम आगे बढ़ाया, उसके बाद वे रुक गए। पापा को खड़े देखकर यह लगा कि केवल पापा ही नहीं खड़े हैं। उनके साथ न जाने क्या-क्या खड़ा हो गया है। मैं एकटक भी नहीं देख सकता था। डर था कहीं पापा मुझे देखता हुआ न देख लें।

मेरे अस्पताल से निकाल दिये जाने के दिन करीब आ रहे थे। मैं जानता था कि जितना यहाँ आराम है, उतना कहीं और न मिलेगा। जितनी यहाँ शान्ति है उतनी शायद शान्ति निकेतन में भी न होगी। यहाँ समय अपने वश में लगता है लेकिन बाहर मैं समय के वश में रहता हूँ। बहरहाल अस्पताल से बाहर जाने का विचार इस माने में तो अच्छा था कि ठीक हो गया हूँ लेकिन इस अर्थ में अच्छा नहीं था कि बाहर अधिक खुश रहूँगा। अस्पताल के जीवन का मैं इतना अभ्यस्त हो गया था या वह मुझे इतना पसन्द आया था कि बाहर निकाल दिये जाने का विचार एक साथ खुशी और अफसोस की भावनाओं का संचार कर रहा था। हॉयनिका ने भी एक बार मजाक में कहा था कि मेरे अस्पताल से चले जाने के बाद मैं उसे बहुत याद आऊँगा। मैंने कहा कि अस्पताल के बाहर भी कहीं मिला जा सकता है। लेकिन फिर खुद अपने प्रस्ताव पर शर्मिंदा हो गया था—दो-तीन घंटे की यात्रा और पूरी रात अस्पताल की ड्यूटी के बाद सुबह सात बजे तीन घंटे की यात्रा करने के लिए निकलने वाले से 'कहीं बाहर' मिलने की बात करना अपराध लगा।

पापा को खाना दिया जाने लगा था। अब वे अपनी लड़की से यह शिकायत

करते थे कि खाना कम दिया जाता है। कई दिन भूखे रहने के बाद उनकी खुराक शायद बढ़ गई थी। लेकिन इस सम्बन्ध में कुछ नहीं किया जा सकता था। अस्पताल वाले नियमित मात्रा में ही खाना देते थे। पापा अब चूँकि थैलियाँ लटकाये चलने-फिरने लगे थे इसलिए भी भूख खुल गई होगी। ऑपरेशन के बाद पापा के पास से वह दुर्गंध आना बन्द हो गई थी, लेकिन कभी-कभी वह 'ट्यूब' या थैली खुल जाती थी जिसमें टट्टी आती थी। उसके खुलते ही भयानक दुर्गंध कमरे में भर जाती थी और बाहर निकलने के अलावा कोई रास्ता न बचता था। एक दिन यह हुआ कि पापा की टट्टी वाली थैली खुल गई। उन्होंने उसे स्वयं बन्द करने की कोशिश की तो वह और ज्यादा खुल गई। मैं कमरे से बाहर चला गया। कुछ देर बाद कमरे में आया तो देखा पापा खड़े हुए थैलियों से जूझ रहे हैं। टट्टी की थैली से गन्दगी निकलकर बिस्तर पर, फर्श पर, फैल गई है। पापा का चोगा उतर गया है। वे बिलकुल नंगे खड़े हैं। सफेद बाल बिखरे हुए हैं। पापा थैलियों को लगाने की कोशिश कर रहे थे। नर्स को नहीं बुला रहे। यह देखकर अच्छा लगा। पापा अब ये काम अपने आप कर सकते हैं। लेकिन मैंने नर्सों से जाकर कहा। वे आईं। पापा और कमरे की पूरी सफाई हो गई। पापा नए चोगे में लेट गए। चश्मा लगाकर अखबार ले लिया। खिड़की खोल दी गई। मैं भी लेट गया, अमजद अली खाँ को सुनने लगा।

पापा कुर्सी पर भी अक्सर बैठ जाते थे। एक दिन मैंने देखा कि पापा चश्मा लगाए, गम्भीर मुद्रा में, हाथ में कलम लिए कुर्सी पर बैठे हैं। सामने मेज पर कुछ कागज रखे थे। मैं समझा शायद कुछ हिसाब लिख रहे हैं, लेकिन कलम चलने की रफ्तार से कुछ समझ में नहीं आया। न तो वे पत्र लिख रहे थे, न डायरी लिख रहे थे, न हिसाब कर रहे थे। वे कलम को हाथ में पकड़े गम्भीरता से कागज की तरफ देखकर देर तक कुछ सोचते थे और फिर झिझकते हुए कलम उठाते थे। एक-आध शब्द लिखते थे और फिर कलम रुक जाता था। एकाग्रता बहुत गहरी थी। माथे पर लकीरें पड़ी हुई थीं। चिन्ता में डूबे थे जैसे कोई ऐसा काम कर रहे हों जो उनके लिए जरूरी से भी ज्यादा जरूरी हो। यह जानने के लिए, ऐसा क्या हो सकता है, मैं उठा और टहलने के बहाने पापा के पीछे पहुँच गया। अब मैं देख सकता था कि वे क्या कर रहे हैं। मैंने देखा पापा यूरोप की सबसे बड़ी लाटरी 'लोटो टोटो' के नम्बर भर रहे हैं। वाह पापा वाह! तो ये ठाठ हैं। इसका मतलब है अब तुम बिलकुल 'चंगे' हो गए हो। लाटरी वह भी यूरोप की सबसे बड़ी लाटरी...सौ मिलियन फोरेन्त। भई वाहा...क्या करोगे इतना पैसा पापा? चर्च बनवाओगे? उस भगवान का घर जिसकी कृपा से तुम साल-डेढ़ साल और जीओगे या अपने लिए

शानदार कोठी बनवाओगे? या हर साल जाड़ों में फ्रांस के समुद्र-तट पर जाया करोगे? समुद्र में नहाओगे? खूबसूरत फ्रांसीसी लड़कियों के साथ 'बीच' पर लेटकर अपना रंग सुनहरा करोगे? या ये सौ मिलियन डालर तुम अपनी लड़की को दे दोगे? या महँगी-महँगी गाड़ियाँ खरीदोगे। जायदाद बनाओगे या कोई सरकारी फैक्टरी खरीद लोगे जो आजकल धड़ाधड़ बिक रही हैं? क्या करोगे पापा? क्या करोगे सौ मिलियन फोरेन्त? ये बताओ कि अगर ये लाटरी तुम्हारे नाम निकल आई तो तुम्हें ये सूचना देने का जोखिम कौन उठायेगा? यह सुनकर तुम्हें क्या लगेगा कि मरने से डेढ़-दो साल पहले तुम करोड़पति हो गए हो? फिर तुम्हारे लिए एक मिनट एक महीने जैसा कीमती होगा। तब तुम अपना एक मिनट कितनी होशियारी, चतुराई, सतर्कता, समझदारी से गुजारोगे? कुछ भी कहो पापा, सौ मिलियन मिलने के बाद तुम्हारी परेशानियाँ बढ़ ही जाएँगी। लेकिन यह बड़ी बात है। कितने ऐसे लोग मिलेंगे जो तुम्हारी उम्र तक पहुँचते-पहुँचते इच्छाओं से खाली हो जाते हैं। तुम्हारे पास सौ मिलियन फोरेन्त खर्च करने की योजना भी होगी। क्योंकि हर लाटरी खेलने वाले के पास इस प्रकार की एक योजना होती है। तुम्हारे पास योजना है तो तुम सोचते हो अपने बारे में, परिवार के बारे में, लोगों के बारे में। यह बहुत है पापा, बहुत है। अच्छा पापा, एक बात पूछूँ? कान में, ताकि कोई और सुन न ले। ये बताओ कि यह इेच्छा—मतलब लाटरी निकल आने की इच्छा कब से है तुम्हारी मन में? क्या मंदी के दिनों से है जब तुम जवान और बेरोजगार थे? या उस समय से है जब जर्मन और रूसी गोलियों से बचने तुम किसी अँधेरे तहखाने में छिपे हुए थे? क्या यह इच्छा उस समय भी थी तुम्हारे मन में जब तुम विजयी लाल सेना का स्वागत कर रहे थे? बाद के दिनों में क्रान्ति के गीत गाते हुए या सहकारी आन्दोलन में रात-दिन भिड़े रहने के बाद भी तुम यह सपना देखने के लिए थोड़ा-सा समय निकाल लेते थे? माफ करना पापा, मैं ये सब इसलिए पूछ रहा हूँ कि ऐसे सपने देखना कोई बुढ़ापे में शुरू नहीं करता। है न?

तख़्ती

लोग अक्सर मुझसे कहते या पूछते हैं या सिर्फ इस हकीकत की तरफ इशारा करते हैं कि मुझे बहुत-सी आवश्यक जानकारियाँ नहीं हैं। गणित, व्याकरण, खगोलशास्त्र, पुरातत्व जैसे बहुत-से विषयों के बारे में मुझे कुछ नहीं मालूम। यही नहीं, सामान्य जानकारियाँ भी नहीं हैं। उदाहरण के लिए आप कहें कि मैं दस चिड़ियों, फूलों, मछलियों या पत्थरों के नाम बता दूँ तो नहीं बता सकता। यदि आप पूछें कि विश्व की दूसरी प्राचीनतम सभ्यता कौन-सी थी या भूमध्य रेखा कहाँ से गुजरती है तो मैं मुँह खोल दूँगा। शायद यही वजह है कि कहा जाता है, मेरी शिक्षा कुछ ठीकठाक नहीं हुई। लोग उन स्कूलों और विश्वविद्यालयों का नाम जानना चाहते हैं जहाँ मैं पढ़ा हूँ। कुछ लोग मेरे गुरुजनों के नाम पता लगाने की धृष्टता करते हैं। अब मैं क्या कहूँ, कमीनेपन की भी हद होती है।

बहरहाल, इन सवालों से घबराकर मैंने एक यात्रा शुरू की है, जिसमें चाहता हूँ आप मेरे साथ चलें। लेकिन कोई मजबूरी नहीं है। लेकिन आप इनकार करें तो कोई खूबसूरत-सा बहाना जरूर तलाश करें। यह मुझे पसन्द है। समझ जाऊँगा कि बहाना बना रहे हैं लेकिन दिल नहीं दुखाना चाहते। आज के जमाने में यह भी बड़ी बात है। मैं बिलकुल बुरा नहीं मानूँगा। लेकिन अगर आप मेरे साथ चलेंगे तो उसमें कम-से-कम आपको कोई नुकसान न होगा। हाँ, अगर आप मेरी धारणा के विपरीत समय को मूल्यवान समझते हों तो बात दूसरी है। अगर आप ऐसा नहीं समझते तो मेरे साथ चलें। बकौल नासिर काजमी—'सब मेरे दौर की मुँहबोलती तस्वीरें हैं। कोई देखे मेरे दीवान के किरदारों को।'

कहा जाता है कि जब मैं सात-आठ साल का था तो मेरी पढ़ाई का सवाल उठा। इतनी देर से इसलिए कि परिवार में कई पीढ़ियों ने पढ़ने-लिखने की कोई जरूरत न महसूस की थी। सगड़ दादा को तो कलम-कागज से ऐसी नफरत थी कि वे अपनी जमींदारी का हिसाब-किताब करने वाले मुंशियों तक को लिखते-पढ़ते देखना बर्दाश्त न कर पाते थे। लेकिन सगड़ दादा बहुत समय तक परिवार के आदर्श न बने रह सके। हाँ, यह धारणा जरूर बची रही कि लोग नौकरी करने के लिए पढ़ते

हैं और चूँकि हमारे पास अल्लाह का दिया सब कुछ है, हम किसी की नौकरी नहीं करेंगे तो हम क्यों पढ़ें। घर की पढ़ाई बहुत है। थोड़ी फारसी, थोड़ा हिसाब, थोड़ी अरबी आ जाए तो बहुत है। हमारे परदादा ने अपने दोनों लड़कों को घर की पढ़ाई के बाद पहली बार स्कूल भेजा था। इस वक्त बड़े लड़के की उम्र सोलह साल और छोटे की चौदह साल थी। यह उन्नीसवीं सदी के चलचलाव का जमाना था। बड़े लड़के की स्कूली तालीम इस तरह अंजाम तक पहुँची कि उसकी किसी टीचर से कहासुनी हो गई। टीचर ने गाली दे दी। उसने टीचर को उठाकर पटक दिया, हाथ-पैर तोड़ दिए और घर आ गया। परदादा ने इस मामले को बहुत गम्भीरता से नहीं लिया। सोचा, जहाँ बारह मुकदमे चल रहे हैं वहाँ तेरहवाँ भी चलेगा। बस छोटे बेटे की तालीम बड़े सुखद कारणों से अंजाम तक पहुँची। यानी उनकी शादी हो गई। चौथी के बाद उन्होंने स्कूल जाना छोड़ दिया।

ज़िन्दगी के आखिरी दौर में तो नहीं बल्कि उससे पहले ही हमारे दादाजान की समझ में यह बात आ गई थी कि स्कूली शिक्षा जरूरी है। इसकी वजह यह थी कि वे शहर के रईस होने के नाते अंग्रेज अफसरों से उनकी कोठियों, दफ्तरों, क्लबों में मिलते थे और देखते थे कि उनके दरबारों में आम तौर पर उन काले लोगों को सम्मान मिलता है जो टूटी-फूटी ही सही, गोराशाही ही सही, लेकिन अंग्रेजी बोलते हैं। पर चिड़िया खेत चुग चुकी थी। यानी दादाजान अपने पढ़ने का सुहाना समय गँवा चुके थे इसलिए उन्होंने हमारे पिताजी की पढ़ाई का पक्का ध्यान रखा। पिताजी छोटे ही थे कि उनको पढ़ाने के लिए सुबह मौलवी साहब, दोपहर के वक्त एक मास्टर अंग्रेजी पढ़ाने और शाम के वक्त एक मास्टर हिसाब पढ़ाने आने लगा। इस तरह दादाजान का इरादा था कि पिताजी की जड़ें मजबूत कर दी जाएँ ताकि आगे कोई दिक्कत न हो। नतीजा यह हुआ कि अब्बा गणित से इतना डरने लगे जितना लोग अल्लाह से भी नहीं डरते। अंकगणित और बीजगणित उन्हें दो ऐसे जिन्न लगते थे जो उन्हें दबाकर बैठ गए हों और लगातार मार रहे हों। नतीजा यही निकला कि आठवीं में दो बार लुढ़क गए। दसवीं में थे कि आजादी मिल गई—उनको नहीं, देश को। दसवीं ही में थे कि गांधीजी की हत्या हो गई। फिर दसवीं ही में थे कि जमींदारी खत्म हो गई। पर कुछ ऐसे जरूरी काम थे जो उनके दसवीं में लगातार रहने की वजह से रोके नहीं जा सकते थे, जैसे उनकी शादी। इस तरह दसवीं उस वक़्त पास की जब दो बच्चों के बाप बन चुके थे।

अब्बा ने मेरी पढ़ाई की तरफ समय से ध्यान दिया। अब चूँकि जमींदारी नहीं थी। किसी-न-किसी को नौकरी करनी थी। इसलिए पढ़ाई जरूरी हो गई थी। मेरी जड़ें मजबूत करने का काम उतने बड़े पैमाने पर नहीं हुआ जितना अब्बा का हुआ

था। मुझे पढ़ाने एक मास्टर आते थे। उनका नाम शराफत हुसैन था। प्राइमरी स्कूल के अध्यापक थे। पान के रसिया। जब पढ़ाते तो पान मुँह में इस कदर भरा रहता था कि मुँह से आवाज के बजाय पान की छींटें निकलती थीं। पढ़ाई के दौरान कई बार वे मुझे घर के अन्दर पान लेने भेजते थे, ''जाओ, पान लगवा लाओ।'' मैं खुशी-खुशी उठकर भागने वाला होता तो कहते, ''इससे पहले जो पान लाए थे वो किससे लगवाया था?''

''अम्मा से।''

''अबकी बड़ी बिटिया से लगवाना।'' बाकी डिटेल मुझे याद थी—माट साहब के पान में कत्था कम चूना ज्यादा, डली कम क़िमाम ज्यादा...

मास्टर साहब अच्छे आदमी थे। मुझ पर विश्वास करते थे। एक बार पढ़ाने के बाद पूछते थे, ''क्यों, समझ गए?'' मैं कहता था, ''हाँ, समझ गया।'' और वे विश्वास कर लेते थे। कहते थे, ''लड़का जहीन है, जल्दी समझ जाता है। तरक्की करेगा।'' मैं यह जानता था कि यह पूछने के बाद कि समझ गए वे और कुछ नहीं पूछेंगे इसलिए हाँ कर दिया करता था। मुझे लगता था जैसे 'हाँ समझ गया' कहकर मैंने अपनी ज़िन्दगी को आसान बना लिया है वैसे ही दूसरे लोग क्यों नहीं करते। मुझे बचपन में कुएँ से पानी भरकर लाने वाले भिश्ती से बड़ी हमदर्दी थी। मैं यह चाहता कि मेरे काम की तरह उसका काम भी हल्का हो जाए। लड़कपन में कुएँ के पास जाने की मनाही थी। एक दिन चला गया था। कुआँ घर के बाहर कोने में था। वह मुख्य घर से करीब हजार-डेढ़ हजार फीट दूर था। वहाँ भिश्ती करीमउद्दीन पानी भर रहा था। मैंने उससे गिड़गिड़ाकर दरखास्त की थी कि क्या एक बाल्टी मैं भी खींच सकता हूँ? उसने मुझे ऐसा करने दिया था और तब से मैं सोचा करता था कि अल्लाह मियाँ, तू करीमउद्दीन का काम हल्का क्यों नहीं कर देता। बहरहाल, बात हो रही थी मास्टर साहब की तो माट साब मुझ पर विश्वास करते थे। मैं माट साब पर विश्वास करता था। अब्बा जब भी पूछते थे कि माट साब जो पढ़ाते हैं वो समझ में आता है तो मैं कहता था, हाँ आता है जबकि हकीकत यह थी कि जब माट साब पढ़ाते थे तो मैं करीमउद्दीन के बारे में सोचा करता था। यह सोचा करता था कि फूलों को अगर बहुत जोर से मसला जाए तो रंग निकाला जा सकता है। और रंग से बड़ी अच्छी तस्वीर बन सकती है। या सोचा करता था कि अबकी कमल तोड़ने के लिए किस तालाब में जाना चाहिए। या तैरना सीख लूँ तो कितना अच्छा हो। वगैरह-वगैरह।

लड़कपन में माट साब के अलावा कभी-कभी जब जी चाहता था तो अब्बा भी पढ़ाते थे। वह वक्त मेरे ऊपर बहुत ही सख्त गुजरता था जब अब्बा कहते थे

कि अपनी किताबें-कापियाँ लेकर आओ। अब्बा हिसाब नहीं पढ़ाते थे। हालाँकि वे हाईस्कूल थे, मैं पाँचवीं में पढ़ता था। अब्बा का ख्याल था कि अंग्रेजी अच्छी होनी चाहिए। अब्बा साल-छह महीने में एकआद बार यह ऐलान करते थे कि वे मुझे पढ़ाने जा रहे हैं तो उसका असर घर में कुछ उसी तरह होता था जैसे हवाई हमले के सूचक सायरन का असर किसी सैनिक अड्डे पर होता है। मतलब अम्मा जानमाज बिछाकर बैठ जाती थी और दुआ माँगती थी कि आज की पढ़ाई के परिणामस्वरूप भयंकर हिंसा न हो। घर में खाना पकाने वाली औरत मेरी पसन्द का खाना चढ़ा देती थी कि पिटने के बाद मुझे वह खाना खिलाया जा सके। एक नौकर अर्रे की पतली छड़ी ले आता था क्योंकि अब्बा छड़ी सामने रखकर ही पढ़ाते थे। मेरे साथ गेंद खेलने वाले नौकरों के लड़के भाग जाते थे। कोई जोर-जोर से बात नहीं करता था। बहुत साफ करके एक लालटेन पास रख दी जाती थी कि अँधेरा होने पर फौरन जलाई जा सके। एक नौकरानी हल्दी पीसने लगती थी कि पढ़ाई के बाद मेरी चोट पर लगाई जाएगी...जनाबेआला, हो सकता है कि यह विवरण देने में मैं कुछ अतिशयोक्ति से काम ले रहा हूँ लेकिन यह सच है कि अब्बा ने मुझे किस तरह पढ़ाया था आज तक याद है। क्या पढ़ाया था वह भूल चुका हूँ।

जब पाँचवीं पास करने के बाद मैं छठी में आया तो पुराने माट साब को निकाल दिया गया और उनकी जगह पर माट साब, जो सरकारी स्कूल में अध्यापक भी थे, घर पढ़ाने आने लगे। उनका वेतन उस जमाने के हिसाब से बहुत ही ज्यादा था, जिसका उलाहना मुझे दिया जाता था कि तुम्हारी पढ़ाई पर इतना खर्च किया जा रहा है, तुम ठीक से पढ़ा करो। नए माट साब का नाम शुक्ला माट साब था लेकिन लड़के इन्हें पीछे बग्गड़ माट साब कहा करते थे। माफ कीजिएगा, मैं अपने गुरु का नाम बिगाड़कर उनका अपमान नहीं कर रहा हूँ। न तो मैंने उन्हें यह नाम दिया था और न मैं इसे अच्छा समझता था। मैं तो केवल बताने के लिए बता रहा हूँ। पाप उन पर पड़ेगा या पड़ा होगा जिन्होंने यह नाम रखा था। तो साहब, बग्गड़ माट साब की उम्र चालीस-पैंतालीस के बीच रही होगी। कद औसत था। जिस्म गठीला था। आँखें छोटी और अन्दर को धँसी हुई थीं। होंठ पतले थे। क्लीन शेव रहते थे। गालों के ऊपर वाली हड्डियाँ कुछ अधिक उभरी हुई थीं। माथा छोटा था। सिर के बाल अजीबोगरीब थे। यानी बिलकुल खड़े रहते थे। काले और बेहद मजबूत थे। रोज ही उनसे सरसों के असली तेल की सुगन्ध आती थी। उनकी गरदन छोटी थी। शायद उनके बालों के कारण ही लोग उन्हें बग्गड़ कहते थे। बहरहाल, खुदा जाने क्या वजह थी।

जैसा कि ऊपर बताया गया, बग्गड़ माट साब के बाल बहुत खास थे। उन्हें

अपने बालों पर गर्व था। अक्सर उसका प्रदर्शन भी करते रहते थे जिसका तरीका बड़ा रोचक होता था। पढ़ाते-पढ़ाते कभी बालों की चर्चा छिड़ जाती तो पूरे एक घंटे का भाषण और प्रैक्टिकल हमेशा तैयार रहता था। विषय की थ्योरी में मेरी अधिक रुचि नहीं थी। प्रैक्टिकल में मजा आता था यानी बग्गड़ मास्टर अपना सिर झुका लेते थे और मुझसे कहते थे कि मैं उनके बाल पूरी ताकत से खींचूँ। कभी-कभी मैं इतनी जोर से उनके बाल खींचता था कि मेरा चेहरा लाल हो जाया करता था, लेकिन बग्गड़ माट साब का एक बाल भी न टूटता था। वे मुस्कराते रहते थे। उसका रहस्य छिपा था थ्योरी में। बग्गड़ माट साब कहते थे कि वे साबुन से नहीं नहाते। सिर में हमेशा शुद्ध—अपने सामने पिराया—सरसों का तेल लगाते हैं। तेल रोज सुबह लगाते हैं। कंघा कभी नहीं करते आदि-आदि। बग्गड़ माट साब रोज शाम पाँच बजे आते थे। घर के बाहर अहाते में कच्ची कोठरी को लीप-पोतकर 'स्टडी रूम' बनाया गया था। उसमें लकड़ी की मेज-कुर्सियाँ और एक अच्छा-सा मिट्टी तेल लैम्प रखा रहता था। बग्गड़ माट साब रोज एक घंटे के लिए आते थे। इतवार छुट्टी होती थी। कभी-कभी उनसे नागा भी हो जाता था। वह सबसे सुहावनी शाम होती थी।

बग्गड़ माट साब में और चाहे जितने दोष रहे हों वे हिंसक नहीं थे, जबकि स्कूल के दूसरे अध्यापक जैसे त्रिपाठी माट साब, खरे माट साब, संस्कृत के पंडित जी, आर्ट के माट साब वगैरह खाल उधेड़ने के लिए मशहूर थे। लेकिन इन सबके हिंसक होने के अलग-अलग कारण हुआ करते थे और हिंसा व्यक्त करने के तरीके भी जुदा-जुदा थे। जैसे किसी को छड़ी चलाने का अच्छा अभ्यास था। कोई कुर्सी के पाए के नीचे हाथ रखवाकर उस पर बैठ जाता था। कोई तमाचे लगाने और कान खींचने में निपुण था। कोई मुर्गा बनाकर ऊपर बोझ रखवा दिया करता था। कोई उँगलियों के बीच में पेंसिल रखकर उँगलियों को दबाकर असह्य पीड़ा पैदा करने का हुनर जानता था। बहरहाल, एक ऐसा बाग था जिसमें तरह-तरह के फूल खिले थे। हाँ, त्रिपाठी माट साब का तरीका बड़ा मौलिक और रोचक था। वे कुर्सी पर बैठकर लड़के का सिर अपने दोनों घुटनों के बीच दबा लेते थे और उसकी पीठ पर अपने दोनों हाथों से दोहत्थड़ मारते थे। यह करते समय वे 'बोतल-बोतल' कहा करते थे। पता नहीं बोतल क्यों कहते थे। लड़कों ने इस सजा का नाम 'बोतल बनाया' रखा था।

एक दिन का किस्सा है, त्रिपाठी माट साब ने बैजू हलवाई के लड़के को बोतल

बनाने के लिए उसका सिर घुटने में दबाया और दोहत्थड़ मारा। पता नहीं लड़के को चोट बहुत ज्यादा लगी या वह तड़पा ज्यादा या त्रिपाठी माट साब ने उसे ठीक से पकड़ नहीं रखा था, वह छूट गया। उठकर भागा। माट साब उसके पीछे दौड़े। वह खिड़की से बाहर कूद गया। माट साब भी कूद गए। वह भागकर स्कूल के गेट से बाहर निकल गया। माट साब भी निकल गए। उन्हीं के पीछे पूरी क्लास 'पकड़ो-पकड़ो' का शोर मचाती निकल गई। भागदौड़ में माट साब की धोती आधी खुल गई और उनकी चोटी भी खुल गई। पर वे सड़क पर उसका पीछा करते रहे। स्कूल के सामने तहसील थी। उसके बराबर कुछ हलवाइयों की दुकानें थीं। बैजू हलवाई की दुकान और उसके पीछे घर था। लड़का दुकान में घुसा और घर के अन्दर चला गया। पीछे-पीछे माट साब पहुँचे। माट साब कहने लगे, "निकालो ससुरऊ को बाहर...अब तो जब तक हम दिल भर के मार न लेब, हमें खाया-पिया हराम है।"

"पर बात का भई माट साहिब?" बैजू ने पूछा।

"हमारा अपमान किहिस ही...और का बात है।"

बैजू समझ गया। उसकी पत्नी भी समझ गई। लोग भी समझ गए। तहसील के सामने वकीलों के बस्तों पर बैठे मुंशी भी उठकर आ गए। थोड़ी ही देर में मजमा लग गया। माट साब जिद ठाने थे कि लड़के को बाहर निकालकर उन्हें सौंप दिया जाए। बैजू बहाने बना रहा था। अन्त में उसने कहा कि लड़के ने घर के अन्दर से जंजीर लगा ली है और खोल नहीं रहा है। यह जानकर त्रिपाठी माट साब और गरम हो गए। इस नाजुक मौके पर मुंशी अब्दुल वहीद काम आए, जो त्रिपाठी के साथ उठते-बैठते थे। मुंशीजी ने कहा, "ठीक है, त्रिपाठी जी, लड़का तुम्हें दे दिया जाएगा। जितना मारना चाहो मार लेना, पर यह तमाशा तो न करो। तुम अध्यापक हो, यहाँ इस तरह भीड़ तो न लगाओ।" फिर उन्होंने सब लड़कों को डाँटकर भगा दिया। और बैजू से कहा, "माट साब के हाथ-मुँह धोने को पानी दे।" इशारा काफी था। बैजू ने एक बड़ा लोटा ठंडा पानी दिया। माट साब ने हाथ-मुँह धोया। फिर बैठ गए। बैजू ने करीब डेढ़ पाव ताजा बर्फी सामने रख दी। एक लोटा पानी और रख दिया। त्रिपाठीजी का गुस्सा कुछ तो पानी ने ठंडा कर दिया था, कुछ बर्फी ने कर दिया।

बैजू हलवाई ने कहा, "आप चिन्ता न करो। साला जाएगा कहाँ समझा-बुझा के आपके पास ले आएँगे। दंड तो ओका मिला चाही।" उसी वक्त स्कूल का चपरासी आया और कहा कि त्रिपाठी माट साब को हेड मास्टर साहब याद करते हैं।

कुछ दिनों बाद यह पूरा किस्सा एक बड़े रोचक मोड़ पर आकर धीरे-धीरे खत्म हो गया। बैजू हलवाई के लड़के को एम.ए. की डिग्री मिल गई। यानी उसका शिक्षाकाल समाप्त हो गया। त्रिपाठी माट साब महीने में दो-तीन बार स्कूल आते वक्त जब जी चाहता था बैजू हलवाई की दुकान की तरफ मुड़ जाते थे। उन्हें देखते ही बैजू का लड़का घर के अन्दर चला जाता था। बैजू से माट साब पूछते थे, "कहाँ गवा ससुरा?" बैजू बहाना बना देता था। माट साब भी समझते थे कि टाल रहा है। तब बैजू उन्हें एक दोना जलेबी या बेसन के लड्डू या कलाकंद पकड़ा देता था। माट साब बेंच पर बैठकर खाते और पानी पीते थे। बैजू और उनके बीच कुछ गहरे आध्यात्मिक विषयों पर बातचीत होती थी।

संस्कृत के टीचर छड़ी का प्रयोग करते थे। उनकी कोशिश यह होती थी कि जल्दी-से-जल्दी कितने लड़कों को गलत साबित करके सजा दे दी जाए। आते ही एक सिरे से राम के रूप पूछना शुरू कर देते थे। हमारी समझ में यह बिलकुछ नहीं आता था कि यदि हम राम, रामहु, रामः वगैरह-वगैरह सीख भी लेंगे तो क्या होगा! कुछ दिनों बाद यह विश्वास हो गया था कि कभी न सीख सकेंगे और कुछ दिनों बाद इस नतीजे पर पहुँचे थे कि व्याकरण पैदा ही इसलिए हुई है कि हमें पिटने के अवसर मिलते रहें।

अगर मैं सभी अध्यापकों के सजा देने के तरीकों का पूरा विवरण दूँ तो बहुत-से पन्न काले हो जाएँगे। आप ऊब जाएँगे। लगेगा मैं स्कूल का नहीं बल्कि पुलिस थाने का विवरण दे रहा हूँ। इसलिए मुख्तसिर लिखे को बहुत जानो।

हमारे स्कूल का नाम गवर्नमेंट नार्मल स्कूल था। नाम शायद स्कूल खोले जाने के बाद रखा गया था क्योंकि वहाँ हर चीज 'एबनार्मल' थी। लेकिन शहर के अन्य स्कूलों की तुलना में यह बहुत आदर्श स्कूल माना जाता था क्योंकि यहाँ कमरे, कुर्सियाँ, ब्लैकबोर्ड आदि थे। अध्यापक भी दूसरे स्कूलों की तुलना में पढ़े-लिखे तथा प्रशिक्षित थे। हम अक्सर गर्व भी किया करते थे कि हम शहर के सबसे अच्छे स्कूल में पढ़ते हैं। बग्गड़ माट साब गर्व करते थे कि वे सरकारी नौकर हैं। रिटायर होने के बाद उन्हें बाकायदा पेंशन मिलेगी।

मेरा विषय चूँकि गुरुजनों पर केन्द्रित है इसलिए लौटकर फिर बग्गड़ माट साब पर आता हूँ जिनका प्रभाव आज तक मुझ पर है यानी उन्होंने मुझे जो सिखाया या नहीं सिखाया, जो बनाया या बिगाड़ा वह आज तक मेरे अन्दर झलकता है। मैं उनका आभारी हूँ। बग्गड़ माट साब अनौपचारिक शिक्षा के महत्त्व को उस जमाने

में भी बहुत गहराई से समझते थे। यही कारण था कि अक्सर गणित पढ़ाते-पढ़ाते वे अपनी घरेलू समस्याओं तक पहुँच जाते थे। उनकी एक समस्या, छोटी-सी उलझन यह थी कि उन्हें दूध बाजार में पीना पड़ता था। कारण यह था कि उनके बच्चे अधिक थे। घर में यदि दूध मँगाते तो सभी को थोड़ा-थोड़ा देना पड़ता। और इस तरह बग्गड़ माट साब के हिस्से में छटाँक भर ही आता। यह सब सोच-समझकर वे बाजार में दूध पीते थे। किसी हलवाई की दुकान के सामने खड़े होकर डेढ़ पाव गरमागरम दूध पीने के बाद ही वे घर लौटते थे। लेकिन इसमें एक दिक्कत थी। हलवाई की दुकान पर दूध पीते उन्हें यदि कोई देख लेता था तो बग्गड़ माट साब को बड़ी शर्म आती थी। फिर उसे आमंत्रित करना पड़ता था। फिर शहर में खूब चर्चा होती थी कि बग्गड़ माट साब रात में ट्यूशन पढ़ाने के बाद जब लौटते हैं तो हलवाई के यहाँ खड़े होकर दूध पीते हैं। यह बात उड़ते-उड़ते घर भी पहुँच जाती थी जिससे बग्गड़ माट साब की उनकी पत्नी से लड़ाई तक हो जाया करती थी। इस लड़ाई में लड़के, जिनमें जवान लड़के से लेकर दो साल की उम्र तक के शामिल थे, अम्मा का पक्ष लेते थे।

बग्गड़ माट साब बी.ए., बीटी थे। पता नहीं उनके मन में क्या आई कि हिन्दी में प्राइवेट एम.ए. करने के लिए फार्म भर दिया। वे स्कूल में लड़कों से तथा घर में मुझसे कहते थे कि यह हम लोगों के लिए गर्व की बात होगी कि हमारे अध्यापक एम.ए. पास हैं। कुछ दिनों के बाद यह होने लगा कि बग्गड़ माट साब अपने साथ एक मोटी-सी किताब लाने लगे। जब पढ़ाने बैठते तो कहीं-न-कहीं से अपनी एम.ए. की पढ़ाई का जिक्र छेड़ देते और फिर एक मोटी-सी पुस्तक निकालकर जोर-जोर से पढ़ने लगते। मेरी समझ में वह बिलकुल न आती थी, लेकिन खुश होता था कि चलो मैं खुद पढ़ाई से बच रहा हूँ। एक पुस्तक का नाम अभी तक याद है जो बग्गड़ माट साब लाया करते थे—'पद्मावत'। वे जो पंक्तियाँ पढ़ते थे उसकी व्याख्या भी करते जाते थे। जब तक उन्होंने एम.ए. पास नहीं कर लिया तब तक उनकी पढ़ाई और मेरी पढ़ाई साथ-साथ होती थी। इसका मतलब यह नहीं कि वे एक घंटे के बजाय दो घंटे बैठते थे। एक दिन उन्होंने बताया कि वे एम.ए. पास हो गए हैं। डिवीजन पूछने पर बोले, ''मैंने डिवीजन के लिए एम.ए. थोड़ी ही किया है। मेरा ध्येय है कि कभी जब मैं प्रिंसिपल बनूँ तब तख़्ती पर मेरे नाम के साथ जो डिग्रियाँ हों उनमें बी.ए., बी.टी., एम ए, होना चाहिए।'' इस तरह वे अपने मकसद में कामयाब हो गए थे। स्कूल में अन्य अध्यापक कहते थे कि बग्गड़ माट साब की थर्ड डिवीजन आई है।

बग्गड़ माट साब ने मुझे कक्षा छः से लेकर दस तक पढ़ाया था। नवीं तक मैं

बराबर पास होता रहा। इसमें उनकी पढ़ाई का योगदान था या मेरी बुद्धि का चमत्कार, कह नहीं सकता। लेकिन नवीं तक सब ठीक-ठीक चलता रहा। दसवीं में जब पहुँचा तो बग्गड़ माट साब ने यह घोषणा कर दी कि मैं दूसरे सभी विषयों में पास हो जाऊँगा लेकिन वे गणित में पास होने की गारंटी नहीं लेते। अब्बा को जब यह पता चला तो उन्होंने इसे सहज ही लिया। वे जानते थे कि मैं गणित में बहुत कमजोर हूँ। मैंने यह लाइन ले ली थी कि गणित की जो कमजोरी मुझे 'विरसे' में मिली है उसके जिम्मेदार अब्बा हैं। मतलब यह कि बग्गड़ माट साब की तरफ से, मेरी तरफ से, अब्बा की तरफ से यह तैयारी पूरी थी कि मैं गणित में फेल हो गया तो अचंभा किसी को नहीं होगा।

गणित से मेरी कभी नहीं पटी। गणित ने अपने कृपा के द्वार मेरे लिए सदा बन्द रखे हैं। और इसका आरोप बिलावजह मेरे ऊपर लगाया जाता था। सब, सबसे ज्यादा अब्बा कहा करते थे कि मैं 'कूढ़मगज' हूँ। मैं इस शब्द का मतलब यह समझता था कि मेरे दिमाग में कूड़ा भरा हुआ है। गणित पढ़ते समय यह संदेह विश्वास में बदल जाता था। मैं अपने गणित न सीख पाने का रहस्य समझ चुका था। लगता था कि अब प्रयास करना भी बेकार है। जब दिमाग में साला कूड़ा भरा हुआ है तो हम क्या कर सकते हैं। फिर खुशी भी होती थी कि चलो इसकी जिम्मेदारी हम पर नहीं आती, क्योंकि कोई अपने आप तो अपने दिमाग में कूड़ा नहीं भर सकता। 'अकल कम है' वाली धारणा मेरे अन्दर बहुत गहराई में जाकर बैठ गई थी।

जिस दिन मेरे गणित का पेपर था, उस दिन अब्बा ने कहा कि वे नमाज पढ़ेंगे। मैंने कहा मैं भी पढ़ूँगा। तब अब्बा ने कहा, नहीं तुम हिसाब पढ़ो। वे चाहते थे कि काम बँट जाए। बहरहाल, दोनों तरफ से तैयारियाँ पूरी थीं। मैं सुबह साढ़े छह बजे शहीदों वाली मुद्रा में घर से निकला। इतना ज्यादा पढ़ लिया था कि कुछ भी याद न था। सेंटर दूसरी जगह था। वहाँ गया। बरामदे में सीट लगी थी। पीछे की सीट पर एक दादा किस्म का लड़का बैठा था। उसने इम्तिहान शुरू होने से पहले मुझसे कहा कि ठीक एक घंटे के बाद मैं पेशाब करने के लिए जाऊँ और पेशाबखाने की खिड़की के पीछे नकल कराने आए लोगों में से कोई करीम मुझे हल किया पर्चा दे देगा। मैंने कहा, पर मैं करीम को पहचानूँगा कैसे...? उसने कहा, तुम आवाज देना करीम। वह रोशनदान से पर्चा दे देगा। कहना, सल्लू दादा ने भेजा है। पर्चा ले आना।

खैर साहब, घंटा बजा। पर्चा बाँटा गया। देखा तो मामला पूरा गोल यानी कोई सवाल नहीं आता था। सल्लू दादा ने पर्चा बनाने वाले की माँ-बहन को याद किया और पन्द्रह मिनट बाद पर्चा जेब में ठूँसकर पेशाबखाने की तरफ दौड़े। उन्होंने इसकी इजाजत भी नहीं ली, जो जरूरी थी। बहरहाल, उनके हाव-भाव से सब समझ चुके थे कि वे दादा हैं और कुछ भी कर सकते हैं। इसलिए बेचारे सूखे मरियल अध्यापक उन्हें बड़ी-से-बड़ी सीमा तक भी बर्दाश्त करने के लिए तैयार थे। वे पर्चा दे आए और कापी पर इस तरह झुककर लिखने लगे जैसे सारी जान उसी में लगा देंगे। मैंने भी यही किया। जब पूरा एक घंटा हो गया तो उन्होंने मुझसे कहा कि मैं जाऊँ। मैं बाकायदा इजाजत लेकर गया तो मेरे पीछे-पीछे एक अध्यापक भी गए। और नतीजे में काम नहीं हो पाया। सल्लू दादा से मैंने बता दिया कि ऐसा हुआ। उन्होंने चुनिंदा गालियों का पिटारा खोल दिया। उठे और पेशाबखाने की तरफ बढ़ गए। अध्यापक उनके पास तक आया, कुछ बात हुई और फिर लौट गया। मतलब सल्लू दादा की विजय। वे आए। नजरों में विजय का हर्षोल्लास था। बिलकुल नेपोलियन की तरह। इसके बाद उन्होंने काम शुरू कर दिया। करीब एक घंटे इंतजार के बाद फिर मेरी बारी आई। ज़िन्दगी में पहली बार यह पवित्र काम कर रहा था। हाथ काँप रहे थे। होंठ सूख रहे थे। लिखा कुछ था दिखाई कुछ दे रहा था। और एक ही घंटा रह गया था। निगरानी बढ़ गई थी। पकड़े जाने पर तीन साल के लिए निकाले जाने का डर था। बहरहाल, तनाव इतना था कि कह नहीं सकता। पर मरता क्या न करता।

गर्मियों की छुट्टियों के सुखद दिनों में एक तनावपूर्ण सप्ताह आया जब बताया गया कि 'रिजल्ट' आने वाला है। साइकिलों पर बैठकर लड़के स्टेशन जाते थे, जहाँ सबसे पहले अखबार पहुँचता था। एक दिन गए, नहीं आया। बताया गया दो दिन बाद आएगा। फिर गए, नहीं आया। फिर एक दिन आया। खुद देखने की हिम्मत न थी। किसी ने बताया, साले, तुम पास हो गए हो। अपनी खुशी का हाल मैं क्या बताऊँ। लेकिन श्रेय सल्लू दादा को जाता है।

हाईस्कूल करने से पहले ही मेरे भविष्य के बारे में बड़ी-बड़ी योजनाएँ बननी शुरू हो गई थीं। योजनाएँ बनाने वालों के कई गुट हो गए थे। अब्बा मुझे एयरफोर्स में भेजना चाहते थे। हाईस्कूल के बाद ही कोई ट्रेनिंग होती थी जो मुझे करनी थी। अम्मा इसकी सख्त विरोधी थी। उसका मानना था कि मुझे डॉक्टर बनना चाहिए। अब्बा मान गए कि चलो ठीक है, मैं डॉक्टर बन जाऊँ। एक छोटा-सा गुट यह भी कहता था कि कृषि-विज्ञान में कुछ करना चाहिए ताकि घर की खेती-बाड़ी सँभाल सकूँ। तीसरे गुट की राय यह थी कि वकालत पढ़ लूँ क्योंकि हम लोगों के बहुत-

से मुकदमे चला करते थे। बहरहाल, जितने मुँह उतनी बातें। आखिरकार राय यह बनी कि मुझे डॉक्टर ही बनना चाहिए और घर पर रहकर प्रैक्टिस करनी चाहिए। इस तरह मैं घर की खेती भी देख सकूँगा, मुकदमेबाजी भी कर सकूँगा वगैरह-वगैरह। मजेदार बात यह है कि मुझसे कभी कोई नहीं पूछता था कि तुम क्या बनना चाहते हो। मुझे मालूम था कि अगर मुझसे पूछा जाता और मैं अपनी मर्जी का पेशा बता भी देता तो मुझे वह न बनने दिया जाता। मैं दरअसल आर्टिस्ट बनना चाहता था—कलाकार, पेंटर। लेकिन चित्रकारों, या कहें हर तरह के कलाकर्मियों के बारे में अब्बा की राय बहुत ज्यादा खराब थी। वे लेखकों, शायरों, चित्रकारों आदि को बहुत ही घटिया और निम्नकोटि के लोग मानते थे—ऐसे लोग जो अनैतिक होते हैं, भ्रष्ट होते हैं, शराब पीते हैं, कई-कई औरतों से सम्बन्ध रखते हैं, खुदा को नहीं मानते वगैरह-वगैरह। मतलब, अगर मैं मुँह से यह बात निकाल भी देता तो डाँट पड़ती। अब मैं आपको लगे हाथों एक मजेदार बात बता दूँ। स्कूल में मुझे केवल कक्षा पाँच तक आर्ट पढ़ाई गई थी। लेकिन मैं आगे भी पढ़ना चाहता था। पर थी ही नहीं। तब मैं चाहता था कि रंग का एक डिब्बा खरीद लूँ। लेकिन यह भी जानता था कि रंग का डिब्बा इतना बड़ा अपराध होगा कि उसकी माफी न मिलेगी, क्योंकि मुझे पेंसिल से तस्वीरें बनाते देखकर ही अब्बा को बेहद गुस्सा आ जाता था। करीब-करीब मारते-मारते छोड़ते थे। शायद यही वजह है कि आज सफेद कागज और रंग मेरी कमजोरी हैं। सफेद कागज मुझे ऐसी अद्वितीय सुन्दरी जैसा लगता है जिसका अलौकिक सौंदर्य विवश कर देता है। कलम या रंग देखकर मेरी पहली तीव्र इच्छा उसे ले लेने की ही होती है। मैंने कागज की जितनी चोरी की है उतना शायद कुछ और नहीं चुराया। कागज से मेरा प्रेम बढ़ती हुई उम्र के साथ बढ़ता ही गया। करीब दस साल पहले अमेरिका में एक धनाढ्य महिला ने मुझसे पूछा कि मैं न्यूयॉर्क में क्या देखना या करना चाहता हूँ। वह महिला मेरी मदद या खातिर वगैरह करना चाहती थी। वह समझ रही थी कि कम पैसा और कम साधन होने के कारण जो कुछ मैं अपने आप देख या खरीद नहीं सकता, उसमें वह मेरी मदद करेगी। मैंने उसे बताया कि मैं न्यूयॉर्क में कागज, कलम, रंग वग़ैरह, मतलब स्टेशनरी की दुकानें देखना चाहता हूँ। वह प्रसन्न हो गई और मुझे कई दुकानें दिखाईं।

देखिए, बात कहाँ से क़हाँ जा पहुँची। इसी तरह बग्गड़ माट साब भी बात को कहीं से कहीं पहुँचाकर कहीं से कहीं ले आते थे। हाईस्कूल में मेरे पास होने के बाद बग्गड़ माट साहब मुझसे बिछुड़ गए। उन्होंने इच्छा व्यक्त की थी कि विदाई 'समारोह' में उन्हें एक घड़ी उपहारस्वरूप दी जाए जिस पर खुदा हो कि क्यों, कब,

कैसे, कहाँ किसने दी है। मैंने उनकी यह इच्छा अब्बा के सामने रख दी थी। उन्होंने कहा था, घड़ी बहुत महँगी आती है। बग्गड़ माट साब को कुछ और दिया गया था।

विश्वविद्यालय में जब दाखिल हुआ तो डॉक्टर बनने की योजना के अन्तर्गत साइंस के विषय ही दिलाए गए। हॉस्टल में रहने की जगह मिली। पहली बार आजादी मिली। हाथ में पैसा आया। डर खत्म हो गया। जल्दी ही 'हाबीज वर्क्सशाप' में पेंटिंग सीखने का कोर्स ज्वाइन कर लिया। यहाँ कलीम साहब नामक अध्यापक थे। काफी दोस्ताना माहौल में काम करते थे। हम तीन लड़कों से, जो आपस में दोस्त और क्लासफैलो थे, हमारी अच्छी-खासी दोस्ती हो गई थी। हद यह है कि थोड़ा उधार-व्यवहार तक चलने लगा था। कलीम साहब ने लखनऊ आर्ट कालिज से पढ़ाई की थी और 'जुलाजी डिपार्टमेंट' में आर्टिस्ट के पद पर काम करते थे। शाम को 'हाबीज वर्क्सशाप' में क्लास लेते थे। कुछ ही महीनों में हमें पता लगा कि कलीम साब आदमी अच्छे हैं लेकिन आर्ट-वार्ट से उनका रिश्ता वाजबी-वाजबी-सा ही है। खैर, क्या किया जा सकता था। वैसे भी उनको जितना आता था उतना हम सीख लेते तो बड़ी बात थी, लेकिन धीरे-धीरे यह भी पता चला कि कलीम साब चतुर भी हैं। जैसे एक बार हमारे एक दोस्त को एक विशेष साइज में चित्र बनाना था। कलीम साब ने उसका खरीदा कैनवास इस तरह काट दिया कि वह उसके लिए बेकार हो गया, लेकिन कलीम साब के काम आ गया। हमें यह बुरा लगा। पर कलीम साब हमें कभी-कभी अपने घर खाने के लिए भी बुलाते थे। और यह हमारे ऊपर इतना बड़ा उपकार होता था कि हम हमेशा उसके बोझ से दबा महसूस करते थे।

एक दिन मैं कलीम साब के घर पहुँचा तो देखा कि बड़ी मोटी-सी डिक्शनरी लिए बैठे हैं। पूछने पर कि क्या कर रहे हैं, बोले कि 'कंटम्पलेशन' का मतलब देख रहा हूँ...

"क्या कुछ पढ़ रहे थे?"

"नहीं भाई," उन्होंने एक ठंडी साँस लेकर कहा, "ये लफ्ज कहीं देखा था। पसन्द आया। सोचा कि इस पर एक पेंटिंग बनाऊँ।"

कलीम साहब ने हम लोगों को दो-तीन साल ही सिखाया। उसके बाद विश्वविद्यालय में 'आर्ट क्लब' नामक संस्था खुल गई थी जिसके हम सब सदस्य हो गए थे।

कोर्स में दूसरे विषयों, जैसे केमिस्ट्री, बॉटनी आदि के अध्यापक बहुत साहब

किस्म के लोग थे। पूरा सूट–टाई वगैरह पहनकर आते थे। लेक्चर थिएटर में टहल–टहलकर लेक्चर देते थे। कभी–कभी चाक से कुछ लिखते भी थे। फिर चले जाते थे। यानी उन्हें न हमसे कोई ताल्लुक था और न हमें उनसे कोई मतलब था। हम समझ रहे हैं या नहीं, इसकी वे चिन्ता नहीं करते थे। बस हमसे अपेक्षा की जाती थी कि हम चुपचाप क्लास में आकर बैठ जाएँगे। रोल नम्बर पुकारने पर 'यस सर' बोलेंगे। पैंतालीस मिनट खामोश बैठेंगे और घंटा बजने पर चले जाएँगे। इस व्यवस्था से हम लोग भी खुश रहते थे और अध्यापक भी।

अन्य विषयों के अतिरिक्त हम लोगों को धर्मशास्त्र की शिक्षा भी दी जाती थी। हमें धर्मशास्त्र मौलाना घोड़ा पढ़ाते थे। मौलाना का असली नाम क्या था यह शायद कागजात को ही मालूम था। सारी यूनिवर्सिटी में वे मौलाना घोड़ा कहे, पुकारे जाते थे। इस नाम के पीछे शायद उनकी शक्ल का हाथ था। बहरहाल, मौलाना लड़कों के साथ बहुत दोस्ताना व्यवहार करते थे। मौलाना को पान खाने की लत थी और अक्सर वे पानों की डिबिया–बटुआ भूल आते थे। उनकी क्लास अक्सर इस तरह शुरू होती थी—भई, आज सुबह से मैं बड़ी बेचैनी महसूस कर रहा हूँ। हुआ यह कि रोज बेगम मेरी शेरवानी की जेब में पानों की डिबिया और बटुआ रख देती हैं, आज पता नहीं क्या हुआ कि भूल गईं। मैं जब यहाँ पहुँचा तो देखा दोनों चीजें नहीं हैं। खैर, फर्स्टइयर की क्लास आ गई। उनको पढ़ाया। फिर तुम लोग आ गए। अब मैं तुम लोगों से भी पान नहीं मँगा सकता क्योंकि तुम लोग जूनियर हो। थर्डइयर के तालिबेइल्म जब आएँगे तो उनको कहूँगा। मौलाना घोड़ा के इस वक्तव्य पर शोर मच जाता था। लड़के कहते थे कि ये नहीं हो सकता, वे अभी जाकर पान ले आएँगे। मौलाना 'ना–ना' करते थे, लड़के 'हाँ–हाँ' करते थे। काफी खींचातानी, बहस–मुबाहिसों के बाद आखिरकार बहुत कलात्मक ढंग से मौलाना घोड़ा हथियार डाल देते थे। एक लड़का उठता था। मौलाना उसे बाजार जाकर पान लाने की इजाजत देते थे। वह अनुरोध करता था कि वह अकेला नहीं जा सकता, कम–से–कम एक लड़के को उसके साथ जाने दिया जाए। ऐसा हो जाता था। फिर कुछ लड़के कहते थे कि उन्हें भी पान की तलब महसूस हो रही है। जाहिर है, तलब तो तलब है। उसके महत्त्व से कौन इनकार कर सकता है। मौलाना उन लड़कों को भी जाने की इजाजत देते थे। तब कुछ और लड़के खड़े हो जाते थे कि उन्हें सिगरेट की तलब लगी है। इस तरह होता यह था कि पूरी क्लास अपनी 'तलब' पूरी करने चली जाती थी और दो लड़के साइकिल पर जाकर मौलाना घोड़ा के लिए दो पान

ले आते थे।

साइंस की पढ़ाई में मेरा ही नहीं, हम तीनों दोस्तों का दिल न लगता था। हम सब अपने आपको आर्टिस्ट समझने लगे थे। क्लास में न जाना, प्रॉक्सी हाजिरी लगवाना, आवारागर्दी करना, चाय पीना, रातों में टहलना, सिगरेट पीना, शेरो-शायरी में दिलचस्पी लेना, लड़कियों को देखने के लिए मीलों चले जाना, कलाकारों जैसे कपड़े पहनना, किराए की साइकिल पर शहर की वर्जित सड़कों के चक्कर काटना, साहित्यिक-सांस्कृतिक कामों में जान लड़ा देना, अपने से बड़ी उम्र के लोगों से दोस्ती करना, धर्म में अरुचि, ईश्वर है या नहीं, विषय पर विवाद करना आदि-आदि हम करते थे। इसलिए जाहिर है साइंस की पढ़ाई के लिए वक्त न मिलता था।

अध्यापकों से हमारा रिश्ता भी दिलचस्प था। जो हमें नहीं पढ़ाते थे, उनसे हमारे बड़े अच्छे सम्बन्ध थे। मतलब, विज्ञान पढ़ाने वाले अध्यापकों को हम जानते भी न थे, पर साहित्य और कला के अध्यापकों से हमारी मित्रता थी। केमिस्ट्री प्रैक्टिकल में हम कभी न जाते थे लेकिन कला-प्रदर्शनी में जाना अपना पहला कर्तव्य समझते थे। नतीजा जो निकलना था वही निकला। पहले साल में फेल। दूसरे साल में सोचा सिफारिश कराई जाए। यह पूरा प्रसंग कुछ इस तरह मुड़ गया कि सिफारिश करने वाला ही असुविधा में पड़ गया। हमें मालूम था कि केमिस्ट्री प्रैक्टिकल में हम फेल हो ही जाएँगे। पढ़ाने और परीक्षा लेने वाले अध्यापक के पास हम तीनों मित्र सिफारिश करने वाले सज्जन के साथ पहुँचे। सिफारिश करने वाले सज्जन ने बातचीत शुरू की, ''ये तीनों आपके स्टूडैंट मुझे यहाँ लाये हैं...'' अध्यापक बात काटकर बोले, ''ये तीनों? नहीं, ये तो मेरी क्लास में नहीं हैं।'' सिफारिश करने वाले अध्यापक सटपटाए। जल्दी ही समझ गए कि मामला क्या है। उन्होंने हम लोगों की तरफ अजीब नजरों से देखा। उन्हें लगा कि हमने उन्हें बहुत गलत काम के लिए राजी कर लिया था और धोखा दिया था। हमने नजरें झुकाकर भरी आवाज में कहा, ''जी, हम आपकी क्लास में ही हैं।''

अध्यापक ने फिर ध्यान से देखकर बड़ी उपेक्षा-भरी आवाज में कहा, ''नहीं, ये लोग मेरी क्लास में नहीं हैं। इन्हें क्लास में कभी नहीं देखा।''

अब काटो तो खून नहीं। बेशर्मों की तरह सिर झुकाए खड़े रहे। ये सच है कि हम तीनों दोस्त क्लास में न जाते थे। उसके अलावा हमें कहीं भी देखा जा सकता था। बी.एस.सी. के दूसरे साल में थे। सेशन समाप्त हो गया था। हाजिरी निकली तो हम सबकी हाजिरियाँ कम थीं और इम्तिहान में नहीं बैठ सकते थे। पढ़ाई या इम्तिहान की तैयारी नहीं थी। हॉस्टल तथा फीस आदि का जो पैसा चुकाना था वह

बहुत ज्यादा था, क्योंकि हम उसे उड़ा गए थे। हम तीनों हॉस्टल के कमरे में बैठे सोच रहे थे कि इस मुसीबत से कैसे निबटा जाए। कोई रास्ता न नजर आता था। फिर एक ने सलाह दी कि यार ऐसा किया जाए कि किताबें बेच डाली जाएँ। तीनों अपनी-अपनी किताबें बेचेंगे तो इतने पैसे आ जाएँगे कि एक रम की बोतल खरीदी जा सके। एक फिल्म देखी जा सके और घर वापस जाने का टिकट आ जाए। यह राय सबको पसन्द आई। वैसा ही किया गया।

नशे की आदत हम सबको यानी तीनों दोस्तों को थी। तीनों सिगरेट पीते थे। कभी-कभी जब पैसे ज्यादा होते थे या घर से मनीआर्डर आता था तो 'ब्लैक फॉक्स' की तम्बाकू खरीदते थे और पाइप पिया करते थे। शराब की आदत तो न थी पर पीना पसन्द करते थे और जब पैसे होते थे तो शहर जाते थे जहाँ एक 'भगवान रेस्टोरेंट' नाम का होटल था। उसके पिछले केबिनों में बैठकर शराब पी जा सकती थी। वही हमारा अड्डा होता था।

मैंने ज़िन्दगी में जब पहली बार पी तो मुझे बहुत मजा आया। जिस मित्र ने पिलाई थी उससे मैंने बहुत शिकायत की कि उसने पहले क्यों न पिलाई। शहर से शराब पीकर रात में दस-ग्यारह बजे सुनसान सड़क पर टहलते हुए हम लोग हॉस्टल वापस आते थे। लगता था कि पूरा 'इंडिया अपने बाप' का है। यानी ऐसी मौज-मस्ती की हालत होती थी कि उसका वर्णन नहीं किया जा सकता। इस तरह सड़कों पर शराब के नशे में टहलते हुए हम लोग 'मजाज़' की नज़्म 'आवारा' गाया करते थे।

एक बार पैसे कम थे, हम शराब पीना चाहते थे। उतने पैसे में क्वार्टर भी न आता था। इसलिए सोचा कि चलो भाँग खाकर देखते हैं। हो सकता है मजा आ जाए। पानवाले की दुकान पर भाँग मिला करती थी। हमने उससे पूछा कि कितनी-कितनी गोलियाँ खानी चाहिए कि मजा आ जाए। उसने कहा कि चार-चार गोलियाँ खा लो। मैं समझ गया कि साला अपनी भाँग बेचने के लिए हमें चूतिया बना रहा है। लेकिन मेरे दोस्तों ने कहा कि नहीं यार, जब वह चार-चार कह रहा है तो चार-चार ही खानी चाहिए। गोलियाँ काफी बड़ी, यानी कंचे की बड़ी गोलियों जैसी थीं। बहरहाल, हमने चार-चार खा लीं। पानी के साथ सटक गए और सिनेमा में जाकर बैठ गए। थोड़ी देर के बाद मुझे लगा कि मेरे पैर नहीं हैं और जब इंटरवल होगा तो मैं कैसे उठूँगा? मैंने दूसरे दोस्तों से पूछा कि क्या उनके पैर हैं? उन दोनों ने भी बताया कि उनके पैर नहीं हैं। अब बड़ी समस्या खड़ी हो गई। खैर, फिल्म खत्म होने के बाद हम किसी तरह बाहर आ गए। और फिर हम तीनों का बुरा हाल हो गया। उल्टियाँ करते-करते पस्त पड गए। कान पकड़ने और तौबा करने लगे कि

कभी भाँग नहीं खाएँगे। भाँग खाने के प्रयोग के बाद एक बार कम पैसे में नशा करने की गरज से हम ताड़ी पीने भी गए थे। हम तीनों दोस्तों में एक बड़ा पुराना पापी था। हम सब उसे इसी वजह से पापी कहकर पुकारते थे। पापी का असली नाम नामदार हुसैन रिजवी था। लेकिन दोस्त उसे पापी कहते थे। पापी शायरी भी करता था। उसका तखल्लुस 'वफा' था। जिस मंडली में उसे थोड़ा सम्मान दिया जाता था उसमें उसे 'वफा' या 'वफा साब' कहकर पुकारा जाता था। दूसरों के सामने हम लोग भी उसे 'वफा' कहते थे। 'वफा' भी एक तरह से हमारा अध्यापक था। उसने हमें सिगरेट पीना, शराब पीना और रंडियों के कोठों पर जाना सिखाया था। 'वफा' एक पुराने ताल्लुकेदार का इकलौता लड़का था। वह ग्यारह-बारह साल का ही था कि उसके अब्बाजान का इंतकाल हो गया था। माँ उसे बहुत चाहती थी। पैसा भी अच्छा-खासा था। यही वजह थी कि 'वफा' उन सब कामों में माहिर हो गया जो हमें नहीं आते थे।

मेरा एक और शिक्षक मेरा तीसरा दोस्त था। उसका नाम वाहिद था। वह चित्रकार था। अच्छे चित्र बनाने, लड़कियों को फँसाने और अपना काम निकाल लेने की कला में वह माहिर था। इन तीनों कलाओं में उसका जवाब नहीं था। एक बार उसका एक पेपर खराब हो गया। हम सब सोच रहे थे कि किस तरह उसे पास कराया जाए। उसने कहा कि किसी सिफारिश की जरूरत नहीं है। वह खुद परीक्षक के पास जाएगा और अपनी सिफारिश करेगा। हम लोगों ने सोचा कि साला पागल हो गया है। जरूर बुरी तरह अपमानित होकर वापस आएगा। लेकिन वह गया और आकर बोला कि पास हो जाएगा। हमें यकीन नहीं आया, लेकिन जब रिजल्ट निकला तो वह पास था। फिर उसने हमें विस्तार से बताया कि उसने परीक्षक से क्या बात की थी और कैसे उसे इस बात पर तैयार कर लिया था कि उसे पास कर दिया जाए। लड़कियों को फँसाने की कला में भी वह माहिर और शातिर था। लड़कियों और औरतों के बारे में उसकी राय अन्तिम और प्रामाणिक सिद्ध हुआ करती थी। जैसे लड़कियों को देखकर ही बता देता था कि वह कैसी है? क्या पसन्द करती है, उसके कमजोर पक्ष क्या हैं? अच्छाई क्या है? उस पर किस तरह 'अटैक' लेना चाहिए। लड़कियों से सम्बन्ध बनाने की प्रक्रिया को वह 'अटैक' लेना कहा करता था। उसका यह मानना था कि संसार में किसी भी आदमी को पटाया जा सकता है। उससे काम निकाला जा सकता है। लेकिन सबको पटाने का रास्ता एक नहीं है। हर आदमी के अन्दर तक पहुँचने के लिए एक नए रास्ते की खोज करनी पड़ती है। वह केवल ऐसी बातें ही नहीं करता था, बल्कि प्रयोग करके भी दिखाता था। एक बार एक लड़की को हम तीनों ने किसी कला-प्रदर्शनी में देखा। लड़की

पसन्द आई। हमने चुनौती दी। उससे कहा कि वह लड़की को हमारे साथ चाय पीने के लिए तैयार करके दिखा दे तो हम जानें कि वह बड़ा लड़कीमार है। उसने कहा कि चाय पिलाने के पैसे उसके पास नहीं हैं। अगर हम दोनों उसे पैसे दे दें तो वह लड़की को चाय पीने के लिए आमंत्रित कर सकता है। हम तैयार हो गए। वाहिद गया और आया, बोला—चलो, तैयार है।

वाहिद की दसियों लड़कियों से दोस्ती थी और वे सब समझती थीं कि वह बहुत सीधा-सादा, सम्मानित और कलाकार किस्म का आदमी है। वह कभी-कभी झोंक में आकर लड़कियों के बारे में अपने मौलिक विचार बताया करता था। कहता था हर औरत प्रशंसा पसन्द करती है पर यह प्रशंसा कैसी हो, किस गुण की हो और कितनी हो यह बहुत गम्भीर बात है। दूसरी बात यह बताता था कि हर औरत एक बन्द चहारदीवारी की तरह होती है। लेकिन आप जिधर से चाहें रास्ता खोल सकते हैं। यदि चहारदीवारी को वास्तव में आपने चहारदीवारी समझा तो कभी सफल नहीं हो सकते। इसी तरह की न जाने कितनी बातें वह किया करता था। कभी-कभी उसकी बातें 'वेग' भी हुआ करती थीं। जैसे कहता था, औरतें जिसे सबसे ज्यादा चाहती हैं उससे सबसे ज्यादा डरती हैं। औरतों से 'एप्रोच' करने की पहली शर्त वह मासूमियत मानता था। वह कहता था कि कहीं धोखे से भी आपने अपने को घाघ सिद्ध कर दिया तो औरत पास नहीं आएगी।

आम तौर पर महीने के पहले हफ्ते में घर से मनीआर्डर आता था और दूसरे हफ्ते तक हम लोग खलास हो जाते थे। उसके बाद शाम की चाय के पैसे न होते थे। मुफ्त चाय पीने के चक्कर में हम लोग परिचित लोगों के घरों के चक्कर काटते थे। अक्सर तो ये भी होता था कि कई घरों के चक्कर काटने और कई मील का पैदल सफर करने के बाद भी चाय न मिल पाती थी। वैसे, हमारे चाय पीने के इतने अधिक अड्डे थे कि कहीं-न-कहीं कामयाबी हो ही जाती थी। जब हर तरफ से थक-हार जाते थे तो यूनिवर्सिटी कैंटीन आ जाते थे। कैंटीन के ठेकेदार ख़ाँ साहब से हमारे अच्छे सम्बन्ध थे। वे न सिर्फ चाय, बल्कि विल्स फिल्टर की सिगरेट और शानदार पान तक खिलाया करते थे। ख़ाँ साहब शायर थे। अच्छे शायर थे। 'कमाल' तखल्लुस रखते थे। रामपुर के रहनेवाले थे। 'ख़ाँ साहबियत' और 'शेरिअत' उनके व्यक्तित्व में बड़े कलात्मक ढंग से घुल-मिल गई थी। वे उर्दू में एम.ए. थे। वैसे भी बहुत अनुभवी आदमी थे। बातचीत करने के बेहद शौकीन थे। पैसे को हाथ का मैल समझते थे। शायरी, राजनीति और दुनिया के अनगिनत विषयों पर बड़े धड़ाके से बातचीत करते थे। उन्होंने दरअसल क्लासिकी शायरी की तरफ हम लोगों को खींचा था। कभी-कभी मीर तकी 'मीर' के शेर सुनाने से पहले कहते थे कि यह

शेर किसी लोकप्रिय गजल का नहीं है। उन्होंने 'कुल्लियात' से खुद ढूँढ़कर निकाला है। शायरी पर उनकी बातें बहुत दिलचस्प और मौलिक हुआ करती थीं। उनकी कैंटीन में विश्वविद्यालय के दूसरे शायर भी आते थे और देर रात तक महफिल जमी रहती थी। खाँ साहब अपने आपमें एक संस्था थे। एक शेर पर चर्चा करते-करते कभी रात के बारह तक बज जाया करते थे। शायरी के अलावा खाँ साहब अपने जीवन के लम्बे अनुभवों का निचोड़ बताया करते थे। हमें लगता था कि जीवन अपनी परतें खोल रहा है।

खाँ साहब फिल्मों के भी रसिया थे। खास तौर पर अच्छी कलात्मक फिल्में दिखाने हम सबको ले जाते थे। तरीका काफी शाही किस्म का होता था। रिक्शे बुलवाए जाते थे। हम सब सिनेमा हॉल पहुँचते थे। पूरा खर्चा खाँ साहब करते थे। हद यह है कि इंटरवल में चाय के पैसे भी किसी को न देते थे। फिल्म के बाद उस पर विस्तार से बातचीत होती थी। विश्वविद्यालय के सभी नामी-गिरामी शायरों से उनकी दोस्ती थी जो अक्सर शामें उनकी कैंटीन में गुजारते थे। खाँ साहब को हर चीज या काम उसकी चरम सीमा तक करने में मजा आता था। कहते थे, तुम लोग क्या पीते हो, मैंने एक जमाने में इतनी पी है कि छ: महीने तक नशा ही नहीं उतरने दिया।

खाँ साहब की कैंटीन के अलावा हमारे मुफ्त चाय पीने के अड्डे प्राध्यापकों के घर थे। मजेदार बात यह कि वे सब प्राध्यापक वे न थे जो हमें साइंस के विषय पढ़ाते थे। साइंस पढ़ाने वाले प्राध्यापकों के बारे में हमारे अच्छे विचार न थे। हम उन्हें बिलकुल खुर्रा, नीरस और शुष्क समझते थे। साहित्य पढ़ाने वाले लोगों के घरों में दिलचस्प साहित्यिक चर्चाएँ होती थीं। चाय पीने का मजा आता था। इन घरों के अलावा हमारा चाय पीने का अड्डा एक और भी था। शहर से कुछ दूर एक पुराने किस्म की कोठी में एक पुराने जमाने के रईस—जिनका नाम राजा मोहिसन अली खाँ उर्फ मीर साहब रंगेड़ा और राजा साहब छदामा था, रहते थे। उनकी उम्र पचास के आसपास थी। उनसे हम लोगों की दोस्ती हो गई थी। राजा साहब सनकी और औबाश किस्म के आदमी थी। हमेशा अतीत के नशे में चूर रहा करते थे। लेकिन बीते जमाने के किस्से सुनाने की कला में बड़े माहिर थे। उनका बयान बहुत रोचक और छोटी-छोटी 'डिटेल्स' से भरा होता था। उनकी स्मरण-शक्ति भी जबरदस्त थी। मिसाल के तौर पर वे यह बताते थे कि तीस साल पहले जब वे किसी आदमी से मिलने गए थे तो उन्होंने किस रंग का सूट पहना था और कफ में जो बटन लगाए

थे वे कैसे थे। राजा साहब की आर्थिक हालत खस्ता हो चुकी थी। अब वे सिर्फ बातों के धनी थी। उनके मनपसन्द किस्से उनकी अय्याशियों की लम्बी दास्तानें थीं। वे अनगिनत थीं। दास्तानें बताते हुए वे पूरा मजा लेते थे। औरतों के नख-शिख-वर्णन में उन्हें महारत हासिल थी। उसके साथ-ही-साथ सम्भोग का वर्णन काफी मनोयोग से करते थे।

कभी-कभी राजा साहब के यहाँ एक प्याली चाय और दालमोठ बहुत महँगी पड़ जाया करती थी। जैसे एक दिन चाय के लालच में हम थके-हारे उनके घर पहुँचे तो पता नहीं उनका क्या मूड था, बिना कुछ कहे-सुने एक अंग्रेजी की किताब के बीस पन्ने पढ़कर सुना दिए। फिर बताया, यह 1891 का पटियाला गजेटियर है। इमसें मेरे खानदान का जिक्र है।

उनकी कई सनकें थीं। उनमें से एक यह थी कि अब तक अपने आपको बहुत बड़ा सामन्त समझते थे। उन्होंने काले मखमल पर सुनहरे बेलबूटों वाला एक कोट सिलवाया था जिसे वे 'चीफ कोट' कहा करते थे। उस 'चीफ कोट' को पहन वे रिक्शे में बैठकर पूरे शहर का एक चक्कर लगाते। ऐसे मौकों पर उनके साथ होने में हम लोगों को बड़ी शर्म आती थी, लेकिन एक प्याली चाय की खातिर सब कुछ करना पड़ता था।

चाय पीने का एक और अड्डा गर्ल्स कालेज की एक सुन्दर प्राध्यापिका का घर भी था। प्राध्यापिका बहुत सुन्दर थीं। इतनी सुन्दर कि उन्हें पहली बार देखकर ही हम तीनों दोस्त उन पर आशिक हो गए थे। और तय किया था कि वे इतनी सुन्दर हैं कि उन पर कोई अपना अकेला अधिकार नहीं जमाएगा। जब भी कोई उनके पास जाएगा, अकेला नहीं जाएगा। इस समझौते पर हम कायम रहे। सुन्दर प्राध्यापिका गर्ल्स हॉस्टल के अन्दर रहती थीं। वे वार्डेन थीं। अकेली रहती थीं। उनके घर में शामें गुजारना इतना सुखद होता था जिसकी कल्पना भी नहीं की जा सकती। लेकिन हम इतना तो सीख ही गए थे कि तांत को इतना नहीं तानते कि वह टूट जाए। इसलिए महीने में दो-तीन ही बार उनके पास जाते थे। उनकी हँसी ऐसी थी कि हम सिर्फ उसी पर फिदा थे।

किसी भी विश्वविद्यालय की यह विशेषता होती है कि जो उससे चिपटे रहते हैं वे उपकृत होते हैं। हम फेल होते थे। हाजिरी कम होती थी। इम्तिहान में नहीं बैठाए जाते थे, लेकिन विश्वविद्यालय से चिपटे हुए थे। इस तरह रगड़ते-रगड़ते बीएससी पास हो गए। हम तीन दोस्त थे और तीनों को तीन-तीन डंडे मिले थे। यानी तीन नम्बर हमारी किस्मत में लिख गया था। लेकिन हम खुश थे। मेरे दो अन्य मित्रों को जैसे ही डिग्री मिली उन्हें अपने राष्ट्रपति तक हो जाने के रास्ते साफ नजर

आने लगे और उन्होंने पढ़ाई को धता बताई।

मैंने सोचा कि मैं विश्वविद्यालय में कुछ और पढ़ूँ। क्या पढ़ूँ इसका पता न था। इतना तो तय था कि साइंस के किसी विषय में एमएससी करने से अच्छा था कि कहीं डाका मारता और जेल जाता। इसलिए साहित्य ही बचता था। किसी ने कहा उर्दू में एमए कर डालो। लेकिन समस्या यह थी कि उस समय मैं हिन्दी में लिखने लगा था। हाईस्कूल तक की पढ़ाई हिन्दी में हुई थी। उर्दू बहुत कम, और लिखना तो बिलकुल नाम बराबर ही जानता था। इसलिए सोचा उर्दू से अच्छा है हिन्दी में एमए किया जाए। किसी ने कहा साहित्य में ही एमए करना है तो अंग्रेजी में करो। लेकिन उस समय तक अंग्रेजी-विरोधी बन गया था इसलिए कि अंग्रेजी बिलकुल न आती थी। या इतनी कम आती थी कि मुझे उससे शर्म आती थी। बहरहाल, हिन्दी के पक्ष में अधिक मत पड़े।

जब बीएससी में पढ़ता था उस जमाने में हिन्दी विभाग से कोई विशेष लेना-देना न था। हाँ, मुझे साहित्य लिखने की प्रेरणा देने वाले और विश्वविद्यालय की साहित्यिक-सांस्कृतिक गतिविधियों के महत्वपूर्ण व्यक्ति रामपाल सिंह हिन्दी में पी-एच-डी कर रहे थे। दरअसल उन्होंने ही मुझे हिन्दी में लिखने और छपने आदि की प्रेरणा दी थी। डॉ. सिंह के बयान के बगैर यह पूरा विवरण अधूरा है इसलिए मैं उनका बयान सामने रखना चाहूँगा। डॉ. सिंह विश्वविद्यालय में इस रूप में जाने जाते थे कि जिसका कोई नहीं है उसके डॉ. सिंह हैं। उनके पास कोई भी जा सकता है, कोई भी कुछ कह सकता है और कोई भी मदद की पूरी उम्मीद कर सकता है। मैंने हिन्दी में जब लिखना शुरू किया था तो उनके पास गया था। और उन्हें उनकी साख के अनुरूप ही पाया था। दरअसल विश्वविद्यालय की साहित्यिक-सांस्कृतिक गतिविधियों की वे एक महत्त्वपूर्ण कड़ी थे। उन्होंने ही मुझसे कहा कि हिन्दी में एमए करो।

लेने को तो मैंने हिन्दी में दाखिला ले लिया था लेकिन एक बहुत बड़ी दिक्कत थी जो मुझे बाद में पता चली, वह यह कि जस विश्वविद्यालय में मैं पढ़ता था वहाँ हिन्दी की स्थिति अन्य विषयों की तुलना में 'अछूत' जैसी थी। लोग मानते थे कि सबसे गए-गुजरे, सबसे बेकार या कहें कंडम या कहिए कूड़ा या कहिए बोगस या कहिए मूर्ख या कहिए घोंचू या कहिए बेवकूफ या कहिए मन्दबुद्धि या कहिए गधे ही हिन्दी पढ़ते और पढ़ाते हैं। मतलब यह कि हिन्दी की सामाजिक स्थिति बहुत ही खराब थी। जब मैं लोगों से कहता था कि मैंने हिन्दी में दाखिला लिया है, तो

मेरी तरफ इस तरह देखते थे जैसे मैं पागल हो गया हूँ या अपने पैर पर कुल्हाड़ी मार रहा हूँ। या लोग सिर्फ मुस्कराते थे या मेरे नाम के बाद 'दास' शब्द जोड़कर मुझे कबीरदास और तुलसीदास जैसा कहकर मजाक उड़ाते थे। मैं इससे काफी परेशान हो गया था।

हिन्दी के बारे में लोगों के मन में न केवल बड़े पूर्वाग्रह थे बल्कि एक अजीब तरह की घृणा और उपेक्षा के भाव भरे हुए थे। मैं यह समझ पाने में असमर्थ था।

हिन्दी विभाग में पढ़ाई शुरू हुई। पहले दिन एक प्राध्यापक के कमरे में गया। क्लास को देखा। दो लड़कियाँ थीं, यह देखकर जान में जान आ गई। एक बुर्का पहने थी। खैर कोई बात नहीं, थी तो लड़की ही। प्राध्यापक कुछ मजेदार, मसखरे, लेकिन बहुत सरल आदमी थे। उन्होंने हम सबसे कहा कि हम क ख ग घ लिख डालें। पहले तो हम समझे कि वे मजाक कर रहे हैं पर उन्होंने गम्भीरता से कहा था। पूरी क्लास ने क ख ग घ लिखा तो पता चला कि नब्बे प्रतिशत लड़कों को क ख ग घ लिखना नहीं आता। प्राध्यापक महोदय ने कहा कि यह कोई अजीब बात नहीं है। हिन्दी में जो एमए कर चुके हैं उन्हें भी क ख ग घ लिखना नहीं आता। यह पहला पाठ था। हमें हमेशा याद रहा कि हमें कहाँ से शुरू करना है। लेकिन सारे प्राध्यापक ऐसे न थे जो जीवन-भर के लिए एक पाठ पढ़ा दें। एक वरिष्ठ प्रोफेसर हमें हिन्दी साहित्य का इतिहास पढ़ाते थे। ये विभाग के सबसे बड़े और वरिष्ठ प्रोफेसर थे। उनकी कक्षा कभी-कभी ही होती थी क्योंकि अच्छी चीजें रोज़ नहीं मिलतीं। उन्होंने इतनी कुशलता और लगन से पढ़ाया कि यदि उनका अनुकरण कोई और हिन्दी अध्यापक करे तो जरूर नौकरी से निकाल दिया जाए। उन्होंने हमें कुल जमा चालीस मिनट में हिन्दी साहित्य का इतिहास पढ़ा दिया था। वरिष्ठ होने के कारण प्राध्यापक महोदय सदा व्यस्त रहते थे। व्यस्त रहने के कारण उनका क्लास नहीं हो पाता था। होते-हुआते परीक्षाएँ निकट आ जाती थीं। तब वह सुनहरा अवसर आता था कि क्लास होती थी। दुबले-पतले, शेरवानी, चूड़ीदार पाजामा और खद्दर की टोपी धारण किए प्रोफेसर साहब अपने विशाल कमरे की विशाल मेज के पीछे विशाल कुर्सी में इस तरह लेट जाते थे कि कभी-कभी हमें केवल उनकी टोपी का ऊपरी भाग ही दिखाई देता था। वे रामचन्द्र शुक्ल का 'हिन्दी साहित्य का इतिहास' खोल लेते थे। पढ़ाई इस तरह शुरू होती थी—"आदिकाल, इसे वीरगाथा काल भी कहा जाता है। वीरगाथा मतलब वीरों की गाथा। स्पष्ट है न?" हम सब एक स्वर में कहते थे, "जी हाँ, स्पष्ट है।" अब भक्तिकाल। "भक्ति तो तुम सब जानते ही हो...अरे वही राम-भक्ति, कृष्ण-भक्ति...समझे? सूर पढ़ा है तुम लोगों ने, तुलसीदास पढ़ा है। जायसी को पढ़ा है...वही भक्तिकाल है।" प्रोफेसर साहब

इस विद्वत्तापूर्ण भाषण के दौरान किताब के पृष्ठ तेजी से पलटते जाते थे। ''अब आता है रीतिकाल।'' रीतिकाल पर वे हँसते थे। उनके पीले बड़े-बड़े दाँत बाहर निकल जाते थे। क्लास के लड़के मुस्कराते थे। लड़कियाँ शरमाती थीं। ''तो रीतिकाल मैं तुम लोगों को पढ़ा देता पर नहीं पढ़ाऊँगा क्योंकि तुम्हारी क्लास में कन्याएं हैं।'' दाँतों से तरल पदार्थ बहने लगता था। दाँत शान्त हो जाते थे। ''चलो आगे बढ़ो, आधुनिक काल। आधुनिक का मतलब है मॉडर्न। तुम सभी मॉडर्न हो। जब तुम सब स्वयं मॉडर्न हो तो मैं तुम्हें मॉडर्न काल क्या पढ़ाऊँ? मैं तो तुम्हारी तुलना में मॉडर्न नहीं हूँ।'' दाँत उनके मुँह में चले जाते थे। किताब बन्द हो जाती थी। हिन्दी साहित्य का इतिहास खत्म हो जाता था। तब प्रोफेसर कहते थे—''तुम लोग सौभाग्यशाली हो। आराम से हॉस्टल में रहते हो। पका-पकाया खाना मिल जाता है। टहलते हुए क्लास में चले आते हो। पुस्तकालय उपलब्ध हैं। बिजली की रोशनी है, नल का पानी है। तुम लोग क्या जानो कि मैंने शिक्षा प्राप्त करने के लिए कितने कष्ट उठाए हैं। मेरा गाँव बहुत छोटा था। वहाँ कोई स्कूल न था। आठ मील दूर, नदी के उस पार एक बड़ा गाँव था जहाँ पाठशाला थी। हमारे गाँव से दो-तीन लड़के पाठशाला जाते थे। हमें अन्दर घुसकर नदी पार करनी पड़ती थी। कभी-कभी पानी ज्यादा होता था तो कपड़े और रोटी की पोटली सिर पर रख लेते थे। नदी के उस पार छः मील चलना पड़ता था। तब पाठशाला पहुँचते थे। पंडित जी के चरण छूते थे। पंडित जी हमें जंगल से लकड़ी बीनने भेजते थे। किसी को कुएँ से पानी भर लाने भेजते थे। मैं छोटा था तो मुझसे कपड़े धुलवाते थे। किसी से चूल्हा जलवाते थे। मतलब हम सब मिलकर पंडित जी का पूरा काम करते थे। वे भोजन करते थे। हम लोग भी इधर-उधर बैठकर रोटी खाते थे। उस गाँव में बन्दर बहुत थे। कभी-कभी बन्दर हमारी रोटी ले जाते थे। तब हमें दिन-भर भूखा रहना पड़ता था। वापसी पर काफी देर हो जाती थी तो भेड़ियों का डर होता था, समझे?'' हमें यह लगता था कि प्रोफेसर साहब हम लोगों से बदला ले रहे हैं या इस पर खिन्न हैं कि वो बदला नहीं ले सकते, लेकिन सच्चाई यह है कि वे हमें इस योग्य ही नहीं समझते थे कि हमसे बदला लें। वे केवल शोध छात्रों को यह सम्मान देते थे। उनके शोध छात्रों के बारे में कहा जाता था कि वे अपने विषय के पंडित होने के अतिरिक्त भैंसों की देखभाल करने की कला में भी निपुण हो जाते थे। कितना अच्छा था कि उनके सामने दो रास्ते खुल जाते थे। हिन्दी के अध्यापक न बन पाते तो भैंस पालने का व्यवसाय शुरू कर सकते थे।

एमए में हमारे साथ दो लड़कियाँ भी थीं। एक लड़की बुर्का वाली, दूसरी लड़की कई बुर्के उतारकर क्लास में आती थी। एक और लड़का भी क्लास में था

जो साहित्यिक रुचि का था। हम तीनों की दोस्ती हो गई थी। मैं, आमोद और किरण बंसल साथ-साथ चाय पीने जाते थे। किसी लड़की के साथ कैंटीन जाना उन दिनों उस विश्वविद्यालय में इतनी बड़ी बात थी कि उसकी चर्चा हो जाया करती थी। सो विभाग में इस बात की चर्चा थी कि हम दो लड़के एक लड़की के साथ चाय पीने जाते हैं।

विभाग में एक और वरिष्ठ अध्यापक थे। उनका क्लास सुबह सवा आठ बजे होता था। वे हमेशा लेट आते थे। हम लोग भी हमेशा लेट जाते थे। जाड़े के दिनों में लेट आकर वे धूप खाने तथा दूसरे अध्यापकों से गप्प मारने लॉन के एक कोने में खड़े हो जाते थे। दूसरे कोने में क्लास के लड़के भी यही पवित्र काम करते थे। लड़कों को देखकर प्राध्यापक महादेय कहते थे, चलो क्लास में बैठो, मैं आता हूँ। पर हमें मालूम था कि यदि हम ठंडी क्लास में जाकर बैठ भी गए तो वे घंटा बजने में पाँच मिनट पहले ही क्लास में आएँगे। हम न जाते थे। आखिरकार घंटा बजने में पाँच मिनट पहले वे तेजी से क्लास की तरफ बढ़ते थे। हम उनसे पहले भागकर क्लास में चले जाते थे। वे हाजिरी लेने के बाद कहते थे—हिन्दी में एमए पास करना संसार का सबसे सरल काम है। तुम लोग चिन्ता न करो। यह वाक्य वे अक्सर बोलते थे। हम ही से नहीं, जो लड़के पास हो चुके थे वे भी बताते थे कि उनको भी उन्होंने यही सूत्र दिया था। कभी-कभार जब उनका मन होता था तो पढ़ाते भी थे। मगर अनमने मन से।

तीसरे वरिष्ठ प्राध्यापक पी पी पी शर्मा थे। शक्ल तो उनकी कुछ खास न थी, पर बने-ठने रहते थे। कभी सूट, कभी बन्द गले का कोट पहनकर आते थे। बालों को बहुत जमाकर कंघी करते थे। उन्होंने हाल ही में किसी जवान औरत से दूसरी शादी की थी। वे क्लास में स्त्री-पुरुष सम्बन्धों की चर्चा अक्सर छेड़ देते थे और उस पर बहुत गम्भीर होकर अपने विद्वत्तापूर्ण विचार व्यक्त करते थे। लेकिन बीच-बीच में कुछ इस तरह हँसते थे कि विद्वत्ता का आवरण छिन्न-भिन्न हो जाया करता था। लेकिन फिर वे तुरन्त गम्भीर हो जाया करते थे। उनका नाम हम लोगों ने श्री पी रख लिया था। उन्होंने अक्सर ढके शब्दों में यह भी कहा कि वह हम दो लड़कों और एक लड़की का एक साथ कैंटीन जाना पसन्द नहीं करते। लेकिन शुक्र है लड़की धाकड़ थी और उसने हम दोनों से साफ-साफ कहा था कि हमारी सिर्फ मित्रता है और मित्र के साथ चाय पीना अपराध नहीं है। लेकिन श्री पी उसे भयंकर अपराध मानते थे। इस तरह वे मुझसे, आमोद और किरण से कुछ नाखुश रहा करते

थे और मौका आने पर भारतीय संस्कृति और सभ्यता का डंडा उठा लेते थे।

एक अत्यन्त निरीह किस्म के प्राध्यापक थे जो हमें ब्रजभाषा की रीतिकालीन कविता पढ़ाते थे। पता नहीं क्या रहस्य था, क्या चमत्कार था, क्या अजीब बात थी, क्या न समझ में आने वाली गुत्थी थी कि उनकी क्लास में मुझे बहुत नींद आती थी। लगता था कि मैं वर्षों से सोया नहीं हूँ और इससे अच्छी लोरी मैंने कभी सुनी ही नहीं है। मैं अपने चुटकी काट लेता था। आँखें फाड़ता था। क्लास शुरू हो जाने से पहले ठंडे पानी से मुँह धोता था। मुँह में कुछ रखकर बैठता था। लेकिन सब बेकार। अन्त में मैंने यह तरकीब निकाली थी कि मैं बुर्केवाली लड़की के बराबर बैठता था और जब नींद आने लगती थी तो उसे छू लेता था। उसके छूने से नींद गायब हो जाती थी और कविता भी अच्छी तरह समझ में आती थी। लेकिन यह डर बना रहता था कि कहीं लड़की ने किसी से कुछ कह दिया तो लेने के देने पड़ जाएँगे। पर उसने कभी किसी से नहीं कहा। शायद उसकी भी वही समस्या रही होगी जो मेरी थी। दीगर बात यह है कि मैं बहुत शालीन ढंग से छूने के अतिरिक्त कभी और आगे नहीं बढ़ा। वह जान गई कि यह लड़का अपनी सीमाएँ समझता है।

एक प्राध्यापक घोषित कवि थे। घोषित इसलिए कि बाकी प्राध्यापक भी कविता करते थे, पर घोषित नहीं थे। मतलब स्वान्तःसुखाय वाला मामला था। पर 'मधु' जी अपने को स्थापित कवि समझते थे। मधुजी वैसे तो उपन्यास का विषय हैं। उन पर कुछ पंक्तियाँ या पृष्ठ लिखकर केवल उनका अपमान ही किया जा सकता है। लेकिन अपनी खोज में यह पाप भी करना पड़ेगा। पर आशा है कि 'मधु' जी की आत्मा मुझे क्षमा करेगी।

मधुजी का पूरा नाम ऐसा था कि उन्होंने हाईस्कूल करने के बाद ही उसे बदलने की जरूरत महसूस कर ली थी और माता-पिता का दिया नाम बदलकर पेन नेम 'मधुकर मधु' रख लिया था। अब बहुत जरूरी कागजात के अलावा या उन्हें छेड़ने के प्रयासों के अतिरिक्त उसका इस्तेमाल कहीं नहीं होता था। अपना पुराना नाम लिखा देखकर मधुजी को सख्त चोट पहुँचती थी। क्रोध आ जाता था। उनके शत्रु यह जानते थे। शत्रुओं की संख्या भी अच्छी-खासी थी। इसलिए शत्रु कोशिश करते रहते थे कि मधुजी का पुराना नाम बराबर चलता रहे तो दूसरी ओर मधुजी अपना पुराना नाम जड़ से मिटा देने के प्रयासों में जुटे रहते थे। कभी-कभी उन्हें गुमनाम पत्र मिलते थे जिनके लिफाफों पर उनका पुराना नाम लिखा होता था। कभी-कभी स्थानीय समाचार-पत्रों में कवि सम्मेलन की खबरों में उनका पुराना असली नाम तथा उपनाम 'मधु' छाप दिया जाता था। बहरहाल, नाम वाला काँटा 'मधु' जी की ज़िन्दगी का एक नासूर बना हुआ था।

मधुजी रसिक थे। प्रमाण, आठ बच्चों के इकलौते पिता होने के दावेदार के अतिरिक्त उनके प्रेम-प्रसंग भी चर्चा में आते रहते थे। कुछ सामान्य थे, कुछ रोचक थे। एक रोचक प्रसंग कुछ इस प्रकार था—मधुजी की एक शोध छात्रा थी। जब उसका शोध प्रबन्ध पूरा हो गया तथा नौबत यहाँ तक पहुँची कि उसे मधुजी के हस्ताक्षरों की आवश्यकता पड़ी तो मधुजी को उसमें सैकड़ों दोष दिखाई देने लगे। एक दिन एकान्त में उन्होंने शोध प्रबन्ध के सबसे बड़े दोष की ओर इशारा किया। दोष यह था कि शोध छात्रा को ठीक से साड़ी बाँधना न आता था। मधुजी ने उससे कहा कि शोध छात्रा एक दिन, जब उनकी पत्नी और बच्चे मन्दिर गए हों तो, उनके घर आ जाए और उनसे साड़ी बाँधना सीखकर दोषमुक्त हो जाए।

जैसाकि होता है, यह सुनकर लड़की सेमीनार रूप में बैठकर रोने लगी। कुछ लड़कों ने उसे सलाह दी कि वह विभागाध्यक्ष से यह सब कहे। विभागाध्यक्ष ने कहा, ''मधु जी पुरुष हैं और तुम नारी हो, मैं इसके बीच कहाँ आता हूँ?'' यह जवाब सुनकर लड़की और अधिक रोने लगी। अन्ततः मामला पुरानी कहानियों जैसे सख्त आई सी एस उपकुलपति के पास पहुँचा। ये उपकुलपति बदतमीज होने की सीमा तक सख्त थे। उन्होंने विभागाध्यक्ष तथा मधुजी से कहा कि यदि यह मामला न सुलझाया गया तो उन दोनों को 'सस्पेंड' कर दिया जाएगा। उसके बाद विभागाध्यक्ष के कमरे में एक नाटक हुआ जिसमें तीन पात्र थे। दर्शक कोई न था। लेकिन श्रोता केवल दीवारें न थीं। नाटक का अन्त इस तरह हुआ कि मधु जी ने शोध छात्रा को बहन मान लिया। विभागाध्यक्ष ने उसे बेटी माना। शोध छात्रा ने उन दोनों का चरणस्पर्श किया और मधुजी को भाई तथा विभागाध्यक्ष को ताऊ माना।

इस तरह के छोटे-बड़े प्रसंग मधुजी की कविता के लिए कच्चे माल का काम करते थे। ऐसे प्रसंग बहुत थे। लड़कों की एक पीढ़ी दूसरी पीढ़ी को अमूल्य विरासत के रूप में ये प्रसंग 'पासऑन' करती रहती थी।

विभाग के एक और वरिष्ठ प्राध्यापक कृष्ण-भक्त थे और वे केवल कृष्ण-भक्ति काव्य पढ़ाते थे। उसके अतिरिक्त कोई और पेपर वे न पढ़ाते थे। क्लास में प्रायः मस्त हो जाया करते थे। कहते थे यह प्रभु की कितनी कृपा है कि मेरा पूरा जीवन भक्तिमय है। भक्ति की भक्ति होती रहती है और व्यवसाय का व्यवसाय है। यह भी कहते थे कि घर में भी कृष्ण-भक्ति में लीन रहता हूँ। इनकी अध्यापन-शैली बहुत सरल थी। केवल काव्य पाठ करते थे। उसमें स्वयं डूबे रहते थे। हमसे भी यह आशा करते थे कि हम भी डूब जाएँ। उसके अतिरिक्त किसी अन्य पक्ष पर

बात करना उन्हें पसन्द न था।

जैसे-जैसे समय बीत रहा था, मेरी, आमोद और किरण की मित्रता बढ़ रही थी। आमोद कविताएँ लिखता था। मस्त किस्म का लड़का था। कभी-कभी कई-कई दिन दाढ़ी न बनाता था। चप्पलें पहनना पसन्द करता था और झूम-झूमकर चलता था। नई कविताएँ सुनाया करता था। बोहेमियन जैसा लगने की कोशिश करता था। मैं यह प्रतीक्षा कर रहा था कि किरण उसकी कविताओं में कब आती है। लेकिन अब तक ऐसा न हुआ था।

एक दिन यह हुआ कि किरण और आमोद श्री पी के कमरे में गए। श्री पी दो अन्य अध्यापकों के साथ गप्प-शप्प मार रहे थे। इन दोनों को कमरे में आते देखकर श्री पी ने हँसकर कहा—तुम कनक किरण के अन्तराल में लुक-छिपकर चलते हो क्यों? 'प्रसाद' की इस पंक्ति को सुनते ही अन्य प्राध्यापकों ने ठहाका लगाया। आमोद और किरण को काटो तो खून नहीं। दोनों उल्टे पैरों लौट गए। श्री पी बुलाते रहे। सेमीनार रूप में जाकर किरण ने श्री पी को हिन्दी, उर्दू, पंजाबी में गालियाँ देनी शुरू कर दीं। प्रमोद भी बहुत नाराज था। दोनों शिकायत करना चाहते थे। पर केस नहीं बनता था। बनता था तो बहुत ही साधारण। अब क्या किया जाए? इसी नाजुक मोड़ पर कहानी में एक नया पात्र आता है—किरण का भाई राकेश। खाते-पीते परिवार का होने के कारण उसके पास मोटरसाइकिल थी। वह अक्सर उस पर बैठकर आता था। इतिहास में एमए कर रहा था और विश्वविद्यालय में रंगबाज टाइप के छात्रों में था। गुंडा या बदमाश नहीं था। लेकिन उसकी अच्छी धाक थी। छात्र संघ के चुनाव में उसका दबदबा रहता था और धाकड़ के रूप में उसकी ख्याति थी। किरण ने श्री पी वाली बात उसे बताई।

श्री पी साइकिल से घर लौट रहे थे। सड़क पर कुछ सन्नाटा था। सामने से एक तेज रफ्तार मोटरसाइकिल आ रही थी। श्री पी ने मोटरसाइकिल के लिए पूरा रास्ता छोड़ रखा था पर जैसे-जैसे वह पास आ रही थी उसकी रफ्तार बढ़ रही थी और दिशा बिलकुल उनके सामने। वे डर गए। लेकिन इससे पहले कि कुछ कर सकें, मोटरसाइकिल बिलकुल उनके सामने आ गई। फिर जोर का ब्रेक लगा। तेज आवाज आई। मोटरसाइकिल का अगला पहिया श्री पी की साइकिल के अगले पहिए से एक-दो इंच के फासले पर ठहर गया। श्री पी के दिल की धड़कनें तेज थीं ही, लेकिन राकेश को देखते ही और बढ़ गईं। वे सब कुछ एक झटके में समझ गए। राकेश ने बड़े क्रूर ढंग से मोटरसाइकिल खड़ी की और तेजी से उनकी ओर बढ़ा। वे काँप गए। राकेश ने अपने मजबूत हाथ से उनकी पुरानी साइकिल का हैंडिल पकड़ लिया।

"नमस्ते सर!" राकेश ने भारी-भरकम आवाज में कहा।

"नमस्ते...नमस्ते..." उनका गला सूख रहा था।

"कैसे हैं सर?"

"ठीक हूँ भइया...ठीक हूँ...तुम कैसे हो?"

"मुझे क्या होगा...आप बताइए...घर जा रहे हैं?" राकेश ने इस तरह कहा जैसे कह रहा हो, आप घर जा रहे हैं लेकिन मैं चाहूँ तो आप अस्पताल पहुँच सकते हैं। "और तो सब ठीक है न?"

"हाँ-हाँ, ठीक है..."

"अच्छा नमस्ते..." वह जाने के लिए मुड़ा लेकिन फिर श्री पी की तरफ घूम गया और बोला, "ठीक ही रहना चाहिए।" श्री पी काँपने लगे। राकेश तेजी से मोटरसाइकिल पर बैठा और बड़े क्रूर ढंग से एक झटके के साथ आगे बढ़ गया।

श्री पी ने अगले दिन क्लास में छायावाद नहीं पढ़ाया। छायावाद बहुत अमूर्तन हो गया था। उन्होंने अपने प्रिय विषय सेक्स पर भी बातचीत नहीं की। उन्होंने अपने पिताजी की महानता और विद्वत्ता के किस्से भी नहीं सुनाए। वे केवल यह बताते रहे कि वे कितने अच्छे, सच्चे, सीधे, सरल, भले आदमी हैं। वे छात्रों और विशेष रूप से छात्राओं का बहुत सम्मान करते हैं। उन्हें भारतीय संस्कृति के अनुसार देवियाँ समझते हैं। जब उन्होंने देखा कि देवी कहने से भी बात नहीं बन रही है तो बोले, मैं तो क्लास की ही नहीं पूरे विश्वविद्यालय की सभी लड़कियों को बहन समझता हूँ। उनका इतना सम्मान करता हूँ कि उनको अपमानित करने की बात सोच भी नहीं सकता। श्री पी ने ऐसा शानदार अभिनय किया कि अभिनेताओं को वैसा करने के लिए काफी अभ्यास और दसियों टेक देने पड़े। उनकी उच्चकोटि की मार्मिक भावनाओं के प्रति अपनी पूरी सदाशयता दर्शाते हुए क्लास के सभी लड़कों ने श्री पी को आदर्श भारतीय, आदर्श प्रोफेसर, आदर्श व्यक्ति, आदर्श पति, आदर्श पिता, मतलब यह कि आदर्श की साक्षात् मूर्ति स्वीकार किया। हम लोग भी भावुक हो गए। श्री पी तो भावुक थे ही। माहौल कुछ विदाई समारोह जैसा हो गया। अब स्थिति यह हो गई कि श्री पी जो कहते थे हम उनकी 'हाँ' में 'हाँ' मिलाते थे। हम जो कुछ कहते थे श्री पी उसकी 'हाँ' में 'हाँ' मिलाते थे। लगने लगा कि हम एक-दूसरे से इतना सहमत हैं जितना सहमत हो पाना असम्भव है। यानी हमने असम्भव को सम्भव कर दिखाया था। इस सबके बावजूद मजे की बात यह थी कि हम सब और शायद श्री पी सभी जानते थे कि हम सब जो कुछ कर रहे हैं उसका मतलब वह नहीं है जो है, जो नहीं है वह है। यही एक सूत्र था जो मैंने पकड़ा था, इसी सूत्र के आधार पर मैंने अपनी शिक्षा को जाँचा तो पता चला कि जो दिखता है वैसा

नहीं है। अपने आपको भी देखा तो यही पाया। अपने परिवेश को भी पाया, जो दिखता है वह नहीं है। यहीं से मेरी समस्याएँ शुरू हो गईं। अब तो जैसी मेरी शिक्षा हुई थी वह आप जान ही गए हैं। उस पर सोने में सुहागा यह कि वह वैसी नहीं थी जैसी लगती थी। जब मुझे यह लगने लगा कि मैंने जो कुछ भी अब तक पढ़ा है वह 'ढोंग' था तो मुझे बहुत खुशी भी हुई। अपने अध्यापकों के प्रति मेरे मन में सम्मान भी जागा। क्योंकि यदि वे वास्तव में गम्भीरता से पढ़ा देते तो शायद मैं कहीं का न रहता।

गुरु-चेला संवाद : एक

चेला : गुरुजी, क्या हमारे देश के मुसलमान विदेशी हैं?
गुरु : हाँ, शिष्य, वे विदेशी हैं।
चेला : वे कहाँ से आए हैं?
गुरु : वे ईरान, तूरान और अरब से आए हैं।
चेला : लेकिन अब वे कहाँ के नागरिक हैं?
गुरु : भारत के।
चेला : वे कहाँ की भाषाएँ बोलते हैं?
गुरु : भारत की भाषाएँ बोलते हैं।
चेला : उनके रहन-सहन तथा सोच-विचार का तरीका किस देश के लोगों जैसा है?
गुरु : भारत के लोगों जैसा है।
चेला : तब वे विदेशी कैसे हुए गुरुजी?
गुरु : इसलिए हुए कि उनका धर्म विदेशी है।
चेला : बौद्ध धर्म कहाँ का है गुरुजी?
गुरु : भारतीय है शिष्य।
चेला : तो क्या चीनी, जापानी, थाई और बर्मी बौद्धों को भारत चले आना चाहिए?
गुरु : नहीं...नहीं शिष्य! चीनी, जापानी और थाई यहाँ आकर क्या करेंगे?
चेला : तो भारतीय मुसलमान ईरान, तूरान और अरब जाकर क्या करेंगे?

गुरु-चेला संवाद : दो

गुरु : चेला, हिन्दू-मुसलमान एक साथ नहीं रह सकते।

चेला : क्यों गुरुदेव?

गुरु : दोनों में बड़ा अन्तर है।

चेला : क्या अन्तर है?

गुरु : उनकी भाषा अलग है...हमारी अलग है।

चेला : क्या हिन्दी, कश्मीरी, सिन्धी, गुजराती, मराठी, मलयालम, तमिल, तेलुगु, उड़िया, बंगाली आदि भाषाएँ मुसलमान नहीं बोलते...वे सिर्फ उर्दू बोलते हैं?

गुरु : नहीं...नहीं, भाषा का अन्तर नहीं है...धर्म का अन्तर है।

चेला : मतलब दो अलग-अलग धर्मों के मानने वाले एक देश में नहीं रह सकते?

गुरु : हाँ...भारतवर्ष केवल हिन्दुओं का देश है।

चेला : तब तो सिखों, ईसाइयों, जैनियों, बौद्धों, पारसियों, यहूदियों को इस देश से निकाल देना चाहिए।

गुरु : हाँ, निकाल देना चाहिए।

चेला : तब इस देश में कौन बचेगा?

गुरु : केवल हिन्दू बचेंगे...और प्रेम से रहेंगे।

चेला : उसी तरह जैसे पाकिस्तान में सिर्फ मुसलमान बचे हैं और प्रेम से रहते हैं।

गुरु-चेला संवाद : तीन

गुरु : शिष्य, मुसलमानों से घृणा किया करो।

चेला : क्यों गुरुदेव?

गुरु : क्योंकि वे गन्दे, अनपढ़ और अत्याचारी होते हैं।

चेला : समझ गया गुरुदेव, आपका मतलब है, गन्दे, अनपढ़ और अत्याचारी लोगों से घृणा करनी चाहिए?

गुरु : नहीं...नहीं। ये नहीं...दरअसल मुसलमानों से इसलिए घृणा करनी चाहिए क्योंकि वे बड़े कट्टर धार्मिक होते हैं।

चेला : मैं कट्टर धार्मिक लोगों से घृणा करता हूँ गुरुदेव?

गुरु : नहीं...नहीं। तुम समझे नहीं...वास्तव में मुसलमान से घृणा इसलिए करनी चाहिए कि उन्होंने हमारे ऊपर शासन किया था।

चेला : तब तो ईसाइसों से भी घृणा करनी चाहिए।

गुरु : नहीं...नहीं, शिष्य...मुसलमानों से घृणा करने का मुख्य कारण यह है कि उन्होंने देश का बँटवारा कराया था।

चेला : तो देश का बँटवारा कराने वालों से घृणा करनी चाहिए?

गुरु : हाँ...बिलकुल। देश को बाँटने वालों से घृणा करनी चाहिए?

चेला : और देशवासियों को बाँटने वालों से क्या करना चाहिए?

गुरु-चेला संवाद : चार

चेला : गुरुजी, साम्प्रदायिक दंगों में कौन लोग मरते हैं?

गुरु : साम्प्रदायिक दंगों में बड़े-बड़े पंडित, मौलवी, बड़े-बड़े सेठ-साहूकार और बड़े अधिकारी मरते हैं।

चेला : और कौन लोग कभी नहीं मरते?

गुरु : मामूली लोग, कारीगर, दस्तकार, रिक्शे वाले, झल्ली वाले, नौकरी-पेशा आदि नहीं मरते।

चेला : तो गुरुजी, दंगे न रुकने का कारण क्या है?

गुरु : साफ है शिष्य...आम लोग दंगे रुकवाने में कोई रुचि नहीं लेते।

चेला : और बड़े-बड़े लोग?

गुरु : बड़े-बड़े लोग तो बेचारे दंगे रुकवाने की कोशिशें करते हैं...पंडित-मौलवी दंगे रुकवाने के लिए धर्म की दुहाई देते हैं। राजनीतिक दलों के नेता दंगे रोकने के लिए अपनी पूरी शक्ति लगा देते हैं...सेठ-साहूकार दंगे रुकवाने के लिए चन्दे देते हैं...सरकारी अधिकारी दंगे रोकने की भरसक कोशिश करते हैं।

चेला : इसके बाद भी दंगे क्यों नहीं रुकते?

गुरु : यही तो रहस्य है बेटा...इसे समझ जाओगे...और किसी दंगे में मार दिए जाओगे।

गुरु-चेला संवाद : पाँच

चेला : गुरुजी, साम्प्रदायिक दंगों में हत्याएँ आदि करने वालों को कानून कोई सजा क्यों नहीं देता?

गुरु : यह हमारे कानून की महानता है शिष्य...

चेला : कैसे गुरुजी?

गुरु : हमारी अदालतें दंगों से हत्याएँ करने वालों की भावनाओं को समझती हैं।

चेला : क्या समझती हैं?

गुरु : शिष्य, साम्प्रदायिक दंगे में जो मरता है वह सीधे स्वर्ग जाता है न?

चेला : हाँ, जाता है।

गुरु : तो उसे स्वर्ग भेजने का उपकार कौन करता है?

चेला : हत्या करने वाला।

गुरु : बिलकुल ठीक...तो शिष्य, हमारा कानून इतना बेशर्म तो नहीं है कि उपकार करने वालों को फाँसी पर चढ़ा दे।

गुरु-चेला संवाद : छः

चेला : गुरुजी, दंगे कैसे रोके जा सकते हैं?

गुरु : शिष्य, इस सवाल का जवाब तो पूरे देश के पास नहीं है। राष्ट्रपति के पास नहीं है, प्रधानमंत्री के पास नहीं है। पूरे मंत्रिमंडल के पास नहीं है। बुद्धिजीवियों के पास नहीं है।

चेला : गुरुजी...मनुष्य चाँद पर पहुँच गया है, प्रकृति पर विजय पा ली है...असम्भव सम्भव हो गया है...वैज्ञानिकों को यह खोजने का काम क्यों नहीं सौंपा गया कि दंगे कैसे रोके जा सकते हैं?

गुरु : शिष्य, वैज्ञानिकों को इस काम पर लगाया गया था...पर उनका कहना है कि यह धार्मिक मामला है।

चेला : फिर धार्मिक लोगों को इस काम पर लगाया गया?

गुरु : हाँ, धार्मिक लोग कहते हैं यह सामाजिक मामला है।

चेला : समाजशास्त्री क्या कहते हैं?

गुरु : उन्होंने कहा कि यह राजनीतिक मामला है।

चेला : फिर राजनैतिज्ञों ने क्या कहा?

गुरु : उन्होंने कहा कि यह कोई मामला ही नहीं है।

गुरु-चेला संवाद : सात

चेला : साम्प्रदायिक दंगों की जिम्मेदारी क्या प्रधानमंत्री पर आती है गुरु जी?

गुरु : नहीं।

चेला : मुख्यमंत्री पर आती है?

गुरु : नहीं।

चेला : गृहमंत्री पर आती है?

गुरु : नहीं।

चेला : साँसद या विधायक पर आती है?

गुरु : नहीं।

चेला : जिलाधिकारियों, पुलिस अधिकारियों पर आती है?

गुरु : नहीं।

चेला : फिर साम्प्रदायिक दंगों की जिम्मेदारी किस पर आती है?

गुरु : जनता पर।

चेला : मतलब...?

गुरु : मतलब हम पर...

चेला : मतलब?

गुरु : मतलब किसी पर नहीं।

श्री टी. पी. देव की कहानियाँ

पहली कहानी

श्री टी. पी. देव एक शरीफ शहरी थे। अपने काम से काम रखते थे। न किसी का लेना एक, न देना दो। रोज सुबह पौने आठ बजे ऑफिस के लिए निकलते थे और शाम सवा छ: बजे घर पहुँचते थे। चाय पीते थे। टी.वी. देखते थे। खाना खाते थे। सो जाते थे।

अचानक पता नहीं कैसे, एक दिन उन्होंने सोचा कि पिछली बार वे कब हँसे थे? उन्हें याद नहीं आया। सोचते-सोचते थक गए और पता न चला, तो उन्होंने अपनी डायरियां, कागज़-पत्र उलट-पुलट कर देखे, पर कहीं यह दर्ज न था कि पिछली बार कब हँसे थे।

फिर वे डॉक्टर के पास गए। उन्होंने बताया कि उन्हें लगता है कि वे शायद कभी हँसे ही नहीं हैं। कहीं यह कोई बीमारी तो नहीं है?

डॉक्टर बोला, ''नहीं, ये बीमारी नहीं है, क्योंकि बीमारियों की किताब में इसका जिक्र नहीं है।'' परन्तु श्री टी. पी. देव सन्तुष्ट नहीं हुए। वे दसियों डॉक्टरों, हकीमों, वैद्यों से मिले। सबसे यही सवाल पूछा। सबने वही जवाब दिया श्री टी.पी. देव की परेशानी बढ़ती चली गई।

एक दिन श्री टी. पी. देव फ्लैट में आने के लिए सीढ़ियाँ चढ़ रहे थे तो उन्होंने एक आवारा से लड़के को हँसते हुए देखा। वे आश्चर्य से देखते के देखते रह गए। फिर उससे पूछा, ''बताओ, तुम कैसे हँसते हो?''

यह पूछने पर लड़का और जोर से हँसा।

''नहीं, नहीं। मुझे बताओ।'' वे बोले।

लड़का और जोर से हँसने लगा।

''बताओ...बताओ...'' श्री टी. पी. देव ने उसका हाथ पकड़ लिया।

लड़के ने कहा, ''घर जाकर आईना देखना।''

श्री टी. पी. देव ने फ्लैट आकर सबसे पहले शीशा देखा।

आईने में दसियों साल से न हँसा एक गुरु-गम्भीर चेहरा देखकर उन्हें सहसा हँसी आ गई।

श्री टी. पी. देव की कहानियाँ

दूसरी कहानी

श्री टी. पी. देव 15 साल से रोज टी.वी. देखते आ रहे थे। एक शाम जब वे फ्लैट लौटे, तो उन्होंने सोचा—आज वे टी.वी. नहीं देखेंगे। वे टी.वी. के सामने बैठ गए, मगर उसे ऑन नहीं किया।

अचानक टी.वी. अपने-आप चल पड़ा। वे उछल पड़े और जल्दी से उठकर टी.वी. बन्द करना चाहा, मगर वह बन्द नहीं हुआ, बल्कि आवाज तेज हो गई। वे घबराकर दूसरे कमरे में चले गए। लेकिन उनके पीछे-पीछे टी.वी. भी वहाँ आ गया।

अब पूरे घर में श्री टी. पी. देव आगे-आगे और टी.वी. पीछे-पीछे। यह खेल शुरू हो गया।

श्री टी.पी. देव ने आखिरकार बाथरूम में जल्दी से घुसकर दरवाज़ा बन्द कर लिया, मगर जैसे ही मुड़े उन्होंने देखा कि टी.वी. वहाँ पहले से मौजूद था। वे भागे पसीने से तर-बतर सोफे पर निढाल पड़ गए। टी.वी. फिर उनके सामने था।

तब टी.वी. से दो हाथ निकले। एक हाथ में दवा की गोली थी। दूसरे में पानी का गिलास। श्री टी.पी. देव ने गोली खा ली और पानी पी लिया।

तब टी.वी. बन्द हो गया, लेकिन फिर श्री टी. पी. देव ने उठकर टी.वी. ऑन कर दिया।

श्री टी. पी. देव की कहानियाँ

तीसरी कहानी

एक शाम श्री टी. पी. देव पार्क में कुछ देर आराम करने गए। क्या अच्छा अवसर मिला था कि एक साथ दो खाली बेंचें पड़ी थीं। जल्दी से श्री टी. पी. देव एक पर बैठ गए। फिर उठकर दूसरी पर बैठ गए। दो ही मिनट बाद फिर पहली पर आ गए। फिर एक पर बैठ गए, दूसरी पर पैर रख लिए। फिर दूसरी पर बैठकर पहली पर हाथ रख लिए। कुछ क्षण बाद दोनों बेंचों को मिलाया और उन पर लेट गए। लेटे अभी कुछ सेकेंड भी नहीं हुए कि वे दोनों बेंचों पर खड़े हो गए। फिर कूद पड़े। दोनों बेन्चों को इधर-उधर किया। एक पर चढ़कर दूसरे पर जस्त लगाई।

इतनी देर में सूरज डूब चुका था। श्री टी. पी. देव खुश-खुश फ्लैट लौट आए।

श्री टी. पी. देव की कहानियाँ

चौथी कहानी

एक दिन श्री टी. पी. देव के टेलीफोन की घंटी बजी। उन्होंने फोन उठाया। उधर से आवाज़ आई—''मैं तुम्हारा पिता बोल रहा हूँ।''

श्री टी. पी. देव बोले, ''क्षमा करें, गलत नम्बर मिल गया है।'' उन्होंने फोन बन्द कर दिया।

कुछ देर बाद फिर घंटी बजी। ''हैलो,''— श्री टी. पी. देव बोले।

''मैं तुम्हारी पत्नी बोल रही हूँ।''

''रांग नम्बर,'' श्री टी. पी. देव ने फिर फोन बन्द कर दिया।

फिर घंटी बजी। उधर से आवाज़ आई—''मैं आपका बेटा बोल रहा हूँ।''

''सॉरी, रांग नम्बर।'' कहकर श्री टी. पी. देव ने रिसीवर रख दिया।

घंटी फिर बजी—''हैलो।'' उन्होंने कहा।

''कैसे हो?'' उधर से आवाज़ आई।

''आप कौन बोल रहे हैं?'' उन्होंने पूछा।

''मैं श्री टी. पी. देव बोल रहा हूँ।'' उधर से आवाज़ आई।

''वेरी सॉरी, रांग नम्बर। अगली बार ये नम्बर डॉयल न करें। समझे आप?''

श्री टी. पी. देव की कहानियाँ

पाँचवीं कहानी

श्री टी. पी. देव छुट्टियाँ मनाने समुद्र-तट गए। 'बीच' पर एक शानदार होटल में ठहरे। सुबह उठे, नहाए-धोए, सूट पहना, टाई लगाई, रेस्टोरेंट में जाकर नाश्ता किया। होटल से बाहर आए और सामने खड़ी टैक्सी का दरवाजा खोल कर बैठते हुए कहा, ''इंटरनेशनल फॉयनेन्स एंड इन्वेस्टमेंट कॉरपोरेशन के ऑफिस।''

टैक्सी चल दी। श्री टी. पी. देव ने अख़बार पढ़ना शुरू कर दिया।

ठीक सत्रह मिनट बाईस सेकेंड बाद टैक्सी उनके ऑफिस के सामने खड़ी थी।

श्री टी. पी. देव की कहानियाँ

छठवीं कहानी

श्री टी. पी. देव ने एक विज्ञापन देखा, 'यह कार खरीद कर आप अपने पड़ोसी के मन में ईर्ष्या पैदा कर सकते हैं।' बात श्री टी. पी. देव को जँच गई। वे गए और कार खरीद लाए।

मगर उन्हें यह मालूम नहीं था कि उनके पड़ोसी के पास कौन-सी कार है। उन्हें तो यह तक पता न था कि उनका पड़ोसी कौन है और कहाँ रहता है, लेकिन उन्हें यह मालूम था कि ईर्ष्या क्या होती है।

श्री टी. पी. देव की कहानियाँ

सातवीं कहानी

श्री टी. पी. देव भिखारियों को पैसा देने के सख़्त ख़िलाफ़ थे। एक दिन एक भिखारी ने उनसे पैसे माँगे। श्री टी. पी. देव ने इनकार कर दिया।

"तुम क्यों इनकार कर रहे हो?" भिखारी ने पूछा।

"तुम भिखारी हो और मैं भिखारियों को पैसा देने के सख़्त ख़िलाफ़ हूँ।" वे बोले और आगे बढ़ने लगे।

वह बोला, "तुम मुझे भिखारी समझ रहे हो? मैं एक ऐसी कम्पनी का मैनेजिंग डायरेक्टर और चेयरमैन हूँ, जिसमें लाखों भिखारी काम करते हैं। संसार के सभी धनवान देशों में मेरे 'दूतावास' हैं। हर साल इंटरनेशनल मॉनिटरी फंड और विश्व बैंक मुझे करोड़ों डॉलर देते हैं। समझे तुम?" उसने श्री टी. पी. देव को डाँटते हुए कहा।

श्री टी. पी. देव घबरा गए और अपना पर्स उसे पकड़ा दिया।

श्री टी. पी. देव की कहानियाँ

आठवीं कहानी

श्री टी. पी. देव हर जीवित चीज़ से डरते थे। यही कारण था कि उन्होंने कभी कुत्ता-बिल्ली तक नहीं पाला था। उनका पक्का विश्वास था कि ज़िन्दा चीज़ों पर विश्वास नहीं किया जा सकता। उनकी वफ़ादारी पर हमेशा शक किया जाना चाहिए।

एक दिन श्री टी. पी. देव आराम से लेटे थे कि अचानक उनका हाथ अपने सीने पर बाईं तरफ चला गया और उन्हें धड़कते हुए दिल की आवाज़ सुनाई दी। वे घबरा कर उठ बैठे। मतलब यह था कि वे जीवित चीज़ हैं।

वे सीधे अस्पताल गए। दुःखद रिपोर्ट यह आई कि वे ज़िन्दा हैं। श्री टी. पी. देव अपने-आपको कुत्ता और बिल्ली से भी गया-गुज़रा मानने लगे।

वे जीवन-भर अपने जीवित अंश से डरते रहे। हाँ, मरने के बाद उन्हें चैन आया।

श्री टी. पी. देव की कहानियाँ

नौवीं कहानी

एक दिन एक अजूबा हुआ। श्री टी. पी. देव को एक किताब मिली। उनकी समझ में नहीं आया कि उसका क्या करें। इससे पहले तो ऐसा कभी नहीं हुआ था। अब ऐसा क्यों हुआ। जैसे-जैसे वे सोचते गए वैसे-वैसे उलझते गए।

खैर, मिलने को तो किताब मिल गई है, पर अब उसका क्या किया जाए। सोचा—किताब ले जाकर अपने किसी दुश्मन के घर के सामने रख आएँगे। फिर ध्यान आया कि उनका तो कोई दुश्मन ही नहीं। सोचा कि किसी दोस्त को ही पकड़ा देंगे, मगर वही समस्या थी। उनका कोई दोस्त भी नहीं था। सोचा कि ठीक है, जाकर कूड़ेदान में फेंक देंगे, मगर ध्यान आया। अगर किसी ने देख लिया, तो?

आख़िर तंग आकर उन्होंने पुलिस को फोन किया।

''पुलिस सहायता कक्ष? इमरजेंसी सेवा?''

''कहिए।''

''मैं फ़्लैट नम्बर 12, बिल्डिंग नम्बर 13, सड़क नम्बर 14, इलाका नम्बर 15 से व्यक्ति नम्बर 16 बोल रहा हूँ। मुझे एक किताब मिल...''

''क्या कहा, किताब?'' उधर से घबराई हुई आवाज़ आई, ''कहाँ? कब? कैसे? किस तरह? क्यों?''

कुछ देर बाद पुलिस का विस्फोटक पदार्थों और बमों आदि को 'फ्यूज' करने वाला विशेष दस्ता आ गया। इमारत खाली करा ली गई। सतर्कता से किताब 'फ्यूज' कर दी गई।

श्री टी. पी. देव की कहानियाँ

दसवीं कहानी

एक दिन श्री टी.पी. देव रिटायर हो गए, मगर अगले दिन उठकर ऑफिस चले गए। वहाँ उनकी जगह जो नया आदमी लगा था, वह श्री टी. पी. देव को लेकर साहब के कमरे में गया।

साहब ने कहा, ''श्री टी.पी. देव, आप रिटायर हो गए हैं। अब आप आराम कीजिए।''

श्री टी. पी. देव बोले, ''सर, 'आराम'? ये आप किस फाइल की बात कर रहे हैं?'' वे आश्चर्य से साहब की तरफ देखने लगे।

साहब समझ गए कि श्री टी. पी. देव 'आराम' का मतलब नहीं समझे। उन्हें समझाने के लिए साहब ने अपना सिर मेज़ पर रख दिया और आँखें बन्द कर लीं।

श्री टी. पी. देव आश्चर्य और अचंभे से साहब को देखने लगे।

साहब ने सिर नहीं उठाया। साहब की आँखें नहीं खुलीं।

विकसित देश की पहचान

[1]

गुरु : विकसित देश की पहचान बताओ, हरिराम।
हरिराम : विकसित देश कपड़ा नहीं बनाते गुरुदेव।
गुरु : तब वे क्या बनाते हैं?
हरिराम : वे हथियार बनाते हैं।
गुरु : तब वे अपना नंगापन कैसे ढकते हैं?
हरिराम : हथियारों से उनकी नंगई ढक जाती है।

[2]

गुरु : विकसित देश की पहचान बताओ, हरिराम।
हरिराम : विकसित देश में लोग खाना नहीं पकाते।
गुरु : तब वे क्या खाते हैं?
हरिराम : वे 'फास्ट फूड' खाते हैं।
गुरु : हमारे खाने और 'फास्ट फूड' में क्या अन्तर है।
हरिराम : हम खाने के पास जाते हैं और 'फास्ट फूड' खाने वाले के पास दौड़ता हुआ आता है।

[3]

गुरु : हरिराम, विकसित देश की पहचान बताओ।
हरिराम : विकसित देशों में बच्चे नहीं पैदा होते।
गुरु : तब वहाँ कौन पैदा होते हैं?
हरिराम : वहाँ जवान लोग पैदा होते हैं जो पैदा होते ही काम करना शुरू कर देते हैं।

[4]

गुरु : विकसित देशों की पहचान बताओ, हरिराम।

हरिराम : विकसित देशों में बूढ़े अलग रहते हैं।

गुरु : और जवान?

हरिराम : वे भी अलग रहते हैं।

गुरु : और अधेड़?

हरिराम : वे भी अलग रहते हैं।

गुरु : तब वहाँ साथ-साथ कौन रहता है?

हरिराम : सब अपने-अपने साथ रहते हैं।

[5]

गुरु : विकसित देश की पहचान बताओ, हरिराम।

हरिराम : विकसित देशों में आदमी जानवरों से बड़ा प्यार करते हैं।

गुरु : क्यों?

हरिराम : क्योंकि जानवर आदमियों से बड़ा प्यार करते हैं।

गुरु : क्यों नहीं वहाँ आदमी आदमियों से और जानवर जानवरों से प्यार करते?

हरिराम : क्योंकि विकसित देशों में आदमियों को आदमी और जानवरों को जानवर नहीं मिलते।

[6]

गुरु : विकसित देश की कोई पहचान बताओ, हरिराम।

हरिराम : विकसित देश विकासशील देशों को दान देते हैं।

गुरु : और फिर?

हरिराम : फिर कर्ज देते हैं।

गुरु : और फिर?

हरिराम : फिर ब्याज के साथ कर्ज देते हैं।

गुरु : और फिर?

हरिराम : और फिर ब्याज ही कर्ज देते हैं।

गुरु : और फिर?

हरिराम : और फिर विकसित देश विकासशील देशों को विकसित मान लेते हैं।

[7]

गुरु : विकसित देश की पहचान बताओ, हरिराम।
हरिराम : विकसित देशों में सच्चा लोकतंत्र है।
गुरु : कैसे हरिराम?
हरिराम : क्योंकि वहाँ केवल दो राजनैतिक दल होते हैं।
गुरु : तीसरा क्यों नहीं होता?
हरिराम : तीसरा होने से सच्चा लोकतंत्र समाप्त हो जाता है।

[8]

गुरु : विकसित देशों की पहचान बताओ, हरिराम।
हरिराम : विकसित देशों में मानसिक रोगी अधिक होते हैं।
गुरु : क्यों? शारीरिक रोगी क्यों नहीं होते?
हरिराम : क्योंकि शरीर पर तो उन्होंने अधिकार कर लिया है मन पर कोई अधिकार नहीं हो पाया है।

[9]

गुरु : विकसित देशों की पहचान बताओ, हरिराम।
हरिराम : विकसित देशों में तलाक़ें बहुत होती हैं।
गुरु : क्यों?
हरिराम : क्योंकि प्रेम बहुत होते हैं।
गुरु : प्रेम विवाह के बाद तलाक़ क्यों हो जाती है?
हरिराम : दूसरा प्रेम करने के लिए।

[10]

गुरु : विकसित देशों की पहचान बताओ, हरिराम।
हरिराम : विकसित देश मानव अधिकारों के प्रति बड़े सचेत रहते हैं।
गुरु : क्यों?
हरिराम : क्योंकि उनके पास ही विश्व की सबसे बड़ी सैन्य शक्ति है।
गुरु : हरिराम, सैन्य शक्ति और मानव अधिकारों का क्या सम्बन्ध?
हरिराम : गुरुदेव, विकसित देश सैन्य बल द्वारा ही मानव अधिकारों की रक्षा करते हैं।

ज़िम्मेवारी

दुलीराम ने बच्चों की तरफ देखा, वे सो रहे थे। पत्नी पीठ किए इस तरह काँप रही थी जैसे मरने से पहले कोई आख़िरी साँसें लेता है। दुलीराम ने बड़कू की तरफ देखा, उसके मुँह से सफेद झाग निकलने लगा था। फिर दुलीराम ने दूसरे बच्चों की तरफ देखा और सामने परात में पड़ी खीर को देखने लगा जिस पर मक्खियाँ मँडरा रही थीं। बड़कू के पैरों पर सिर रखे मँझला लेटा था। उसकी आँखें भी पूरी तरह बन्द थीं। छोटा इस तरह सिमटा पड़ा था जैसे माँ के पेट में पड़ा हो। मुनिया के मुँह में खीर टपक कर ठोढ़ी तक आ गई थी।

कमरे में एक बल्ब लटक रहा था। पीली-पीली रोशनी में पूरा कमरा किसी टी.बी. के मरीज़ जैसा लग रहा था। एक तरफ चौका यानी स्टोव, घड़ा, कुछ बर्तन, बाल्टी। एक तरफ अलगनी में टँगे कुछ कपड़े। खुली अल्मारियों के पटरों पर बच्चों के बस्ते और मुन्नी की गुड़िया। अलगनी के बराबर ही दो दरियाँ और तीन चटाइयाँ, दो गन्दे-मैले कुचैले तकिए। अल्मारी के पटरों में ठुँसे गद्दे और कनस्तर।

दुलीराम उठा और अंधे की तरह अलगनी के पास आया और अलमारी के तख़्ते पर पड़ी प्लास्टिक की रस्सी उठा ली। पत्नी ने उसे देखा और उसका कम्पन रुक गया। वह उठी। दुलीराम रस्सी लेकर बड़कू के पास आया और बड़कू का सिर उठाने लगा। गर्दन के नीचे उसने प्लास्टिक की रस्सी रख दी और दोनों सिरे उठा कर उन्हें बाँधने लगा। पत्नी ने अपनी धोती के पल्लू से बड़कू के मुँह से निकला झाग पोंछ दिया। दुलीराम ने रस्सी के दोनों सिरे पकड़े। उसके हाथ काँपने लगे। पत्नी ने उधर पीठ कर ली। वह देख ही सकी कि रस्सी के दोनों छोर खींचने के बाद बड़कू की आँखें एक बार बाहर उबल पड़ी थीं। और उसका पूरा शरीर इस तरह उछला था। दुलीराम ने बड़कू की आँखों पर हाथ रख कर उसकी आँखें बन्द कर दीं और बड़कू के पैरों के अँगूठे एक बार फिर थरथरा कर शान्त हो गए। दुलीराम ने बड़कू की गर्दन से रस्सी खोली। गर्दन पर रस्सी के मोटे निशान पड़ गए थे। दुलीराम की काँपती उँगलियाँ उन निशानों पर कुछ क्षणों के लिए आईं और फिर हट गईं।

दुलीराम मँझले के पास आ गया। उसकी नीली कमीज़ की जेब फूली हुई थी। दुलीराम ने जेब में हाथ डाला। दो कंचे, एक मुड़े हुए कागज़ पर भारत का मानचित्र और प्लास्टिक के टुकड़े में लिपटे दो सिफ्टीपिन। मँझले के गले के नीचे दुलीराम ने रस्सी रखी तो वह कुनमुनाया। दुलीराम ने जल्दी से गिरह लगाई और झटका दे दिया। मँझला उछला और उसके पैरों पर रखा छोटू का सिर फर्श पर आ गया। मँझले की नाक से ख़ून की दो बूँदें निकल कर उसके गालों पर आ गईं। पत्नी वैसे ही लुढ़की-सी बैठी थी। दुलीराम ने मँझले की नाक से निकली खून की बूँदें हाथ से साफ कर दीं।

दुलीराम छोटे के गले के नीचे रस्सी रख कर रुक गया। शायद उसे इंतिज़ार था। पत्नी छोटे के पास आई और उसे चूम लिया। पत्नी की देखादेखी दुलीराम भी छोटे पर झुक गया। छोटे के बाल माथे पर आ गए थे। दुलीराम ने उन्हें हटाया। माथे पर चोट का पुराना निशान था। वह धीरे-धीरे रस्सी कसने लगा। जाने कैसे छोटू के होंठ हिले जैसे हँसा हो।

मुनिया को छुआ तो वह ठंडी हो चुकी थी। दुलीराम ने सबको एक साथ चटाई पर लिटाया। पत्नी ने सबको चादर से ढंग दिया। दुलीराम का चेहरा पसीने से तर था। उसकी साँसें सीने में भर गई थीं।

पत्नी स्टूल ले आई। दुलीराम ने पंखा बन्द किया। स्टूल पर चढ़ गया और पंखे में कस कर रस्सी बाँध दी। पत्नी अपने आप पास आई। स्टूल पर चढ़ गई। दुलीराम ने रस्सी उसके गले में बाँध दी। पत्नी की आँखें जड़ हो गईं। उसने ज़ोर से हवा खींच कर फेफड़ों में भरी। बच्चों की तरफ देखा। रसोई की तरफ देखा। ऊपर पंखे की तरफ देखा। बल्ब को देखा। दुलीराम ने स्टूल हटा लिया। पंखा जोर से हिला। ख़ूब ज़ोर से हिला। दुलीराम एक क्षण को आगे बढ़ा। फिर रुक गया। पत्नी के गले से घुटी-घुटी-सी आवाज़ निकली। दुलीराम डर कर इधर-उधर देखने लगा कि किसी ने सुन न ली हो।

दुलीराम स्टूल पर चढ़ गया। गाँठ इतनी सख़्त हो गई थी कि वह देर तक खोलने की कोशिश करता रहा लेकिन खोल न सका। वह चाकू ले आया और गाँठ काट दी। पत्नी फर्श पर ज़ोर की आवाज़ के साथ गिरी और उसकी धोती पैरों पर से हट गई। उसकी पिंडलियाँ तक दिखाई देने लगीं। दुलीराम ने जल्दी से उसकी धोती ठीक कर दी। गिरने की वजह से पत्नी की गर्दन रस्सी से कट चुकी थी और ख़ून निकल रहा था। दुलीराम ने ख़ून पोंछ दिया। पर और ख़ून निकल आया। दुलीराम ख़ून पोंछता रहा और ख़ून निकलता रहा। फर्श पर ख़ून ही ख़ून हो गया। पत्नी उसे लगा ख़ून का पता नहीं क्या है। दुलीराम ने कपड़ों से ख़ून साफ किया।

चादर से किया। बच्चों की पुरानी कापियों से किया। पर खून था कि रुकने का नाम ही न लेता था। पूरा कमरा...इधर उधर...यहाँ-वहाँ...ख़ून ही ख़ून...

दुलीराम ने लाइट नहीं बन्द की थी। पीली-पीली मौत जैसी रोशनी में दुलीराम की लाश पंखे से झूल रही थी और उसके नीचे बड़कू की गणित की कॉपी पर लिखा था—मैं दुलीराम, अपने परिवार के साथ आत्महत्या कर रहा हूँ। मेरी और मेरे परिवार की हत्या की जिम्मेवारी किसी पर नहीं है।

बल्ब की रोशनी में दुलीराम की परछाईं दीवार पर पड़ रही थी जिसमें उसके पैर ज़मीन पर थे।

शीशों का मसीहा कोई नहीं

भारत हेयर कटिंग सैलून ऐसा तो न था। पाँच साल का अर्सा इतना भी नहीं होता कि आसमान ज़मीन पर आ जाए और जमीन आसमान को छू ले। दबदबा हुआ करता था भारत हेयर कटिंग सैलून का और वैसा ही दबदबा था मामू का जो खड़खड़ाता सफेद कुर्त्ता-पजामा पहने, देवानंद की स्टाइल में अपने बाल सजाए, चमेली का इत्र लगाए, मुँह में ज़र्दे का पान दाबे। रेडियो के गाने पर धीरे-धीरे सिर हिलाते बाल काटा करते या शेव किया करते थे। शहर में मशहूर था कि मामू शेव इतना प्यार से करते हैं, उनके हाथ इतना सधे हुए हैं, अंदाज़ इतना प्यारा है, तरीक़ा इतने साफ-सुथरा है कि शेव बनवाने वाला शेव बनवाते-बनवाते सो जाता है। मामू ने अपने काम को कलाकारी के दर्जे तक पहुँचा दिया था। बम्बई से उनके लाख बुलावे आए; पैसों की लालच दी गई; देवानंद से मिलवाने के वायदे किए गए लेकिन मामू फतेहगढ़ जो पकड़ कर बैठे तो बैठे ही रहे।

पाँच साल बाद घर यानी फतेहगढ़ आया तो मामू के भारत हेयर कटिंग सैलून को देख कर भौंचक्का-सा रह गया क्योंकि वहाँ खानबहादुर आइना भी नहीं था...वो तो दुकान की जान हुआ करता था। बेल्जियम में बना यह आइना खान बहादुर सुल्तान अहमद खाँ का था। खाँ साहब पाकिस्तान बनने के पाँच-साल बाद हिजरत कर गए थे। उनके जाते ही नौकरों ने सामान पार करना शुरू कर दिया था। कस्टोडियन वालों के कब्ज़े में खानबहादुर आइना ही आया बल्कि ऐसी कोठी आई जिसमें खिड़कियाँ और दरवाजे तक न थे।

खानबहादुर सुल्तान अहमद खाँ के ड्राइंग रूम में लगा बेल्जियम का आइना तीन पीढ़ियों पहले कलकत्ता से किसी अंग्रेज़ सौदागार से ख़रीदा गया था। आइना क्या था कमाल था। कहते हैं अंग्रेज कलक्टर जब तबादला होकर फतेहगढ़ आते थे तो खानबहादुर से आइना देखने की फरमाइश करते थे। आइना पीतल के फ्रेम में जड़ा हुआ था। गोकि बहुत बड़ा न था लेकिन उसमें शक्ल ऐसी दिखाई देती थी जैसी देखने वाले न पहले कभी किसी आइने में न देखी होती थी।

मामू को जब ये पता चला था कि खानबहादुर के नौकर आइना रातों रात पार

कर ले गए हैं तो उन्होंने आइना हासिल करने के लिए जी-जान लगा दी थी। पता नहीं कितने पापड़ बेल कर, कहाँ-कहाँ थिगली लगा कर, न जाने कितने जुगाड़ करके, दसियों को पटा-पुटूकर, मिन्नतें ख़ुशामदें करके मामू ने पाँच सौ रुपये में आइना खरीद लिया था। रुपये उन्होंने लाला कस्तूरीमल से ब्याज पर लिए थे। ब्याज और कर्ज़ चुकाने के अलावा लालाजी ने एक शर्त ये भी रखी थी कि मामू ताज़िन्दगी लालाजी का काम मुफ्त करेंगे।

लालाजी का मूलधन और ब्याज चुकाने के बाद भी मामू लाला के उपकार को सदा मानते रहे। मामू की दुकान में आइने का नामकरण हुआ था—खानबहादुर आइना। लैला-मजनू और शीरीं-फरहाद जैसा इश्क हो गया था मामू को खानबहादुर आइने से। दुकान के किसी कारीगर की हिम्मत न थी इसे छूने की। मामू ही उसे रोज़ साफ करते थे। हफ्ते में एक बार चूने के पानी से रगड़ते थे। सूखे कपड़े से पोंछते थे। मामू ये सब ऐसे किया करते थे जैसे माएँ अपने बच्चों की मालिश करती हैं। मामू की दुकान का ही नहीं, यह शहर की शान बन गया था। लोगों का तांता लगा रहता था। मामू को सिर उठाने की फुर्सत न मिलती थी। चार दूसरे कारीगर भी काम में जुटे रहते थे। ग्यारह बजे रात तक मामू की दुकान खुली रहती थी। रस्तोगियाने के सेठ दुकानें बन्द करके रात में ही बाल कटवाने आते थे और खुश होकर दुअन्नी-चवन्नी छोड़ भी दिया करते थे। मामू कहा करते थे कि खानबहादुर आइना उनके लिए बड़ा शुभ साबित हुआ है। उन्होंने सैयदबाड़े में एक छोटा-सा घर भी बनवा लिया था। उम्र और वक्त गुज़रने के साथ-साथ मामू में सैकड़ों तब्दीलियाँ आई थीं। देवानंद स्टाइल के बालों पर मेंहदी का रंग चढ़ गया था। आँखों पर चश्मा लग गया था, एक छोटी-सी दाढ़ी भी उग आई थी लेकिन वो शहर भर के मामू थे। मामू का नाम शायद मामू को भी न पता था। हिन्दू-मुस्लिम सभी उन्हें मामू कहते थे।

मामू की दुकान में खानबहादुर आइना न देखकर मैं भौंचक्का रह गया। मामू किसी के बाल काट रहे थे। मुझे देख कर बोले-कब आए?

''आज ही आया।'' जी चाहा कि सबसे पहले यही पूछूँ कि मामू का वो खानबहादुर आइना कहाँ चला गया? लेकिन इतनी बड़ी बात एकदम पूछने की हिम्मत नहीं पड़ी।

''बहुत साल बाद आए?'' मामू ने पूछा।

हाँ, मैं बहुत साल बाद गया था। इसका एहसास और अपराधबोध मेरे अन्दर था। एक ऐसा शहर जहाँ आपकी जड़ें हों, जहाँ आपका ऐसा घर हो जिसे अब भी आप अपना घर मानते हों और महानगर के फ्लैट को अपना होने के बावजूद अब

भी अपना घर न स्वीकार कर सके हों। जहाँ लोग आपको सर्टीफिकेट में लिखे नाम से नहीं घरेलू नाम से जानते हों, जहाँ लंगोटिये यार हों, जहाँ की हवा में आपको इतना अपनापन लगता हो कि आप वहीं मरना पसन्द करते हों...उस शहर या कस्बे से आपके सम्बन्ध टूट रहे हों तो कैसा लगेगा? मुझे मामू के सवाल पर शर्म आई...हाँ मामू मैं सारी दुनिया घूमता रहा...सारे देश में विचरता रहा और मुझे यहाँ आने का समय नहीं मिला जहाँ से मुझे जाना ही नहीं चाहिए था।

''यहाँ का क्या हाल है?''

''सब ठीकै है।'' मामू बेजारी से बोले।

''आप सब ठीक रहे?'' मुझे मालूम था कि तीन साल पहले इस शहर में हिन्दू-मुस्लिम दंगा हुआ था। दंगे की खबरें अखबारों में पढ़ी थीं। दुकानें लूटी और जलायी गई थीं। चार-पाँच लोग मारे भी गए थे।

''हाँ ठीक रहे।'' मामू बोले और मैं समझ नहीं पाया। मामू की दुकान शहर की उस आबादी में है जिसे हिन्दू आबादी कहा जा सकता है।

मामू जिस आदमी के बाल काट रहे थे वह गाँव का लग रहा था। ध्यान से देखने पर उसकी चोटी दिखाई पड़ी जिसे मामू बड़ी एहतियात से उँगलियों के बीच दबाये बाल काट रहे थे। अच्छा तो मामू के कुछ न बोलने की ये वजह है। मैं भी चुप हो गया। मामू जल्दी-जल्दी बाल काटने लगे। चोटी उनकी उँगलियों के बीच एहतियात से दबी रही। मैंने दुकान का फिर से जायज़ा लिया। प्लास्टिक के फूलों पर गर्द थी। झालरें टूट गई थीं। कुर्सियों के हत्थों पर से रक्सीन निकल गई थी और काली-काली कई दिखाई देती थी।

बाल कटाने वाला आदमी चला गया तो मामू मेरी तरफ मुड़े और इतमीनान से बैठ गए। बीड़ी का बण्डल निकाला। दो बीड़ियाँ जला रहे थे कि मैंने कहा, ''मैंने सिगरेट-बीड़ी छोड़ दी है मामू।''

''अच्छा...चलो अच्छा किया। '' उहोंने एक बीड़ी बण्डल में डाल ली।

''अब बताओ क्या हाल है?''

''दुकान की हालत देख रहे हो?''

''हाँ लेकिन क्यों?''

''''वो लोग अब इधर नहीं आते।'' उन्होंने लम्बा दम खींचने के बाद कहा।

''वो लोग''...? मैंने पूछना चाहा कि वो लोग कौन हैं, लेकिन मामू ने पूछने का मौक़ा ही न दिया।

''उन्होंने अपनी अलग सब्ज़ी मंडी बना ली है...इधर हम लोगों ने अपनी अलग अनाज मंडी बना ली है''

अब मैं समझा कि "वो" कौन हैं। फतेहगढ़ में सब्ज़ी मंडी कुँजड़े लगाया करते थे और अनाज मंडी बनियों की थी।

"अब ये हमारी दुकान 'उनके' इलाके में पड़ जाती है...हमारे तो यही ग्राहक थे...अब नहीं आते...

"लेकिन अभी जो था?"

"गाँव के आदमी भूले-भटके चले आते हैं।"

मैं चुपचाप सुनता रहा, बोलने या कहने के लिए कुछ न था।

"मामू, क्या फसाद में तुम्हारी दुकान भी लूटी गई थी?"

"हाँ लूटी थी...जलाई भी थी...इधर के लौंडों ने जो काम चौक में किया था वही उन्होंने यहाँ किया...देखो चूने के पीछे धुआँई दीवार नहीं दिखाई देती।"

"हाँ, है तो।"

"तुम्हें पता है जैसे अपने यहाँ काज़ी होते हैं, वैसे उन्होंने भी काज़ी बना लिया है।"

"क्या? काज़ी? उसे क्या कहते हैं?" मुझ पर हैरत का पहाड़ टूट पड़ा।

"नगराचार कहते हैं।"

"ये है कौन आदमी?"

"कहीं बाहर से आया है।"

कुछ देर बाद मैंने हिम्मत करके पूछा—"मामू वो खानबहादुर आइना कहाँ है?"

"है, देखोगे?"

"हाँ, दिखाओ।"

मामू के घर के बरामदे में बँधी बकरी उन्हें देख कर मिमियाने लगी। मामू उसके सिर पर हाथ फेरते अन्दर आ गए। कमरे में एक चारपाई पर लिहाफ-गद्दे रखे थे। खूँटियों पर रस्सी, पोटलियाँ, तौलिया, लालटैन और तमाम अल्लम-ग़ल्लम चीज़ें टँगी थीं। दीवारों पर तुग़रे और पुराने कलैंडर लगे थे। मैं एक तुग़रे को देख ही रहा था कि मेरे पीछे कमरे में शीशे टूटने की एक तेज़ आवाज़ आई। मैं पीछे मुड़ा तो देखा मामू हाथ में खाली बोरा लिए खड़े हैं और कमरे के बीचोंबीच शीशे के छोटे-छोटे टुकड़ों का ढेर लग गया है। मामू के चेहरे पर कोई भाव नहीं था। मेरे अन्दर यह पूछने की हिम्मत नहीं थी कि क्या ये वही खानबहादुर आइना है? इसका ये हाल हुआ कैसे? शीशे के छोटे-छोटे टुकड़ों में सैकड़ों मामू मेरी तरफ देख रहे थे। न कोई शिकवा, न शिकायत, न आहत होने का भाव, न प्रतिशोध...उनकी आँखों में अगर कुछ था तो सिर्फ यह कि कुछ न था।

लड़कियाँ

[1]

श्यामा की जली हुई लाश जब उसके पिता के घर पहुँची तो बड़ी भीड़ लग गई। इतनी भीड़ तो उसकी शादी में बिदाई के समय भी नहीं लगी थी। श्यामा की बहनों की हालत अजीब थी क्योंकि वे कुंवारी थीं। श्यामा की माँ लगातार रोये जा रही थी। रिश्तेदार उसे दिलासा भी क्या देते। श्यामा के पिता जली हुई श्यामा को देख रहे थे। उनकी आँखों से आँसू बहे चले जा रहे थे। श्यामा का पति और देवर पास खड़े थे। श्यामा के पति ने श्यामा के पिताजी से कहा—''पापा, आप रोते क्यों हैं...श्यामा को बिदा करते समय आपने ही तो कहा था कि बेटी तुम्हारी डोली इस घर से जा रही है, अब तुम्हारी ससुराल से तुम्हारी अर्थी ही निकले।'' देवर बोला—चाचा जी श्यामा ने आपकी इच्छा जल्दी ही पूरी कर दी।''

श्यामा के ससुर जी बोले—''बेकार समय न बर्बाद करो। अब यहाँ तमाशा न लगाओ। चलो जल्दी क्रिया-करम कर दिया जाए।''

[2]

श्यामा की जली हुई लाश थाने पहुँची तो वहाँ पहले से ही दो नवविवाहिता लड़कियों की जली हुई लाशें रखी थीं। थाने में शान्ति थी। पीपल के पत्ते हवा में खड़खड़ा रहे थे और जीप का इंजन लम्बी-लम्बी साँसें ले रहा था। दरोग़ा जी को ख़बर की गई तो वे पूजा इत्यादि करके बाहर निकले और श्यामा की जली लाश को देख कर बोले—''यार ये लोग एक दिन में एक ही लड़की को जला कर मारा करें। एक दिन में तीन-तीन लड़कियों की जली लाशें आती हैं। कानूनी कार्यवाही भी ठीक से नहीं हो पाती।''

सिपाही बोला—''सरकार इससे तो अच्छा लोग हमारे गाँव में करते हैं। लड़कियों को पैदा होते ही पानी में डुबो कर मार डालते हैं।'' दरोग़ा बोले—''ईश्वर सभी को सदबुद्धि दे।''

[3]

श्यामा की लाश अदालत पहुँची। जब सबके बयान हो गए तो श्यामा की जली लाश उठकर खड़ी हो गई और बोली—"जज साहब, मेरा भी बयान दर्ज किया जाए।"

श्यामा के पति का वकील बोला—"मीलार्ड, ये हो ही नहीं सकता। जली हुई लड़की बयान कैसे दे सकती है!"

पेशकार बोला—"सरकार यह तो ग़ैरकानूनी होगा।"

क्लर्क बोला—"हजूर, ऐसा होने लगा तो क़ानून-व्यवस्था का क्या होगा?"

श्यामा ने कहा—"मेरा बयान दर्ज किया जाए।"

अदालत ने कहा—"अदालत तुम्हारा बयान दर्ज नहीं कर सकती क्योंकि तुम जल कर मर चुकी हो।"

श्यामा ने कहा—"दूसरी लड़कियाँ तो ज़िन्दा हैं।"

अदालत ने कहा—"ये तुम लड़कियों की बात कहाँ से निकाल बैठी।"

[4]

श्यामा की जली लाश जब अखबार के दफ़्तर पहुँची तो नाइट शिफ्ट का एक सब-एडीटर मेज़ पर सिर रखे सो रहा था। श्यामा ने उसका कन्धा पकड़ कर जगाया तो वह आँखें मलता हुआ उठकर बैठ गया। उसने श्यामा की तरफ देखा और उसे 'आपका अपना शहर' पन्ने के कोने में डाल दिया।

श्यामा ने कहा—"अभी तीन साल पहले ही मेरी शादी हुई थी। मेरे पिता ने पूरा दहेज दिया था। लेकिन लालची ससुराल वालों ने मुझे दहेज के लालच और अपने लड़के की दूसरी शादी के लालच में मुझे जला कर मार डाला।"

सब-एडीटर बोला—"जानता हूँ जानता हूँ...वही लिखा है...हम अख़्बार वाले सब जानते हैं।"

"तो तुम मुझे पहले पन्ने पर क्यों नहीं डालते।" श्यामा ने कहा। सब-एडीटर बोला—"मैं तो बहुत चाहता हूँ। तुम ही देख लो। पहले पन्ने पर जगह कहाँ है। लीड न्यूज लगी है, देश ने सौ अरब रुपये के हथियार खरीदे हैं। सेकेंड लीड है मंत्रिमंडल ने चाँद पर राकेट भेजने का निर्णय लिया है। आठ आतंकवादी मार गिराये गए हैं। और, सुपर डुपर हुपर स्टार को हॉलीवुड की फिल्म में काम मिल गया है। बाकी पेज पर 'फिटमफिट अंडरवियर' है।

"कहीं कोने में मुझे भी लगा दो।" श्यामा बोली।

"लगा देता...पर नौकरी चली जाएगी।"

[5]

श्यामा की जली हुई लाश जब प्रधानमंत्री सचिवालय पहुँची तो हड़कम्प मच गया। सचिव-वचिव उठ-उठकर भागने लगे। संतरी पहरेदार डर गए। उन्हें श्यामा की शक्ल अपनी लड़कियों से मिलती-जुलती लगी। इतने में विशेष सुरक्षा दस्ते वाले, छापामार युद्ध में दक्ष कमांडो आ गए और श्यामा की तरफ बन्दूकें, संगीनें तान कर खड़े हो गए।

पुलिस अधिकारी ने कहा—''एक क़दम भी आगे बढ़ाया तो गोलियों से छलनी कर दी जाओगी।''

''मैं प्रधानमंत्री से मिलना चाहती हूँ।''

''प्रधानमंत्री क्या करेंगे...यह पुलिस केस है।''

''पुलिस क्या करेगी?''

''अदालत में मामला ले जाएगी।''

''अदालत क्या करेगी...वही जो मुझसे पहले जलाई गई लड़कियों के हत्यारों के साथ किया है...मैं तो प्रधानमंत्री से मिलकर रहूँगी।'' श्यामा की जली लाश आगे बढ़ी।

और अधिक हड़कम्प मच गया। उच्चस्तरीय सचिवों की बैठक बुला ली गई और तय पाया कि श्यामा को प्रधानमंत्री के सामने पेश करने से पहले गृहमंत्री, विदेश मंत्री, वित्त मंत्री, समाज कल्याण मंत्री आदि को बुला लिया जाए। नहीं तो न जाने श्यामा प्रधानमंत्री से क्या पूछ ले कि जिसका उत्तर उनके पास न हो।

[6]

श्यामा की जली लाश जब बाज़ार से गुज़र रही थी तो लोग अफसोस कर रहे थे।

''यार, बेचारी को जला कर मार डाला।''

''क्या करें यार...ये तो रोज़ का खेल हो गया है।''

''पर यार इस तरह...नब्बे परसेंट जली हैं।''

''अरे यार, इसके पापा को चाहिए था कि मारुति दे ही देता।''

''कहाँ से लाता—उसके पास तो स्कूटर भी नहीं है।''

''तो फिर लड़की पैदा ही क्यों की''?

''इससे अच्छा था, एक मारुति पैदा कर देता।''

[7]

श्यामा की जली लाश जब अपने स्कूल पहुँची तो लड़कियों ने उसे घेर लिया। न श्यामा कुछ बोली, न लड़कियाँ कुछ बोलीं। न श्यामा कुछ बोली, न लड़कियाँ कुछ बोलीं। न श्यामा कुछ बोली, न लड़कियाँ कुछ बोलीं। खामोशी बोलती रही।

कुछ देर के बाद एक टीचर ने कहा—"आठवीं में कितने अच्छे नम्बर आए थे इसके।"

दूसरी टीचर ने कहा—"दसवीं में इसके नम्बर अच्छे थे।"

तीसरी ने कहा—"आगे पढ़ती तो अच्छा कैरियर बनता।"

श्यामा की लाश होंठों पर उँगलियाँ रख कर बोली—"शी...शीऽ...आदमी भी सुन रहे हैं।"

[8]

श्यामा की जली हुई लाश उन पंडित जी के घर पहुँची जिन्होंने उसके फेरे लगवाये थे। पंडित जी श्यामा को पहचान गए। श्यामा ने कहा—"पंडित जी, मुझे फिर से फेरे लगवा दो।"

पंडित जी बोले—"बेटी, अब तुम जल चुकी हो। तुमसे अब कौन शादी करेगा?"

श्यामा बोली—"पंडित जी, शादी वाले नहीं, उल्टे फेरे लगवा दो।"

पंडित जी बोले—"बेटी, तुम चाहती क्या हो?"

श्यामा बोली—"तलाक।"

पंडित जी ने कहा—"अरे अब तुम जल चुकी हो। तुम्हें क्या फ़र्क़ पड़ेगा तलाक से।"

श्यामा बोली—"हाँ, आप ठीक कहते हैं। उल्टे फेरों से न मुझ पर अन्तर पड़ेगा...न आप पर अन्तर पड़ेगा...न मेरे पति पर फर्क पड़ेगा...पर जिनके सीधे फेरे लगने वाले हैं उन पर तो अन्तर पड़ेगा।"

[9]

श्यामा की जली लाश भगवान के घर पहुँची तो भगवान सृष्टि को चलाने का कठिन काम बड़ी सरलता से कर रहे थे। श्यामा ने भगवान से पूछा—"सृष्टि के निर्माता आप ही हैं?" भगवान छाती ठोंक कर बोले—"हाँ, मैं ही हूँ।"

"संसार के सारे काम आपकी इच्छा से होते हैं।"

"हाँ मेरी इच्छा से होते हैं।"

‘‘मुझे आपकी इच्छा से ही जला कर मार डाला गया था।’’

‘‘हाँ, तुम्हें मेरी ही इच्छा से जला कर मार डाला गया था।’’

‘‘मेरे पति के लिए आपने ऐसी इच्छा क्यों नहीं की थी?’’

‘‘पति परमेश्वर होते हैं। वे जलते नहीं, केवल जलाते हैं।’’

[10]

श्यामा की जली लाश मानव अधिकार समिति वाले के पास पहुँची तो वे सब उठकर खड़े हो गए। उन्होंने कहा—‘‘यह जघन्य अपराध है। हमने इस तरह के बीस हज़ार मामलों का पता लगा कर मुकद्दमे दायर कराए हैं। लेकिन आम तौर पर अपराधी बच निकलते हैं। लोगों में लोभ और लालच बहुत बढ़ गया है। धन के लिए वे कुछ भी कर सकते हैं। ये सब जानते हैं।’’

श्यामा बोली—‘‘इसीलिए मैं ख़ामोश हूँ।’’

सदस्यों ने कहा—‘‘बोलो, श्यामा बोलो...बोलो...जब तक तुम नहीं बोलोगी, हमारी आवाज़ कोई नहीं सुनेगा।’’

तेरह सौ साल का बेबी कैमिल

'बर्ड आई व्यू' यानी चिड़िया की आँख से देखें तो चारों तरफ घनी आबादी है। तंग गलियाँ, और सँकरे मकान, पतले और गन्दे बाज़ार हैं। बीचोंबीच मुहम्मद अली पोस्ट ग्रेजुएट कालेज ऑफ आर्ट्स एंड कामर्स है। कालिज की इमारतें फील्ड और लम्बे-चौड़े मैदान जहाँ अभी इमारतें बननी हैं। कालिज की इमारतों में 'इशरत बाग़' के फ्लैट्स हैं जहाँ टीचर्स रहते हैं। पीछे एक नाला है और नाले के बाद 'मिनी पाकिस्तान' है यानी शहर की सौ फीसदी मुस्लिम आबादी। आजकल नहीं बल्कि पन्द्रह-बीस साल पहले यहाँ पाकिस्तान के जीतने और भारत के हारने की खुशी में मिठाई बँटा करती थी। आजकल ओसामा बिन लादेन के पोस्टर बिकते हैं। मस्जिदें जितनी ऊँची होती चली जा रही हैं उतनी ही लाउडस्पीकरों की आवाज़ में इज़ाफ़ा हो रहा है। पाँच मस्जिदों के लाउडस्पीकर पूरे इलाके को हिला कर रख देते हैं।

चिड़िया कुछ नीचे उतरे तो तंग कच्ची गलियों में बेढ़ंगे मकान, बाजारें हैं जहाँ खाने के गन्दे होटल और गोश्त की दुकानों की भरमार है। कुछ इलाके 'पाश' हैं जहाँ कोठियाँ हैं, लम्बी कारें हैं और उतनी ही लम्बी दाढ़ियाँ हैं। यहाँ की मखलूक़ अपनी ज़िन्दगी जीती है। ओसामा बिन लादेन 'पड़ोसी' है और 'पड़ोसी' दूर किसी मुल्क में रहते हैं।

एक तो पंडित दूसरे उच्च गोत्र का पंडित। तीसरे और सोने पर सुहागा यह कि पंडितों के गाँव का पंडित और फिर पढ़ा-लिखा। इतिहास में एम.ए.।

"ललुआ समझ लिए हो? मुसलमानन के कालिज में नौकरी करिहो?"

ओम प्रक़ाश शर्मा ने पूरे टोले, रिश्तेदारों, गाँव वालों को समझाया था कि मुहम्मद अली पोस्ट ग्रेजुएट कालिज में नौकरी करने का यह मतलब नहीं है कि वे पाकिस्तानी या मुसलमान हो जाएँगे। बीस साल बाद सबको उनकी बात पर यक़ीन हो गया है।

डॉ. ओमप्रकाश शर्मा ने जैसे ही गाड़ी मेन रोड से हकीम रोड पर मोड़ी, एक गन्ध ने उनका स्वागत किया। जैसे-जैसे गाड़ी अन्दर आबादी में आती गई ये गन्ध बढ़ती गई। उनके बराबर बैठी सुषमा ने नाक पर रुमाल रख लिया। लिली और कबीर पिछली सीट पर सो रहे थे। रात का दस बज चुका था। गाड़ी 'इशरत बाग' के अन्दर आई तो बदबू का एक तेज झोंका आया। अब ये गन्ध तीन-चार दिन रहेगी, सुषमा ने कहा। डॉ. शर्मा कुछ नहीं बोले। यह तो हर साल का किस्सा है। इस मौक़े पर साल में एक बार वे सपरिवार गाँव चले जाते हैं। दो दिन तक रहते हैं, लौटते हैं तो यह गन्ध स्वागत करती है और फिर धीरे-धीरे सब सामान्य हो जाता है।

"पापा 'बेबी कैमिल' कहाँ है?"

"सो जाओ...अभी रात है।"

"नहीं, मैं देखूँगी।" वह ज़िद करने लगी।

"अरे वह भी तो सो रहा होगा।"

"मैं अभी देखूँगी...अभी, पापा अभी।"

"ज़िद मत करो, सो जाओ।"

"पापा, आइ वान्ट टू सी बेबी कैमिल" लिली अंग्रेजी में बोली क्योंकि वह जानती है अंग्रेजी में माँगी गई चीज़ आसानी से मिल जाती है।

सुषमा ने उसे जबरदस्ती लिटा दिया और थपकने लगी।

"आप क्या खाएँगे...फ्रिज़ में पूरा खाना रखा है।"

"अब इस दुर्गंध में क्या खाएँगे।" वे चिढ़कर बोले—"दरवाजा बन्द करो। बेडरूम का ए.सी. चला दो और वहीं बैठते हैं। टी.वी. ट्राली भी मैं उधर ले आता हूँ।"

नहा-धोकर सफेद कुर्ता-पाजामा पहनकर जब डॉ. शर्मा ठण्डे कमरे में बिस्तर पर लेटकर अपना मनपसन्द टी.वी. प्रोग्राम देखने लगे तब कहीं जाकर उनकी जान में जान आई। सुषमा भी लेट गई।

"क्यों जी, कल तो अब ये लोग नहीं करेंगे ना ?"

"अरे रोज-रोज करते हैं क्या? और कोई काम नहीं है? कल से कालिज खुल रहा है, पढ़ाई शुरू हो जाएगी।" लिली सोते-सोते फिर कुनमुनाई और बड़बड़ाई- "बेबी कैमिल...."

सुषमा ने उसे प्यार से थपक दिया।

"तुमने उसे ऊँटों के पास जाने ही क्यों दिया?"

"मैं यहाँ थी कहाँ...टेलर के पास गई थी, बिमला सफाई कर रही थी। उसी

समय ऊँट आए थे। ऊँट क्या, ऊँटों के दो बच्चे थे। पूरी कालोनी के बच्चे उनके पीछे पागल हो रहे थे। उन्हीं के साथ लिली और कबीर भी गए थे। उसके बाद तो लिली ने और बच्चों के साथ ऊँट के बच्चों को बबूल की पत्तियाँ, चने और जाने क्या-क्या खिलाया था। मैं जब लौटकर आई तो सब हो चुका था। वह इतनी खुश थी कि ड्राइंग की कापी में उसने बेबी कैमिल का स्केच भी बनाया था। कह रही थी अपनी टीचर को दिखाऊँगी।''

''ओहो,'' डॉ. शर्मा ठंडी साँस लेकर बोले।

आ तो गए हैं मुसलमानों के कालिज में पर देखें क्या होता है? नाम तो कोई लेता नहीं, सब पंडित जी या छोटे पंडित जी कहते हैं। बड़े पंडित त्रिपाठी जी हैं जो हिन्दी पढ़ाते हैं। भूगोल में अस्थाना जी हैं। इतिहास में रवीन्द्र वर्मा हैं।

आ तो गए हैं मुसलमानों के कालिज में पर देखें होता क्या है? नौकरी बड़ी चीज है। जनेऊ कम बड़ी चीज नहीं है। नाम तो है ही। पर यह लगना नहीं चाहिए कि कट्टर हिन्दू हैं। हैं भी नहीं। वैसे...आरएसएस को कभी पसन्द नहीं किया शर्मा जी ने पर जनेऊ का क्या करें? साजिद के साथ एक कमरे में रहते हैं। एक चारपाई, मेज-कुर्सी, दो अल्मारियाँ, टीन के दो बड़े बक्से हैं पर जनेऊ रखने की जगह नहीं है। आखिरकार उतार कर एक डिब्बी में बन्द की। डिब्बी पेंट की जेब में रख लेते हैं जब गाँव की बस पकड़ते हैं। यह बात है बीस साल पुरानी। जैसे-जैसें नौकरी में आगे बढ़ते गए बैंक-बैलेंस बढ़ता गया। गाँव में जमीन खरीदते गए, पक्का मकान बनाते गए वैसे वैसे डिब्बी छोटी होती चली गई। अन्तिम बार आठ साल पहले विवाह के अवसर पर उसकी जरूरत पड़ी थी।

बीस साल में बीसियों पागल देखे, कुछ पागल उन्हें मांस खिलाने पर कमर कसे हुए थे। उन्हें लगता था पंडित ओम प्रकाश शर्मा ने मांस खा लिया तो धरम भ्रष्ट हो जाएगा और वह मुसलमान हो जाएगा। मुसलमान न भी हुआ तो कम से कम हिन्दू तो न रहेगा। कुछ पागल डॉ. शर्मा को गुरु गोलवलकर का प्रतिनिधि मानते थे। कुछ यह मानते थे कि बाबरी मस्जिद अकेले डॉ. शर्मा ने ही ढहाई है। कुछ को यह विश्वास था कि दंगों में मारे गए बेगुनाह मुसलमानों का खून डॉ. शर्मा की गर्दन पर है। विचित्र प्राणी हैं संसार में।

साजिद कहता है—यार, ये सब पागल हैं, पागल।

डॉ. शुजाअत कहते हैं—कालिज की चौहद्दी से बाहर निकलने में इनकी नानी मरती है। तुम्हीं को मुसलमान बनाने के लिए दंड पेलते रहते हैं।

अतिया अज़ीज़ कहती हैं—ये बीमार लोग हैं। शर्मा इनकी बातों का बुरा न माना करो।

ताहिर हुसैन कहते हैं—यार ये अपने दिल की भड़ास कहाँ निकाले। दूसरे हिन्दू टीचर कैम्पस में नहीं रहते। तुम ही इन्हें मिल जाते हो।

डॉ. शुजाअत कहते हैं—बुरा न माना करो यार...इनमें से कोई सीरियस होने लगे तो बताना, ठीक कर दूँगा। मैं भी 'प्रैक्टिसिंग' मुसलमान हूँ।

डॉ. ओम प्रकाश शर्मा ने लैम्प बुझा दिया। रात का बारह बज चुका था। बीस साल हो गए हैं इस कालिज में। अब सब सामान्य है। लेकिन पागलों की तादाद बढ़ रही है, पर उन्हें क्या? उन्हें तो हर महीने वेतन मिल जाता है। अपना काम करते हैं। हिसाब किताब ठीक-ठाक है।

मांस उन्होंने एक-दो बार चखा है। अच्छा नहीं लगा। मांस न खाने के पीछे धार्मिक नहीं रुचि कारण है। बाईस साल तक दाँतों और जबड़ों ने चबा-चबाकर मांस को पीसना नहीं सीखा है, उसका रसास्वादन नहीं किया है तो अब क्या करेंगे? और फिर कुसूर उनका नहीं है, पंडितों का गाँव, पंडितों का कालिज, पंडितों के संस्कार। उन्होंने यहाँ गोश्त की दुकानें पहली बार देखी थीं तो बस लगा था जो कुछ पेट में है...सब बाहर आ जाएगा।

डॉ. ओम प्रकाश शर्मा नए-नए लगे थे। पहला साल था। बकरीद की एक दिन छुट्टी पड़ रही थी। सोचा था अब एक दिन के लिए गाँव क्या जाएँ। कालोनी में ही रह गए थे। उस दिन उन्होंने ज़िब्ह होते सौ बकरों की आवाज़ें सुनी थीं। उन्हें लगा था कि आदमी का भी गला काटा जाए तो इसी तरह की आवाज़ें निकलेंगी। यानी सौ इंसानों के गले कटने की आवाज़ें एकसाथ उनके कानों से चिपक गई थीं। फिर हर फ्लैट के सामने कम से कम दो लाल, खाल उतरी हुई बकरे लटके थे। ग़लीज़ कपड़े पहने कसाई पेट फाड़ता तो अँतड़ियाँ भड़ाक से बाहर आ जातीं। शर्मा को लगा ये सौ बकरे सिर्फ उनसे कुछ कह रहे हैं क्योंकि और कोई उनकी बात नहीं सुन रहा है। अचानक ही उनके मुँह से 'राम-राम' निकल गया था। फिर जल्दी से वे सचेत हो गए थे। छोटे पंडित को पागल गोश्त खाने, कबाब खाने, बिरयानी खाने की दावत देकर उनका मजाक उड़ा रहे थे जबकि सबको मालूम था कि शर्मा गोश्त नहीं खाते। इस बकरीद के बाद शर्मा को कई महीने सपने में लटकते बकरे दिखाई देते रहे। लगता वे स्वयं लटक रहे हैं और सीख रहे हैं। कभी लगता हाथ खून से लथपथ हैं और गर्दन कटी हुई है। सपनों को तो कोई नहीं रोक सकता है

लेकिन बकरीद में घर तो जाया ही जा सकता है। तब से शर्मा जी ने तय किया कि वे किसी भी हालत में, हाँ किसी भी हालत में...

सोते-सोते लिली फ़िर कुनमुनाई—बेबी कैमिल! और शर्मा के अपने सपने फिर ताज़ा हो गए।

उन्होंने अपने हाथ से लिली को थपकना चाहा पर लगा कि उनके हाथों में लाल खून...उन्हें अपने ऊपर गुस्सा आ गया और लिली को थपकाने लगे।

अब इस कहानी के एक अहम किरदार का परिचय कराना आवश्यक हो गया है। वैसे ख़्वाजा अब्दुल मजीद 'हक़्क़ानी' कहानी के नहीं, उपन्यास के पात्र हैं लेकिन मजबूरी यही है कि वे इस कहानी में आ गए हैं। इसलिए थोड़े लिखे को अधिक जानिए और लेखक को माफ कीजिए।

ख़्वाजा अब्दुल मजीद 'हक़्क़ानी' कामर्स पढ़ाते हैं लेकिन अपने आप में बहुत बड़ी संस्था हैं। उनका कद साढ़े छः फिट है। वजन करीब दो सौ किलो है जिसमें सिर्फ उनकी तोंद का वज़न ही करीब साठ-सत्तर किलो होगा। उम्र पैंतालीस से पचास के बीच है। 'अंजुमने अक़दे बेवगाने मुस्लमीन' के अध्यक्ष हैं। संस्था का अनुवाद कुछ इस तरह होगा—मुसलमान विधवा औरतों का पुनः निकाह कराने वाला संगठन। 'हक' नाम की पत्रिका के सम्पादक हैं। 'उस दुनिया' नाम का एक संगठन चलाते हैं जो इस्लाम का प्रचार करता है। सभी तरह के धार्मिक आयोजन बड़े ज़ोर-शोर से करते हैं लेकिन धार्मिक लोग उन्हें नापसन्द करते हैं। वजहें कई हो सकती हैं। उन्हें पसन्द न करने वालों में 'इशरत बाग़' टीचर्स कालोनी की सभी महिलाएँ शामिल हैं। हक़्क़ानी का चेहरा गोल है, सिर पर उस्तरा फिरवाए रहते हैं।

दाढ़ी के बालों को उनसे कोई शिकवा-शिकायत नहीं है क्योंकि हक़्क़ानी ने अपनी दाढ़ी के साथ वही व्यवहार किया है जो 'चिपको आन्दोलन' वाले पेड़ों के साथ करते हैं। मूँछें मुड़वाते रहते हैं। काला चश्मा लगाते हैं। लम्बा सफेद कुर्ता और ऊँचा पजामा पहनते हैं। कन्धे पर एक चौखाने का अरबी रुमाल डाले रहते हैं। ईद-बकरीद या विशेष धार्मिक अवसरों पर अरबी लिबास पहन लेते हैं। घर से जब भी बाहर निकलते हैं, हाथ में तस्बीह रहती है। कहा जाता है कई बार हज कर चुके हैं। कोई कहता है बिहार के रहने वाले हैं। लेकिन बिहार के रहने वाले कहते हैं कि वे बिहार के नहीं हैं। कोई कहता है आजमगढ़ से हैं। पर आजमगढ़ वाले पूरे विश्वास के साथ कहते हैं कि हक़्क़ानी वहाँ के नहीं हैं। मतलब यह ठीक पता नहीं चल पाया है कि कहाँ के रहने वाले हैं या कहीं के लोग यह मान कर नहीं देते कि

'हक़्क़ानी' उनके प्रांत या जिले के हैं। हक़्क़ानी अपने को विश्व इस्लामी बिरादरी का अंग मानते हैं लेकिन उन्हें विश्व की पर्याप्त जानकारी नहीं है।

'हक़्क़ानी' सपरिवार 'इशरत बाग़' स्टाफ क्वार्टर में रहते हैं और अचानक कई-कई हफ्तों के लिए गायब हो जाते हैं बताते हैं कि 'हक' की तलक़ीन के लिए गया था। लेकिन इस्लाम प्रचार में लगे—तब्लीगी जमात के लोग यह साफ तौर पर कहते हैं कि 'हक़्क़ानी' का उनसे कोई ताल्लुक नहीं है। पाँच-छ: साल पहले 'हक़्क़ानी' अपने दौरे से लौटे तो उनके साथ उनके कद से आधे कद की एक बुर्क़ापोश लड़की थी। 'हक़्क़ानी' ने लोगों को बताया कि उन्होंने दूसरा निकाह किया है। दोनों पत्नियाँ साथ रहने लगीं। कालोनी की औरतों ने 'हक़्क़ानी' की दूसरी पत्नी से मिलने की कोशिश की तो 'हक़्क़ानी' के हुक्म की वजह से ऐसा नहीं हो सका। फरिश्तों को छोड़कर औरतों या मर्दों के लिए 'हक़्क़ानी' का घर बन्द था।

एक दिन पता चला कि 'हक़्क़ानी' ने अपनी पहली पत्नी को मारपीट कर घर से निकाल दिया है। बच्चों को, जिनमें एक चौदह साल का लड़का और दो लड़कियाँ हैं, 'हक़्क़ानी' ने रख लिया है। कालोनी की औरतों ने चन्दा करके 'हक़्क़ानी' की पहली पत्नी को मायके भिजवा दिया। एक दिन यह पता चला कि 'हक़्क़ानी' का लड़का दिल्ली भाग गया है और वहाँ रिक्शा चलाता है। लोगों ने इसके बारे में 'हक़्क़ानी' से बात की तो 'हक़्क़ानी' ने बड़े गर्व से कहा कि उनका लड़का रिक्शा चलाता है तो यह बहुत गौरवपूर्ण है क्योंकि इस्लाम मेहनत करने को बड़ा ऊँचा दर्जा देता है।

दो-चार महीने बाद पता चला कि 'हक़्क़ानी' ने अपनी ग्यारह साल की लड़की की शादी किसी पचास साल के बूढ़े से कर दी है। इस पर डॉ. अतिया अज़ीज़ पुलिस को फोन करने जा रही थी। पर समझा-बुझाकर बड़ी मुश्किल से उन्हें रोका गया।

फिर ये खबर मिली कि 'हक़्क़ानी' जब कालिज जाते हैं तो अपनी युवा पत्नी को 'किचन' में बन्द कर जाते हैं। 'किचन' में पत्नी को बन्द कर ताला लगाते हैं, फिर कमरों में ताले लगाते हैं। बाहरी दरवाज़े पर ताला लगाते हैं और गेट पर ताला लगाते हैं। हुआ यह कि एक दिन क्वार्ट्स में काम करने वाली किसी महरी को 'सर्विस लेन में' 'हक़्क़ानी' के किचन से किसी लड़की के रोने की आवाज़ सुनाई दी। कालोनी की दूसरी औरतों को पता चला और यह बात सामने आई। 'हक़्क़ानी'

से जब यह पूछा गया कि ऐसा क्यों करते हैं तो उन्होंने कहा हज़रत कलामे-पाक में साफकहा गया है कि औरतें तुम्हारी खेतियाँ हैं। तो जनाब जिस तरह हम अपने ख़ेत की देखभाल और रखवाली करते हैं उसी तरह मैं...''

इस घटना के बाद डॉ. शुजाअत ने यह कहना शुरू कर दिया कि 'हक़्क़ानी' ने इस्लाम का जितना शोषण किया है उतना शायद ही किसी ने किया हो।

साजिद को 'हक़्क़ानी' फूटी आँख नहीं भाते। वह कहता है—यार उसे तो देखते ही गुस्सा आने लगता है। अरे पाखंड करता है तो करे...इस्लाम को ढाल क्यों बनाता है।

'हक़्क़ानी' जब अगले अज्ञातवास और उनके अनुसार धर्म प्रचार पर गए तो अपनी पत्नी को भी साथ ले गए। वापस लौटे तो उनके साथ बुर्के में लिपटी एक और दुबली-पतली लड़की थी। उन्होंने गर्व से बताया कि यह उन्होंने तीसरा निकाह किया है। यह लड़की तो ठीक से हिन्दुस्तानी भी नहीं बोल पाती थी। वह तेलुगू बोलती थी जो 'हक़्क़ानी' और उनकी दूसरी पत्नी की समझ में नहीं आती थी। कुछ लोगों का यह भी ख्याल था कि 'हक़्क़ानी' उसे खरीद लाये हैं। कुछ लोग खासतौर पर साजिद इस पर तुल गया था कि 'हक़्क़ानी' को 'एक्सपोज़' किया जाना चाहिए। सबसे पहले एफ.आई.आर. दर्ज करना चाहिए, इन्हें गिरफ्तार करना चाहिए और फिर इन्हें 'सस्पेंड' होना चाहिए। तब कहीं जाकर इसका दिमाग सही रास्ते पर आएगा। लेकिन ये सब झंझट के काम कौन करता। कालिज के चेयरमैन हाजी अब्दुल लतीफ भी 'हक़्क़ानी' पर दाँत पीस कर रह जाते थे। कुछ करते तो बात पता नहीं कहाँ तक पहुँचती और न जाने कितनी बदनामी होती।

लिली के उठने से पहले डॉ. शर्मा और सुषमा चाय पीते हुए 'बेबी कैमिल' वाले मसले में उलझे थे।

—ज़िद करेगी तो क्या करोगे।

—अरे यार गाड़ी में बिठाकर कहीं ऊँट दिखा लाऊँगा।

—मानेगी नहीं।

—अरे तो मैं उन ऊँट के बच्चों को ज़िन्दा तो नहीं कर सकता जिन्हें 'हक़्क़ानी' साहब ने ज़िब्ह करा दिया है।

—पिछले साल भी उन्होंने दो ऊँट के बच्चे कटवाये थे।

—सब नाराज़ थे इस बात पर...एक तो ऊँट का गोश्त कोई खाता नहीं...बेकार जाता है...दूसरे...।

घंटी बजी और साजिद अन्दर आ गया।

—कहो, आ गए।

—हाँ...तो कल फिर हुई ऊँट की कुर्बानी?

—न पूछो यार...ये तो हद कर दी 'हक़्क़ानी' ने।

—पता नहीं उसे क्या मजा आता है।

—मज़ा नहीं...दिखावा...छाती ठोंक कर कहता है, देखो मैं तुम सबसे सच्चा और पक्का मुसलमान हूँ।

—तुम लोग कुछ करो यार।

—देखो अबकी मामला सीरियस है...हाजी जी भी इस तरह की हरकतें पसन्द नहीं करते....कल कहीं जाकर अखबार-बखबार में छप गया तो बस लेने के देने पड़ जाएँगे।

—'हक़्क़ानी' के यहाँ से गोश्त आया होगा?

—हाँ यार, ये भी एक परेशानी वाली बात है। कुर्बानी का गोश्त है। न कोई खा सकता है न फेंक सकता है।

खून का छोटा-सा फव्वारा उठा। जो बच्चे पास बैठे थे वे पीछे हटने की कोशिश में गिरे। जो खड़े थे उन्होंने दो कदम पीछे रखे। तेज़ छुरी गर्दन पर चली। कुछ दूसरी आवाज़ों के साथ लिली की आवाज़ आई—"मत काटो बेबी कैमिल को...मत काटो..." लेकिन यह आवाज़ चिड़िया की नज़र में नहीं आई।

लिली ने देखा लाल खून के फव्वारे के बाद बेबी कैमिल की गर्दन की लाल नसें कटने लगीं और खून इधर-उधर बहने लगा। वह रोने लगी। कबीर उसे चुप कराने लगा। बेबी कैमिल का नरखटा कटा तो अजीब तरह की आवाज आई। लिली चीख पड़ी और ज़ोर-ज़ोर से रोने लगी। ख़र्र-ख़र्र की आवाज़ बन्द हो गई और कटा हुआ नरखटा साफ दिखाई देने लगा। बेबी कैमिल की आँखें अब भी खुली थीं। उसके मुँह को रस्सियों से बाँध दिया गया था। दो लोग उस पर बैठे थे। बेबी कैमिल के चारों पैर भी रस्सियों से बँधे थे। नरखटा कटने के बाद भी बेबी कैमिल पैरों को चला रहा था जिससे ज़मीन पर निशान पड़ रहे थे। धीरे धीरे पैरों का चलना हल्का पड़ता गया। लिली ने बेबी कैमिल की आँखों में देखा...आँखें अब तक बन्द नहीं थीं। वे सीधे लिली को देख रही थीं। लिली रो रही थी। नरखटा कटने के बाद छुरी किसी हड्डी से टकराई और खरखराहट की आवाज़ आई। एक बार बेबी कैमिल का शरीर हल्का-सा हिला फिर आँखें आधी के करीब बन्द हो गईं। खून निकल

कर उधर-इधर और कसाई के पैरों पर फैल गया। उसके कपड़ों पर कुछ छींटे भी पड़े। कसाई ने अपनी छुरी हटा ली। उसने दूसरी बड़ी और मोटी छुरी लेकर बेबी कैमिल की गर्दन की हड्डी पर वार किए। लिली की फिर चीखें निकल गईं। कसाई ने कहा, किसकी लड़की है। डर गई है। इसे घर ले जाओ। लेकिन उसी वक्त हड्डियों के कुछ टुकड़े हवा में उछले और बेबी कैमिल का सिर धड़ से अलग हो गया। लिली गिर पड़ी। अय्यूब साहब ने कबीर को डाँटा—तुमसे कबसे कहा जा रहा है कि बहन को घर ले जाओ...क्यों नहीं ले जाते? कबीर ने लिली को सहारा दिया। लिली ने बेबी कैमिल के कटे हुए सिर को देखा जो कसाई ने अपनी पीठ के पीछे डाल दिया था। लिली को कबीर सँभालता हुआ घर लाया।

—क्या हुआ है इसे?

—मम्मी...वो...बेबी कैमिल को काट रहे थे...वही देखते-देखते...

—बेड पर लेट कर लिली बेहोश सी हो गई थी। या शायद गहरी नींद में चली गई पर उसके होंठ फड़क रहे थे। साँस तेज़ चल रही थी, चेहरे पर डर का भाव स्थाई हो गया था। बार-बार शरीर में सिहरन-सी हो रही थी। सुषमा को यह समझते देर नहीं लगी कि लिली बहुत डर गई है।

डॉ. शर्मा साजिद के घर बैठे गप्पें मार रहे थे। उन्हें बुलाने कबीर आया तो साजिद भी उसके साथ आ गए। लिली की हालत हक़ीक़त में तशवीशनाक थी। वह पत्ते की तरह काँप रही थी।

—यार शर्मा जी, मैं गाड़ी लाता हूँ...फौरन इसे लेकर चलो अस्पताल।

—ठीक है भाई साहब...ठीक कह रहे हैं। सुषमा ने कहा। डॉ. शर्मा के चेहरे पर एक क्षण के लिए 'अरे कुछ नहीं अभी ठीक हो जाएगी' के भाव आए और ग़ायब हो गए। साजिद गाड़ी लेने चला गया।

अस्पताल पहुँचते-पहुँचते लिली तपने लगी। बुखार ऐसा था कि एक बार डाक्टर भी घबरा गए। दवाएँ असर नहीं कर रही हैं। 'इन्टेन्सिव केयर यूनिट' में भरती करा दिया। साजिद ने डॉ. शुजाअत को फोन कर दिया और कुछ ही देर में डॉ. अतिया अजीज, ताहिर हुसैन और डॉ. शुजाअत अस्पताल पहुँच गए।

—ये हुआ कैसे? सुबह तक तो ठीक थी। डॉ. शुजाअत ने पूछा।

साजिद ने पूरा किस्सा बता दिया।

डॉ. अतिया अज़ीज़ गुस्से से काँपने लगी।

—ज़रा अपना मोबाइल लाओ। डॉ. अतिया ने साजिद से कहा।

—आप किसे फोन करेंगी?

—मैं 'हक़्क़ानी' को यहाँ बुलाना चाहती हूँ।

—अरे मैडम...अब...डॉ. शर्मा बोले।

—नहीं...उसे यहाँ आना चाहिए...और देखना चाहिए कि उसने क्या किया है। बड़ी मुश्किल से इन लोगों ने डॉ. अतिया अज़ीज़ को मनाया।

—लेकिन साजिद ये सब क्या है यार? हम लोग कब तक ये चुपचाप देखते रहेंगे? 'हक़्क़ानी' ने अपनी पहली बीवी को मारकर घर से निकाल दिया। सोलह साल की लड़की से शादी की...उसके बाद फिर एक लड़की को खरीद लाया और कहा कि निकाह पढ़ाया है...

—मैं कहती हूँ बुलाइए 'हक़्क़ानी' को यहाँ। डॉ. अतिया को फिर जोश आ गया।

—आपा आप ठीक कह रही हैं लेकिन...

—लेकिन क्या?

—वो समझता है इस्लाम की आड़ में जो चाहे कर सकता है, पहले तो उसका यही भ्रम तोड़ना चाहिए।

मेरे मौला...

याचना, प्रेम, विनय और करुणा...यह सब क्या है...आँखों के सामने तस्वीर आ गई...मेरे मौला बुला ले मदीने मुझे...उलाहना...घिसे पिटे टेप से निकलकर आवाज कानों के परदों से टकराती लाखों-करोड़ों की भीड़ से गुजरती खलील मियाँ के चेहरे पर आकर काँपने लगती है और खलील मियाँ के मुँह से शाही किमाम की खुशबू में ध्वनि तरंगें घुल जाती हैं...क्या है यार...मेरे मौला बुला ले...आवाज की पिच बढ़ जाती है। मैं अपने को रोक नहीं पाता...आँखें बन्द हैं और खलील मियाँ के हाथों में कैंची और कंघा मेरे चेहरे पर तेजी से गश्त कर रहे हैं।

"क्या हज करने का इरादा है?..." मैंने खलील मियाँ से पूछा...लहजे में जो छिपा हुआ व्यंग्य था, वे समझ नहीं पाए। खलील मियाँ सोच ही कैसे सकते थे कि कोई मुसलमान हज करने के इरादे को व्यंग्यात्मक स्वर में भी कह सकता है।

"जब मौला चाहेंगे...अभी कहाँ हमारी सुनवाई हुई है।"

"क्यों, क्या बात है?"

"दो लड़कियों का ब्याह करना है, सर!"

"कितने बच्चे हैं तुम्हारे?"

"दो लड़के और माशा अल्ला से चार लड़कियाँ।"

"हूँ!" मैं ख़ामोश हो गया। मेरी 'हूँ' में क्या नहीं था...

"लड़के क्या करते हैं?" मैंने फिर पूछा।

"यही काम, जो हम करते हैं।"

मैं समझ गया...यानी बाल काटते हैं, दाढ़ी बनाते हैं।

हाइड्रो पॉवर स्टेशन, जिसे चालीस साल पहले आधुनिक भारत का तीर्थ कहा जाता था, अब सिर्फ पॉवर हाउस रह गया है। पुराने सोवियत यूनियन के विकास मॉडल पर बनाया गया पॉवर हाउस...फ्लैट, बंगले, क्लब, शादीघर, मार्केट, अस्पताल, सिनेमा हॉल...सब कुछ अपना...पॉवर हाउस की सेंट्रल मार्केट में खलील मियाँ की नेशनल हेयर कटिंग सैलून...

सेंट्रल मार्केट में दूसरे दुकानदार खलील मियाँ को खलील मियाँ कहते

हैं...कुछ मजाक में खाली मियाँ भी कहते हैं...खाली मतलब कुछ नहीं, मियाँ का मतलब मुसलमान...अपने इस नाम पर खलील मियाँ भाव शून्य चेहरे से ताकते हैं, बोलते कुछ नहीं...

बीएससी इंजीनियरिंग के बाद पॉवर हाउस में नौकरी...आप नेशनलिस्ट मुसलमान हो नकवी साहब...नेशनलिस्ट...अरे आप होली में रंग खेलते हो...आप दिवाली में जुआ खेलते हो...आप नेशनलिस्ट मुसलमान हो...तिवारी जी, क्या आप नेशनलिस्ट हिन्दू हो? आप ईद में सेवई खाते हो? आप बकरीद में कबाब खाते हो? आप नेशनलिस्ट हिन्दू हो?...

''मियाँ, बकरीद आ रही है...कुर्बानी कहाँ करोगे?'' खलील मियाँ ने तीस साल पहले मुझसे यही सवाल पूछा था, जो आज पूछ रहे हैं।

''अच्छा, बकरीद...''

''हाँ, कल चाँद हो गया तो परसों...''

''तुम तो जानते ही हो, खलील मियाँ, हम गाँव में ही कुर्बानी करा देते हैं।''

''हाँ, मियाँ...यहाँ कहाँ लफड़े में फँसोगे...''

ऊपर तिवारी जी, नीचे त्रिपाठी जी, बाएँ हाथ वाले फ्लैट में वर्मा जी, दाहिनी तरफ सिंह साहब...नकवी जी, आप जब मीट पकाया करें, तो हमें बता दिया करें...हम लोग उस दिन कहीं और चले जाया करेंगे...हमारी मैडम को मीट की दुर्गंध से उल्टी आ जाती है...पर आप लोग खाओ...

नयी-नयी शादी हुई थी...सफिया गोश्तखोर ...अब क्या हो? सफिया की अम्माँ...अब्बू...मीटिंग बैठ गई...असिस्टेंट इंजीनियर...देखो छत पर अँगीठी ले जाओ...वहाँ गोश्त भून लो...हवा में खुशबू उड़ जाएगी...तब नीचे लाओ ...किसी को पता चल गया...? खलील मियाँ ने कहा था पहली बकरीद पर... ''अगर आप कहें, तो मैं कुर्बानी...?''

''अरे, छोड़ो! ऐसी कुर्बानी से क्या फायदा कि हम ही कुर्बान हो जाएँ...

''नहीं-नहीं...खलील मियाँ...सब हो जाएगा...तुम फिक्र न करो...''

यार, यह मुसलमान भी अजीब कौम है...मेरे मौला बुला ले...अरे यार, अपनी बदहाली को दूर करने की दुआ नहीं माँगोगे...अपने पिछड़ेपन को दूर नहीं करोगे...बस, मदीने...अरे, तो वहाँ से आए ही क्यों थे...आए कहाँ थे...पता नहीं कबसे हम रटने लगे...मेरे मौला...अब देखिए, मेरे माँ-बाप को क्या सूझी कि मेरा नाम लख़्ते हसनैन नक़वी रख दिया...अलीगढ़ मुस्लिम यूनिवर्सिटी तक तो नाम ठीक-ठाक रहा, लेकिन पॉवर हाउस में...एल एच नक़वी करना पड़ा। फिर 'क़' को 'क' बनाना पड़ा...अरे यार, यह तो सभी करते हैं...सी एल शर्मा क्या अपने को

छेदीलाल शर्मा लिखें?...

"आप नेशनलिस्ट मुसलमान हो, नकवी जी...आपने अपनी लड़की को स्कूल में संस्कृत दिलवायी है।"

पॉवर हाउस के चार हजार कर्मचारियों में ग्यारह सौ इंजीनियर...उनमें से एक लख्ते हसनैन नकवी...बाकी शर्मा, पाठक, पांडेय, द्विवेदी, चुतर्वेदी, सिंह, वर्मा, लाल और पाल...क्या नाम है मेरा...नकवी...कोई कह रहा था...नकवी जी, परचेज डिपार्टमेंट में कोई खान नाम का लड़का आया है...आया होगा साला! मुझे क्या करना है?...अबे, हम शिया मुसलमान हैं...सैयद हैं...नकवी हैं...हमें खानों-पठानों से क्या मतलब?...ये सब बारी-बारी से आकर क्यों बताते हैं कि 'परचेज' में खान का कोई लड़का...

"आज अजोध्या में बाबरी मस्जिद पर जमाव है..." सफिया ने सुबह अखबार देखते हुए कहा था, "कई लाख लोग पहुँच गए हैं..."

"मुझे लगता है, कुछ न कुछ होकर रहेगा।"

"तो तुम आज पॉवर हाउस न जाओ।"

"क्यों?"

"कहीं फसाद न हो जाए।"

"पॉवर हाउस न गया, तो कहीं कोई यह न समझे कि..."

"क्या न समझे?"

"यही कि देखो, 'प्रोटेस्ट' कर रहा है... "

दिन भर काम नहीं हुआ था...रेडियो...टी.वी. ...खबरें...फोन...मैं केबिन में अकेला बैठा था...न कुछ जानने की कोशिश कर रहा था और न कोई मुझे बता रहा था...बस, शोर...बढ़ते शोर से...अचानक जोर का पटाखा फूटा था...आवाजें तेज हो गई थीं...खनखनाती हुई आवाज में मल्होत्रा ने कहा, "साढ़े पाँच बज गए...घर नहीं जाओगे क्या आज, नकवी साहब?" मैं घबराकर खड़ा हो गया था...यह क्या कह रहा है मल्होत्रा...'क्या आज' घर नहीं जाओगे...क्यों नहीं जाऊँगा...

सफिया टी.वी. के सामने बैठी थी...उन लोगों ने बाबरी मस्जिद ढा दी...अरे, यह सब पॉलिटिक्स है...बन्द करो टी.वी. ...सफिया ने टी.वी. बन्द कर दिया...रात में सफिया सो गई, तो मैंने रेडियो खोला...धीरे-धीरे...बीबीसी...यह सब पॉलिटिक्स है, तुम सो जाओ, लख्ते हसनैन नक़वी...रात का दो बजा है...सो जाओ, एल एच नकवी...तुम ऐसे कौन-से सच्चे और पक्के मुसलमान हो...सो जाओ, रात के तीन बजे हैं...नकवी जी, सो जाओ...अब तो चार बजा है...क्या कल छुट्टी लोगे...एप्लीकेशन जी एम के पास जाएगी, तो क्या सोचेगा...मियाँ जी बाबरी मस्जिद का दुख मना रहे हैं।

‘‘आप सोये नहीं?’’ सुबह की नमाज पढ़ने सफिया उठी, तो देखा कि मैं बैठा हूँ।

‘‘हाँ, बस, कुछ वैसे ही...’’

‘‘क्या?’’ साफिया ने टटोलने वाली नजरों से देखा...मैं उसके नमाज-रोजे का मजाक बनाने वाला...ईद-बकरीद मारे-खदेड़े नमाज के लिए जाने वाला...बैठा रहा रात भर...

सफिया दूसरे कमरे में नमाज पढ़ने चली गई...मैं उसे देख सकता था...यार, तुम्हें मतलब क्या बाबरी मस्जिद से...यह चक्कर क्या है...चलो उठो, चाय बनाओ...

‘‘मेरे मौला...गुजरात की खबरें पढ़ रहे हैं, सर...बुला ले...’’ खलील मियाँ ने घिसे टेप की आवाज के साथ सुर मिलाया।

‘‘पहले यह टेप बन्द करो...’’ उन्होंने टेप हल्का कर दिया।

‘‘यह सब पॉलिटिक्स है...’’

‘‘काहे के लिए?’’

‘‘हुकूमत के लिए।’’

‘‘अरे, तो हुकूमत तो वो कर रहे हैं न?’’ खलील मियाँ के पूछने पर मैं चकरा गया...यार, ये कह तो ठीक ही रहा है। तब क्या बात है?

‘‘मियाँ, मानो न मानो...ये लोग...मुसलमानों को नेस्तोनाबूद कर देना चाहते हैं...पर सोचो, मियाँ, मुसलमानों ने इनका बिगाड़ा क्या है...अरे, हम दिन-रात खटते हैं, तो ऊपर वाला गोश्त-रोटी का इंतजाम कर देता है...मियाँ, फिर ये लोग क्यों ऐसा करते हैं?’’

‘‘मुसलमान भी तो बदमाशी करते हैं।’’

‘‘हाँ, बेशक...तो उन्हें पकड़ो, सजा दो...पर मियाँ, यह तो न करो...ज़िन्दा तो न जलाओ मासूमों को...अब तो आने लगे...मौत के पसीने मुझे...मेरे मौला बुला ले मदीने मुझे...बताओ न मियाँ, हम क्या करें?...मदीने मुझे...’’

‘‘अरे, यह तुमने क्या किया, खलील मियाँ?’’ मैंने आँखें खोलकर सामने लगा आइना देखा।

‘‘क्या...‘ख़त’ तो आप लगवाते नहीं...’’

‘‘ख़त-वत छोड़ो...तुम सालों से दाढ़ी ट्रिम कर रहे हो मेरी।’’

‘‘तो, मियाँ, क्या हुआ?’’

‘‘अरे, यह हुआ कि तुमने दाढ़ी इतनी छोटी कर दी कि लगता है, है ही नहीं।’’

''नहीं...इतनी तो...पर अच्छा ही है, मियाँ!'' वे चुप हो गए। कुछ नहीं बोले। लेकिन शायद वे कहना चाहते थे—पजामा खुलवाने में टाइम लगता है, मियाँ...दाढ़ी देखकर...अब तो आने लगे...मौत के पसीने मुझे...मेरे मौला...

''नहीं...'' मैं बोला, लेकिन वह मेरी आवाज नहीं थी।

शाह आलम कैम्प की रूहें

[1]

शाह आलम कैम्प में दिन तो किसी न किसी तरह गुज़र जाते हैं लेकिन रातें क़यामत की होती हैं, ऐसी नफ़्सा नफ़्सी का आलम होता है कि अल्लाह बचाये। इतनी आवाज़ें होती हैं कि कानपड़ी आवाज़ नहीं सुनाई देती। चीख़-पुकार, शोर-गुल, रोना-चिल्लाना, आहें-सिसकियाँ...

रात के वक़्त रूहें अपने बाल-बच्चों से मिलने आती हैं। रूहें अपने यतीम बच्चों के सिरों पर हाथ फेरती हैं, उनकी सूनी आँखों में अपनी सूनी आँखें डाल कर कुछ कहती हैं। बच्चों को सीने से लगा लेती हैं। ज़िन्दा जलाये जाने से पहले जो उनकी जिगरदोज़ चीख़ें निकली थीं वे पृष्ठभूमि में गूँजती रहती हैं।

सारा कैम्प जब सो जाता है तो बच्चे जागते हैं। उन्हें इंतिज़ार रहता है अपनी माँ को देखने का...अब्बा के साथ खाना खाने का।

''कैसे हो सिराज'' अम्माँ की रूह ने सिराज के सिर पर हाथ फेरते हुए कहा।

''तुम कैसी हो अम्माँ।''

माँ खुश नज़र आ रही थी। बोली—''सिराज...अब...मैं रूह हूँ...अब मुझे कोई जला नहीं सकता।''

''अम्माँ...क्या मैं भी तुम्हारी तरह हो सकता हूँ?''

[2]

शाह आलम कैम्प में आधी रात के बाद एक औरत की घबराई बौखलाई रूह पहुँची जो अपने बच्चे को तलाश कर रही थी। उसका बच्चा न उस दुनिया में था न वह कैम्प में था। बच्चे की माँ का कलेजा फटा जाता था। दूसरी औरतों की रूहें भी इस औरत के साथ बच्चे को तलाश करने लगीं। उन सबने मिल कर कैम्प छान मारा...मोहल्ले गईं...घर धूँ-धूँ करके जल रहे थे। चूँकि वे रूहें थीं इसलिए जलते हुए मकानों के अन्दर घुस गईं...कोना-कोना छान मारा लेकिन बच्चा न मिला।

आख़िर सभी औरतों की रूहें दंगाइयों के पास गईं। वे कल के लिए पेट्रोल बम बना रहे थे। बन्दूकें साफ कर रहे थे। हथियार चमका रहे थे।

बच्चे की माँ ने उनसे अपने बच्चे के बारे में पूछा तो वे हँसने लगे और बोले—''अरे पगली औरत, जब दस-दस बीस-बीस लोगों को एक साथ जलाया जाता है तो एक बच्चे का हिसाब कौन रखता है? पड़ा होगा किसी राख के ढेर में।''

माँ ने कहा—''नहीं, नहीं, मैंने हर जगह देख लिया है...कहीं नहीं मिला।''

तब किसी दंगाई ने कहा—''अरे ये उस बच्चे की माँ तो नहीं है जिसे हम त्रिशूल पर टाँग आए हैं।''

[3]

शाह आलम कैम्प में आधी रात के बाद रूहें आती हैं। रूहें अपने बच्चों के लिए स्वर्ग से खाना लाती हैं, पानी लाती हैं, दवाएँ लाती हैं और बच्चों को देती हैं। यही वजह है कि शाह आलम कैम्प में न तो कोई बच्चा नंगा-भूखा रहता है और न बीमार। यही वजह है कि शाह आलम कैम्प बहुत मशहूर हो गया है। दूर-दूर मुल्कों में उसका नाम है।

दिल्ली से एक बड़े नेता जब शाह आलम कैम्प के दौरे पर गए तो बहुत खुश हो गए और बोले—''ये तो बहुत बढ़िया जगह है...यहाँ तो देश के सभी मुसलमान बच्चों को पहुँचा देना चाहिए।''

[4]

शाह आलम कैम्प में आधी रात के बाद रूहें आती हैं। रात भर बच्चों के साथ रहती हैं, उन्हें निहारती हैं...उनके भविष्य के बारे में सोचती हैं। उनसे बातचीत करती हैं।

''सिराज अब तुम घर चले जाओ।'' माँ की रूह ने सिराज से कहा।

''घर''? सिराज सहम गया। उसके चेहरे पर मौत की परछाइयाँ नाचने लगीं।

''हाँ, यहाँ कब तक रहोगे? मैं रोज़ रात में तुम्हारे पास आया करूँगी।''

''नहीं, मैं घर नहीं जाऊँगा...कभी नहीं...कभी...'' धुआँ, आग, चीख़ें, शोर।

''अम्माँ, मैं तुम्हारे और अब्बू के साथ रहूँगा।''

''तुम हमारे साथ कैसे रह सकते हो सिक्कू ...''

''भाईजान और आपा भी तो रहते हैं न तुम्हारे साथ।''

''उन्हें भी तो हम लोगों के साथ जला दिया गया था न।''

''तब...तब तो मैं...घर चला जाऊँगा अम्माँ।''

[5]

शाह आलम कैम्प में आधी रात के बाद एक बच्चे की रूह आती है...बच्चा रात में

चमकता हुआ जुगनू जैसा लगता है...इधर-उधर उड़ता फिरता है...पूरे कैम्प में दौड़ा-दौड़ा फिरता है...उछलता-कूदता है...शरारतें करता है...तुतलाता नहीं... साफ-साफ बोलता है...माँ के कपड़ों से लिपटा रहता है...बाप की उँगली पकड़े रहता है।

शाह आलम कैम्प के दूसरे बच्चे से अलग यह बच्चा बहुत खुश रहता है।

"तुम इतने खुश क्यों रहते हो बच्चे?"

"तुम्हें नहीं मालूम...ये तो सब जानते हैं।"

"क्या?"

"यही कि मैं सुबूत हूँ।"

"सुबूत? किसका सुबूत?"

"बहादुरी का सुबूत हूँ।"

"किसकी बहादुरी का सुबूत हो?"

"उनकी जिन्होंने मेरी माँ का पेट फाड़ कर मुझे निकाला था और मेरे दो टुकड़े कर दिए थे।"

[6]

शाह आलम कैम्प में आधी रात के बाद रूहें आती हैं। एक लड़के के पास उसकी माँ की रूह आई। लड़का देख कर हैरान हो गया।

"माँ तुम आज इतनी खुश क्यों हो?"

"सिराज मैं आज जन्नत में तुम्हारे दादा से मिली थी। उन्होंने मुझे अपने अब्बा से मिलवाया...उन्होंने अपने दादा...से...सगड़ दादा...तुम्हारे नाड़ दादा से मैं मिली।" माँ की आवाज़ में खुशी फूटी पड़ रही थी।

"सिराज तुम्हारे नगड़ दादा...हिन्दू थे...हिन्दू...समझे? सिराज ये बात सबको बता देना...समझे?"

[7]

शाह आलम कैम्प में आधी रात के बाद रूहें आती हैं। एक बहन की रूह आई। रूह अपने भाई को तलाश कर रही थी। तलाश करते-करते रूह को उसका भाई सीढ़ियों पर बैठा दिखाई दे गया। बहन की रूह खुश हो गई। वह झपट कर भाई के पास पहुँची और बोली—"भइया।" भाई ने सुन कर भी अनसुना कर दिया। वह पत्थर की मूर्ति की तरह बैठा रहा।

बहन ने फिर कहा—"सुनो भइया।"

भाई ने फिर नहीं सुना। न बहन की तरफ देखा।

"तुम मेरी बात क्यों नहीं सुन रहे भइया।" बहन ने ज़ोर से कहा और भाई का चेहरा आग की तरह सुर्ख़ हो गया। उसकी आँखें उबलने लगीं...वह झपट कर उठा और बहन को बुरी तरह पीटने लगा। लोग ज़मा हो गए। किसी ने लड़की से पूछा कि उसने ऐसा क्या कह दिया था कि भाई उसे पीटने लगा...बहन ने कहा—"मैंने तो सिर्फ इन्हें भइया कह कर पुकारा था।" एक बुज़ुर्ग बोला—"नहीं सलीमा नहीं; तुमने इतनी बड़ी ग़लती क्यों की।" बुज़ुर्ग फूट-फूट कर रोने लगा और भाई अपना सिर दीवार पर पटकने लगा।

[8]

शाह आलम कैम्प में आधी रात के बाद रूहें आती हैं। एक दिन दूसरी रूहों के साथ एक बूढ़े की रूह भी शाह आलम कैम्प आ गई। बूढ़ा नंगे बदन था, ऊँची धोती बाँधे था, पैरों में चप्पल थी और हाथ में एक बाँस का डंडा था। धोती में उसने कहीं घड़ी खोंसी हुई थी।

रूहों ने बूढ़े से पूछा—"क्या तुम्हारा भी कोई रिश्तेदार कैम्प में है?"

बूढ़े ने कहा—"नहीं और हाँ।"

रूहों ने बूढ़े को पागल रूह समझकर छोड़ दिया और वह कैम्प का चक्कर लगाने लगा।

किसी ने बूढ़े से पूछा—"बाबा, तुम किसे तलाश कर रहे हो?"

बूढ़े ने कहा—"ऐसे लोगों को जो मेरी हत्या कर सकें।"

"क्यों?"

"मुझे आज से पचास साल पहले गोली मार कर मार डाला गया था। अब मैं चाहता हूँ कि दंगाई मुझे जिन्दा जला कर मार डालें।"

"तुम ये क्यों करना चाहते हो बाबा?"

"सिर्फ ये बताने के लिए कि न उनके गोली मार कर मारने से मैं मरा था और न उनके ज़िन्दा जला देने से मरूँगा।"

[9]

शाह आलम कैम्प में एक रूह से किसी नेता ने पूछा—

"तुम्हारे माँ-बाँप हैं?"

"मार दिया सबको।"

"भाई बहन?"

"नहीं हैं।"

"कोई हैं?"

"नहीं।"

"यहाँ आराम से हो?"

"हाँ हैं।"

"खाना-वाना मिलता है।"

"हाँ, मिलता है।"

"कपड़े-वपड़े हैं?"

"हाँ, हैं।"

"कुछ चाहिए तो नहीं?"

"कुछ नहीं।"

"कुछ नहीं?"

"कुछ नहीं।"

नेताजी खुश हो गए। सोचा, लड़का समझदार है। मुसलमानों जैसा नहीं है।

[10]

शाह आलम कैम्प में आधी रात के बाद रूहें आती हैं। एक दिन रूहों के साथ शैतान की रूह भी चली आई। इधर-उधर देख कर शैतान बड़ा शरमाया और झेंपा। लोगों से आँखें नहीं मिला पा रहा था। कन्नी काटता था। रास्ता बदल लेता था। गर्दन झुकाए तेज़ी से उधर मुड़ जाता था जिधर लोग नहीं होते थे। आख़िरकार लोगों ने उसे पकड़ ही लिया। वह वास्तव में लज्जित होकर बोला—अब ये जो कुछ हुआ है...इसमें मेरा कोई हाथ नहीं है...अल्लाह कसम मेरा हाथ नहीं है।"

लोगों ने कहा—"हाँ...हाँ" हम जानते हैं। आप ऐसा कर ही नहीं सकते। आपका भी आख़िर एक स्टैंडर्ड है।"

शैतान ठंडी साँस लेकर बोला—"चलो दिल से एक बोझ उतर गया...आप लोग सच्चाई जानते हैं।"

लोगों ने कहा—"कुछ दिन पहले अल्लाह मियाँ भी आए थे और यही कह रहे थे।"

●●●